Colleen Masters
Stiefbruder – so nah so fern

AF202087

amazon crossing

Das Buch

Was soll eine junge Frau machen, wenn sie feststellt, dass der gut aussehende Typ, für den sie seit Jahren schwärmt, ein arroganter, selbstverliebter Herzensbrecher ist? Für die begabte Brynn gibt es nur einen Weg: Sie muss den attraktiven Nate Thornhill vergessen, und zwar so schnell wie möglich! Was Brynn noch nicht weiß: Ihre flippige Mutter hat spontan geheiratet, und ausgerechnet Nate ist ihr neuer Stiefbruder. Damit nicht genug – die Familie plant, den Sommer gemeinsam im Haus von Nates Vater zu verbringen. Jeden Tag wird sie Nate sehen müssen; ihn und die vielen Frauen, die er auf sein Zimmer mitnimmt ... und sich insgeheim wünschen, sie wäre eine von ihnen.

Die Autorin

Colleen Masters stammt aus New Jersey und studierte Theaterwissenschaften und Englische Literatur an der Monmouth University. Schon als Studentin war es ihr Traum, Schriftstellerin zu werden. Deshalb ist sie vor fünf Jahren nach New York gezogen. Zusammen mit ihrem Verlobten und ihrem Corgirüden Frodo lebt sie an der Upper East Side in New York.

Colleen Masters

STIEFBRUDER *so nah* SO FERN

Roman

Aus dem Amerikanischen
von Marina Ignatjuk

Die Originalausgabe erschien 2014 unter dem Titel
»Stepbrother Untouchable« bei Hearts Collective Publishing, USA.

Deutsche Erstveröffentlichung bei
AmazonCrossing, Amazon Media EU S.à r.l.
5 Rue Plaetis, L-2338, Luxembourg
Mai 2016
Copyright © der Originalausgabe 2014
By Colleen Masters
All rights reserved.
Copyright © der deutschsprachigen Ausgabe 2016
By Marina Ignatjuk

Umschlaggestaltung: bürosüd° München, www.buerosued.de
Umschlagmotiv: © www.buerosued.de
Lektorat, Korrektorat und Satz:
Verlag Lutz Garnies, Haar bei München
www.vlg.de
Printed in Germany
By Amazon Distribution GmbH
Amazonstraße 1
04347 Leipzig, Germany

ISBN 978-1-503-93736-9

www.amazon.de/amazoncrossing

Für all meine wundervollen Leser

KAPITEL 1

Erneut versuche ich, meine Mutter auf dem Handy zu erreichen, und tänzle nervös von einem Fuß auf den anderen. Ich will ihr so unbedingt die guten Nachrichten erzählen, dass ich vor Aufregung fast platze, aber sie geht nicht ran. Als wieder nur der Anrufbeantworter anspringt, lege ich auf. Seitdem sie mit diesem geheimnisvollen neuen Mann zusammen ist, ist meine Mutter nicht mehr so leicht zu erreichen. Bald wird sie es nicht mehr aushalten und mir von ihm erzählen müssen – etwas länger voreinander geheim zu halten haben wir noch nie geschafft.

Ich gebe auf und drücke die Nummer zwei auf meinem alten Klapphandy. Automatisch ruft es meine beste Freundin Allison an. Gott sei Dank geht sie ran.

»Ich hab's! Ich hab das Rasenzimmer«, kreische ich, kaum dass Allison abgehoben hat, und vor Begeisterung breche ich in meinem winzigen Wohnheimzimmer in einen wilden Freudentanz aus. Am anderen Ende der Leitung kreischt Allison zur Antwort; sie weiß, was für eine Riesensache das für mich ist.

Es gibt nur vierundfünfzig Rasenzimmer an der Universität Virginia, an der ich momentan mein drittes Studienjahr beende. Sie waren ein Kernelement in Thomas Jeffersons Entwurf für die Universität und befinden sich von seiner berühmten *Rotunda* ausgehend links und rechts unter weißen Säulen. In einem der Rasenzimmer wohnen zu dürfen ist eine große Auszeichnung, auch wenn sie klein und zugig sein mochten.

7

Der Auswahlprozess ist streng, und nur diejenigen Studenten im Abschlussjahr, die es, akademisch gesehen, am meisten verdient haben, bekommen eins. Tag und Nacht habe ich auf meinem nerdigen Hintern gesessen und auf diesen Augenblick hingearbeitet, und jetzt kann ich kaum glauben, dass ich's tatsächlich geschafft habe.

»Warte, warte, ich stell dich auf Lautsprecher. Miriam ist auch hier«, sagt Allison, als sie endlich wieder Luft holt. Miriam ist die Dritte in unserem kleinen Bund. Wir kennen uns seit dem ersten Semester, und unsere Gruppe war mir in den drei Jahren College Stütze und Schutz zugleich gewesen.

»Brynn, ich bin unglaublich stolz auf dich. Ich meine, überleg mal, du hast Hunderte von Stunden für diesen Moment gearbeitet«, sprudelt es aus ihr heraus.

Ich lache. »Erinner mich lieber nicht dran!« Bei dem Gedanken daran, wie viel vom studentischen Leben ich verpasst hatte, während ich in den Magazinen der Bibliothek gehockt hatte, zucke ich zusammen. Nicht, dass Miriam und Allison akademische Leichtgewichte sind, ganz im Gegenteil, wahrscheinlich könnten wir alle drei im Schlaf den Lageplan der Bibliothek zeichnen.

»Und wenn es im Winter zu kalt werden sollte, kannst du immer bei uns übernachten«, fügt Allison hinzu. Seit dem zweiten Studienjahr wohnen die beiden zusammen und wollen das auch im nächsten Jahr tun. Immer wieder haben sie angeboten, dass wir uns zu dritt für eine Unterkunft bewerben können. Aber nach dem ersten Jahr war mir klar, dass ich zu sehr einzelgängerisch bin, um in einer WG zu wohnen.

»Der Kamin ist wahrscheinlich das Beste und das Schlimmste an der ganzen Sache«, sage ich lachend. In den Rasenzimmern finden sich beinahe keine Anzeichen dafür, dass man sich in der modernen Zeit befindet; das Einzige, was einen im Winter warm hält, ist also der eigene Kamin. Das hört sich jetzt romantisch an, aber ich kann mir vorstellen, dass ich das im kommenden Januar ganz anders sehe.

»Musst du heute Abend arbeiten? Oder können wir das feiern?«, fragt Miriam. Als Teil des Arbeit-im-Studium-Programms arbeite ich in der Cafeteria und reduziere so die Kosten fürs Studium. »Wir könnten vielleicht zusammen was essen gehen und dann einen Film sehen?«

»Also, ich muss zwar nicht arbeiten«, gebe ich zu und merke, wie sich im Magen bereits Schuldgefühle zusammenbrauen, »aber ich habe überlegt, ob ich vielleicht mit den Mädels aus dem PoWi-Kurs ausgehe.«

Kurz herrscht Stille, und dann sagt Allison: »Oh, cool… hört sich gut an. Wo wollt ihr denn hin?«

»Ähm, sie haben mich zu der Party bei den Ruderern eingeladen«, antworte ich und fange an, nervös an den Spitzen meiner dunkelblonden Haare zu zupfen; eine Angewohnheit, die sich zeigt, wenn ich nervös bin, und die nur während der Jahresabschlussprüfungen ernsthaft außer Kontrolle gerät.

»Bei den Ruderern!?«, ruft Allison aus, und ich kann nicht anders, als angesichts ihrer dramatischen Reaktion die Augen zu verdrehen. »Brynn, du weißt genauso gut wie wir, dass diese Partys völlig abgedreht sind! Ich habe gehört, dass im letzten Semester in nur einer Nacht NEUN Ruderer eines Teams eine Alkoholvergiftung hatten.«

»Na ja, ein Team hat nur acht Ruderer, also könnte hier ein wenig Übertreibung im Spiel sein«, wende ich brummend ein. »Obwohl es sein könnte, dass vielleicht ein Ersatz…«

»Brynn, das soll heißen, dass diese Partys total ausufern«, unterbricht mich Miriam.

»Ich will mir das einfach mal selbst ansehen«, erwidere ich und versuche, mir die Enttäuschung nicht anhören zu lassen. »Ich melde mich morgen früh bei euch.«

»Okay…«, antwortet Allison misstrauisch.

»Bis dann!«, sage ich schnell, bevor Miriam ihr Argument noch einmal anbringen kann, und lege auf.

So wundervoll meine beiden besten Freundinnen auch sind, so sehr nervt es mich doch, wie zugeknöpft sie manchmal sein können. Es ist ja nicht so, dass ich nicht verstehe, was der Grund dafür ist. Keine von uns war sonderlich beliebt in der Highschool, und als wir uns im ersten Studienjahr in der Einführungswoche gefunden hatten, war es eine Riesenerleichterung, mit gleichgesinnten Mädels zusammen zu sein. Wir waren alle ernsthafte Studenten – ehrgeizig und mit einem Hang zu Fantasy-Büchern, in deren Verfilmung Viggo Mortensen die Hauptrolle spielen könnte.

Doch die Grenzen unserer Freundschaft fangen nun an, mich einzuengen. Ganz besonders, wenn es um die Themen Partys und Jungs geht. Auf meinem frühmorgendlichen Weg zur Bibliothek sehe ich immer übernächtigte Mädels mit verschmiertem Make-up und zerzausten Haaren über den Campus gehen und empfinde dabei zuerst Mitleid für sie – und dann bohrenden Neid. Dieser glasig-berauschte Gesichtsausdruck nach dem Sex … und wenn ich ehrlich bin, dann will ich das auch.

Und ich habe mir selbst versprochen, dass ich zu einer Party gehe, wenn ich ein Rasenzimmer bekomme. Zu einer echten Collegeparty! Die Art, bei der Miriam und Allison die Augen verdrehen würden, während sie sich fragen, wie viele Gehirnzellen pro Sekunde bei den Partygästen absterben. Die Party bei den Ruderern ist die perfekte Gelegenheit. Ich versuche, mir nicht allzu viele Hoffnungen zu machen, aber es ist absolut möglich, dass ich mich heute Abend tatsächlich mit Nate Thornhill unterhalten werde.

Ich brauche nur an seinen Namen zu denken, und schon spüre ich ein Prickeln im Nacken. Dabei ist mir klar, dass der echte Nate wahrscheinlich nie an das Fantasiebild herankommen kann, das ich mir von ihm aufgebaut habe. Ich erinnere mich immer noch an das erste Mal, als ich ihn gesehen habe. Es war am zweiten Wochenende im ersten Semester, und er lief über den Campus. Damals hätte ich mein Leben darauf verwettet, dass er im Abschlussjahr ist. Im Vergleich zu den anderen Jungs, die ich gerade in der Highschool zurückgelassen hatte, war er bereits ein ausgewachsener Mann. Das marineblaue Poloshirt trug er wie eine zweite Haut, und mit Jeffersons palladianischem Bauwerk im Hintergrund schritt er über den Rasen, als wäre alles nur ein Set für den Film, in dem er der Hauptdarsteller ist. Das wellige braune Haar trug er eher länger und zurückgekämmt, damit es ihm nicht in die dunkelblauen Augen fiel. Seine Nase war vollkommen gerade, seine Lippen weich und voll, und das Kinn zierte ein echtes Grübchen. Wenn es möglich wäre, dass Ryan Gosling und ein Kennedy ein Baby hätten, dann wäre Nate Thornhill das Ergebnis.

Später erfuhr ich, dass er zwei Hauptfächer belegte, so wie ich auch, und da eins meiner Fächer Politikwissenschaften ist und eins seiner Fächer Geschichte, hatten wir ein paar der wichtigsten Vorlesungen zusammen. Ich hatte erwartet, dass er wie der Rest der Sportler hinten sitzen würde. Doch er sitzt immer in der ersten Reihe, hebt flink die Hand und gibt intelligente Antworten. Ich verstecke mich immer genau in der Mitte der Räume; in den großen Hörsälen überkommt mich immer meine Schüchternheit. Nie habe ich den Mut fassen können, ihn mal anzusprechen, und davon abgesehen, hat er immer eine andere am Arm. Bei seinem Aussehen, mit dem Geld und als Star des Lacrosse- und des Ruderteams zieht er Frauen an wie ein Magnet.

Und heute Abend? Heute – das habe ich mir geschworen – werde ich ihn ansprechen, wenn er auf der Party ist.

Ich tippe eine kurze Nachricht an Cara, eine neue Freundin aus dem Kurs, dass ich heute Abend mitkomme, und wende mich dann dem Kleiderschrank zu. Eigentlich habe ich für heute Abend nur ein Stück, das ich anziehen kann: ein hautenges schwarzes Top mit Spaghettiträgern und Spitzeneinsatz, das ich trotz Miriams und Allisons Widerspruch im Einkaufscenter gekauft habe. Damals wusste ich noch nicht, wann ich es mal anziehen könnte, doch es war die Art Top, die andere Mädels zu Partys trugen. Ich schlüpfe in meine Jeans und in ein Paar High Heels, die wahrscheinlich nicht hoch genug sind, um cool zu sein, aber sie müssen reichen. Zum Aufstocken meiner Garderobe habe ich eher kein Geld übrig.

Ich hole das Drogerie-Make-up heraus, das ich gekauft habe, und setze mich an den Schreibtisch. Abgesehen von Lippenpflege, verwende ich normalerweise kein Make-up, habe mir jedoch ein paar Anleitungen auf YouTube angesehen und bin zuversichtlich, dass ich einige der Techniken anwenden kann. Mithilfe eines kleinen Taschenspiegels trage ich ein wenig Concealer, Rouge, braunen Lidschatten und schwarze Wimperntusche auf. Einen Eyeliner habe ich mir auch gekauft, benutze ihn jedoch nicht. Ich glaube, das übersteigt meine Fähigkeiten dann doch. Noch einen Klecks glitzerndes Lipgloss, und ich bin fertig.

Ich schließe den Schrank und betrachte mich im Ganzkörperspiegel. Erschrocken stelle ich fest, dass *ich* das im Spiegelbild bin. Nach Mängeln suchend, wende ich das Gesicht nach links und nach rechts. Mit etwas Make-up zeigt sich die Ähnlichkeit mit meiner Mutter viel deutlicher. Alle bewundern sie immer für ihre Schönheit, also ist es eventuell möglich, dass ich auch hübsch bin. Das Top ist tiefer ausgeschnitten, als ich es in Erinnerung hatte, und verunsichert fasse ich mir auf die Brüste. Die großen C-Körbchen habe ich auch von meiner Mutter, hielt sie jedoch immer lieber verdeckt. Ich kann verstehen, warum Männer dadurch abgelenkt werden – als wären sie eine Art Traktorstrahl, der sie anzieht.

Noch ein letzter kurzer, prüfender Blick, ob die Wimperntusche okay aufgetragen ist, und ich nicke mir zufrieden zu. Zwar hat es eine Weile gedauert, aber ich glaube, ich bin endlich bereit, Party zu machen.

KAPITEL 2

Die nächtliche Frühlingsluft fühlt sich warm im Gesicht an. Als ich den Campus überquere, um mich mit Cara und ihren Freunden zu treffen, gehe ich an anderen Studenten vorbei, die heute Abend ebenfalls ausgehen, und bin glücklich, dass ich mich zu ihnen zählen kann. Das Rudererhaus steht am Rand des Campus, gleich auf der gegenüberliegenden Straßenseite. Ich gehe darauf zu und rekapituliere meine Regeln noch mal: Nicht mehr als drei Drinks. Nicht über Vorlesungen sprechen. Nicht uncool verhalten in Nate Thornhills Nähe.

»Brynn!«, ruft Cara von der anderen Straßenseite. Ich winke und gehe zu ihr hinüber. »Ist ja unglaublich, du hast ein Rasenzimmer bekommen! Das ist fantastisch!« Ich beuge mich vor und umarme sie. Sie ist eine zierliche Brünette, die mühelos cool wirkt – die Art Mädel, die alle als Freundin ansehen.

»Danke!«

»Ach, du Scheiße! Du hast ein Rasenzimmer gekriegt? Bist du etwa so was wie'n Genie?«, fragt ihre Freundin Rachel, und die Kinnlade fällt ihr runter.

»Schön wär's! Dann hätte ich viel weniger Zeit gebraucht, um all die Hausarbeiten zu schreiben«, erwidere ich lachend.

»Cara hat gesagt, dass du noch nie bei einer Rudererparty warst«, sagt Marie. Sie ist mit Abstand die Hübscheste der Gruppe.

»Nee … schätze, es hat mich einfach nie hierüber verschlagen«, antworte ich und spiele die Angelegenheit herunter.

»Tja, die schmeißen die besten Partys«, versichert sie mir.

»Und haben die heißesten Typen.«

»Lacrosse-Typen sind heißer«, wendet Rachel ein.

»Stimmt, wenn möglich, sollte man sich immer beide gönnen …«, raunt Marie mehrdeutig, und sie brechen in Gelächter aus.

»Hey, du siehst übrigens super aus«, meint Cara zu mir, als wir die Verandastufen zum Haus hinaufgehen. »Tolles Top!«

»Danke«, antworte ich und versuche, nicht zu sehr zu strahlen. Ein paar Typen hängen auf der Veranda ab und begrüßen die anderen Mädels namentlich. Ich merke, wie sie mich mustern, und werde rot. Als mich einer angrinst, zupfe ich mir verunsichert an den Haaren. Zwei Mädels rennen in entgegengesetzter Richtung an uns vorbei. Eine beugt sich über das Geländer, und ihre Freundin schafft es gerade noch, ihr die Haare zurückzuhalten, bevor sie sich in die Büsche übergibt.

Entzückend!

Als wir reingehen, schlägt uns der Geruch von Schweiß und Bier entgegen. Das gedämpfte Licht kann kaum die Masse an Leuten erhellen, die sich im Hauptraum drängen, und mir fällt auf, dass meine Absätze am klebrigen Boden haften bleiben.

»Cara, Liebe meines Lebens!«, ruft ein hochgewachsener, muskulöser Typ und reißt sie in eine Umarmung. Ich erkenne ihn als ein Mitglied des Ruderteams wieder. Nicht, dass ich die Mannschaftsposter studiert hätte oder so …

»Huch – haha«, sagt Cara und verdreht die Augen, doch etwas am Glanz darin verrät mir, dass sie den Typen mag.

»Kann ich den Damen ein Bier anbieten?«, fragt er und deutet mit dem Kopf auf das Bierfass hinter sich.

»Ja, bitte«, antwortet Cara. »Hey, Foster, das ist Brynn, eine

Freundin. Sie ist zum ersten Mal bei einer Rudererparty. Sei also nett zu ihr!«

»Ich bin doch immer nett«, erwidert Foster entrüstet, verbeugt sich dann vor mir und reicht mir die Hand. »Mylady«, sagt er, als ich meine Hand in seine lege, und hebt sie an die Lippen. Marie und Rachel kichern, und als Foster ihnen ihr Bier reicht, gehen sie weiter zu einem anderen Grüppchen. Cara und ich folgen Foster zu einer mit Flecken rätselhafter Herkunft überzogenen alten Couch in der Ecke. Wir schlängeln uns vorbei an anderen leicht bekleideten Kommilitoninnen, und zum ersten Mal im Leben habe ich das Gefühl, zu den coolen Leuten zu gehören.

Nervös hocke ich mich auf das äußerste linke Sitzkissen. Cara setzt sich neben mich und Foster neben sie. Langsam nippe ich an meinem Bier, während er ihr ins Ohr flüstert. Ich habe schon mal Bier getrunken, war mit Allison und Miriam sogar bereits ein paarmal beschwipst gewesen – als wir einundzwanzig geworden waren und ein paar Weinlokale ausprobiert hatten. Heute Abend will ich nur sichergehen, dass ich es nicht übertreibe und wie das Mädel ende, an dem wir auf dem Weg herein vorbeigekommen sind.

»Wo treibt sich denn Nate heute Abend rum?« Mein Kopf schnellt herum, als ich höre, wie Cara Foster die Frage stellt. Eine Sekunde lang bleibt mir das Herz stehen. Ich muss zugeben, dass ich echt enttäuscht wäre, wenn er nicht einmal da ist.

»Er ist hier irgendwo, wahrscheinlich unter einem Haufen Tussis begraben.« Foster verdreht die Augen, und Cara lacht. Mit einem Zug trinke ich die Hälfte des Biers aus. Kaum zu glauben, wie eifersüchtig mich das macht, und ich kenne den Typen noch nicht mal.

Cara und Foster quatschen weiter, und obwohl Cara sich Mühe gibt, mich einzubinden, bin ich zu nervös, um etwas zum Gespräch beitragen zu können. Als ich mein Bier ausgetrunken habe, muss ich wirklich dringend aufs Klo.

»Bin gleich wieder da«, raune ich Cara zu und mache mich auf die Suche nach einer Toilette. Ich drängele mich durch den verschwitzten Pulk zu einem Korridor neben der Treppe. Vor einer Tür, hinter der ich das Bad vermute, sehe ich eine Schlange von fünf Mädels warten und stelle mich mit einem Seufzer hinten an. Die Tür geht auf, und ein Typ schießt hinein, an der Ersten in der Reihe vorbei.

»Hey!«, protestiert sie.

»Sorry! Notfall!«, ruft er und schließt die Tür. Ich lehne mich etwas zurück und werfe einen Blick die Treppe hinauf. Auf dem Treppenabsatz stehen zwar mehrere Leute herum, doch da oben ist es definitiv ruhiger. Und ich bin mir sicher, dass es hier mehr als eine Toilette gibt. Mit zusammengepressten Beinen drehe ich mich um und laufe die Stufen nach oben.

An den ersten beiden offen stehenden Zimmern gehe ich vorbei und komme zu zwei verschlossenen. Am Ende des Korridors sehe ich einen Raum, der wie eine Lounge aussieht; mittendrin steht ein Billardtisch. Eins der beiden verschlossenen Zimmer muss das Bad sein. An der nächstgelegenen Tür beuge ich mich vor und lege das Ohr daran. Nichts zu hören! Ich klopfe sanft, warte auf eine Reaktion. Wieder nichts, also drehe ich langsam den Knauf und öffne die Tür. Als sie auf- und mir aus der Hand gerissen wird, keuche ich erschrocken auf.

Mein Blick schießt hoch, und augenblicklich erkenne ich, wer vor mir steht: Nate.

»Ich ... ich ...«, stammle ich. Seine Pupillen weiten sich immer mehr, während er mich amüsiert anstarrt. Ich lasse den Blick über seinen Körper gleiten. Abgesehen von den hellblauen Boxershorts ist er nackt. Du lieber Gott, seine Figur ist einfach irre. Die Linie in der Mitte des Sixpacks sieht wie in Stein gemeißelt aus. Plötzlich bleibt mir fast die Luft weg.

17

»Siehst du was, das dir gefällt?«, fragt er trocken. Schlagartig hebe ich wieder den Blick. Eine Locke braunen Haars fällt ihm übers Auge. Ich räuspere mich und hoffe, dass mir eine Antwort einfällt. Ich spüre, wie seine Blicke über meinen Körper streifen und meine Haut zu brennen beginnt, während in meinem Bauch langsam das Verlangen anwächst.

»Oh, nein, ich habe ...«

»Willst du bei uns mitmachen?«, fragt er und zieht die Tür ein wenig weiter auf. Ich schaue über seine Schulter hinweg ins Zimmer und sehe ein nur von zerwühlten Laken bedecktes nacktes Mädel im Bett.

»Nate!«, sagt sie kichernd und zieht sich die Laken über die Brüste.

»Komm schon. Wenn ich nicht schon nackt wäre, dann würde ich sagen, dass du mich mit den Blicken ausgezogen hast«, meint er selbstgefällig zu mir.

Ich merke, wie ich feuerrot werde. »Nein, tut mir leid«, murmle ich, senke den Blick und stürme den Korridor hinunter zur Treppe, während ich höre, wie das Mädel hinter mir in schallendes Gelächter ausbricht. Ich renne ohne Umwege zur Haustür raus und die Verandastufen runter. Erst auf dem Gehweg bleibe ich stehen und werde mir klar darüber, was soeben geschehen ist.

Mann, ich bin so ein Idiot. Ich hebe die Hand zum Mund und fahre mir mit dem Handrücken über die Lippen, wische den Lipgloss fort. Ich passe nicht auf solche Partys, und ganz sicher passe ich nicht zu Nate Thornhill. In meinem ganzen Leben bin ich noch nie dermaßen bloßgestellt worden ... und wie arrogant es von ihm war, zu fragen, ob ich bei ihm und diesem Mädel mitmachen will, als würde ich das jemals tun.

Heiße Tränen steigen mir in die Augen und drohen mir über die Wangen zu laufen. Ich hatte echt große Erwartungen an diesen Abend gehabt, große Erwartungen an ihn. Und am Ende war er so ein Ekel.

Ich nehme das Handy aus meinem Armband und schicke Cara eine kurze Nachricht: *Hey, habe schlimme Kopfschmerzen. Bin zurück zum Wohnheim. Bis bald!*

Ich mache mich auf den Rückweg über den Campus, zurück in die Vertrautheit meines Zimmers. Das Handy brummt, und ich hole es wieder heraus, um Caras Antwort zu lesen: *Gute Besserung!*

Ich beneide Cara. Mir scheint, ihr fliegt alles einfach zu. Sie passt überall dazu, kann mit allen befreundet sein. Ich schätze, ich bin einfach nicht der Typ dafür, sosehr ich das auch gern wäre.

KAPITEL 3

Die Worte verschwimmen auf dem Papier.
Ich reibe mir die Augen. Letzte Nacht habe ich schlecht geschlafen, und jetzt kann ich mich nicht auf meine Mitschriften konzentrieren. Zum Wochenanfang haben wir ein paar Tage frei zum Lernen, und dann kommen die Jahresabschlussprüfungen. Ich kann mir jetzt keinen Patzer erlauben, auch wenn ich ein Rasenzimmer bekommen habe. Doch ich bin abgelenkt von dem, was gestern Abend passiert ist, und im Augenblick kann ich so gut wie gar nichts lernen.

Auf dem Schreibtisch neben mir klingelt das Handy.

»Hallo, Mom«, sage ich beim Rangehen.

»Hallo, meine Süße! Ich habe eben gesehen, dass du gestern ein paarmal angerufen hast. Tut mir leid! Ich war mit Pierce unterwegs.« Ihre melodiöse Stimme klingt etwas außer Atem – wie immer, wenn sie von ihrem neuen Freund spricht.

»Tja, also ich hab gute Nachrichten.«

»Ich auch«, erwidert sie.

»Oh! Ähm, willst du deine zuerst erzählen?«

»Eigentlich bin ich heute Abend in der Stadt. Pierce und ich hatten gehofft, dass wir dich heute zum Abendessen einladen können.«

»Du kommst her?! Das sind ja tolle Neuigkeiten.«

Sie lacht. »Nein, das ist nicht die Neuigkeit. Möchtest du warten und mir deine Neuigkeiten auch später erzählen?«

»Ähm, klar. Warum nicht? Aber dir geht's gut, oder?«

»Alles super! Wir haben eine Reservierung im *Decanter*, um neunzehn Uhr. Sollen wir dich abholen?«

»Nein, nicht nötig. Das ist nur ein kurzer Spaziergang vom Campus aus.«

»Na wunderbar! Oh, ich freue mich so sehr, dich zu sehen.«

»Ich mich auch.«

Verblüfft klappe ich mein Handy zu. Jetzt bin ich erst recht nicht mehr in der Lage zu lernen. Meine Mutter hat mich noch nie auf so eine Art überrascht. Ich runzle die Stirn. Kann es sein, dass sie und Pierce sich verlobt haben und sie es mir persönlich sagen will? Ich denke, ich würde mich für sie freuen, aber ich habe den Typen noch nicht einmal kennengelernt. Was, wenn er nur ein weiterer Trottel in der langen Reihe an Nieten ist, die sie ständig anzuziehen scheint?

Meine Mutter ist umwerfend schön und hat die Aufmerksamkeit, die ihr das Aussehen eingebracht hat, immer geliebt. Diese Eitelkeit hat mir jedoch immer Sorgen bereitet. Männer wollen immer alles für sie tun, aber keiner scheint der richtige Typ Mann zu sein. Meine Mutter hatte immer einen stetigen Zulauf an Bewunderern verschiedenster Charaktere und musste noch nie etwas aus eigener Kraft bewältigen. Sie weiß nicht, wer sie wirklich ist oder wie man allein zurechtkommt.

Als ich geboren wurde, hat mein Vater seinen wahren Charakter gezeigt und uns verlassen; als zweiundzwanzigjährige alleinstehende Mutter hatte sie dann auch keine Fähigkeiten vorzuweisen, mit denen sie sich allein hätte durchschlagen können. Ich habe mir geschworen, ich würde es nie so weit kommen lassen, dass ich derart abhängig von einem Mann bin wie sie. Ich musste sicherstellen, dass ich meinen eigenen Weg im Leben gehen kann – was wahrscheinlich der Grund dafür ist, dass ich das ganze Leben lang meine Nase in Bücher gesteckt habe.

Nach mehreren Stunden fruchtlosen Lernens entschließe

ich mich dazu, mich etwas früher fertig zu machen, damit ich noch eine Runde um den Campus spazieren gehen kann, bevor ich meine Mutter und ihren neuen Freund treffe. Ich ziehe ein Sommerkleid aus Baumwolle an und schnappe mir eine Strickjacke für den Fall, dass es im Restaurant kühl ist.

Als ich den Rasen betrete und den weißen Dom der *Rotunda* vor mir sehe, fühle ich mich ein bisschen entspannter. Ich finde die Architektur inspirierend, und nächstes Jahr werde ich auch tatsächlich hier wohnen. Auf der Seite des Frauenflügels – die Geschlechter leben getrennt – bleibe ich auf dem Rasen stehen und frage mich, welches der Zimmer meins sein wird.

Ungebeten schweifen meine Gedanken ab, zurück zur letzten Nacht. Ich hatte mir sehr erhofft, dass ich meinen Horizont ein wenig erweitern könnte. Es war wirklich großartig, ein Rasenzimmer zu bekommen, doch das war nicht alles im Leben.

Die Art, wie Nates Körper im dämmrigen Licht des Korridors ausgesehen hatte… der Streifen flaumiger Haare, der sich über dem Saum der Boxershorts zeigte… die Art, wie er mich angeschaut hat. Mir wird bewusst, dass ich selbstvergessen an meinem geflochtenen Zopf zupfe, und ich schüttle den Kopf über mich selbst – ich muss mich zusammenreißen. Es ist Zeit, sich mit meiner Mutter und ihrem neuen Freund zu treffen und sich ihre großen Neuigkeiten anzuhören.

* * *

Ich betrete das *Decanter* und sehe mich um. Es ist modern und elegant gestaltet, eine Mischung aus cremefarbenen Stoffen und dunklem Holz. Hier bin ich noch nie gewesen – es ist völlig außerhalb meiner Preisklasse. Gerade will ich die Empfangsdame ansprechen, als ich meine Mutter in einer abgetrennten Nische in der Ecke entdecke. Ich gehe an einer Reihe von Tischen vorbei auf sie zu und höre um mich herum gedämpfte Stimmen und das Klingen von Weingläsern.

Als sie mich herankommen sieht, leuchten ihre Augen auf, und sie erhebt sich. Sie sieht sogar noch umwerfender aus als sonst. Ihre blonden Haare – ein wenig heller als meine – sind zu einem langen Bob frisiert, der ihr fast bis auf die Schultern reicht, und hinter dem tiefroten Lippenstift blitzen ihre perfekten weißen Zähne auf.

»Brynn! Ich hab dich vermisst, meine Süße«, sagt sie und umarmt mich. »Du siehst umwerfend aus. Aber ist dir das Kleid nicht ein wenig zu groß?«, fragt sie und zupft an dem locker anliegenden Stoff.

»Du weißt doch, dass ich diese Passform mag«, antworte ich und lasse in meinem Ton nur einen Hauch von Ungeduld anklingen. Diese Unterhaltung führen wir immer wieder. Sie möchte, dass ich mich ein wenig weiblicher kleide, etwas »figurschmeichelnder«, wie sie es nennt.

»Ach, ich freue mich so, dass du Pierce kennenlernst. Er ist gerade auf der Toilette… Oh, da ist er ja.« Ich folge ihrem Blick zu einem elegant gekleideten Mann mit grau meliertem Haar und blauen Augen, der mit einem warmen Lächeln auf uns zukommt.

»Holly, wenn ich es nicht besser wüsste, würde ich sagen, dass das deine Schwester ist«, sagt er, und meine Mutter kichert. »Brynn, ich bin Pierce. Deine Mutter hat mir großartige Dinge über dich erzählt«, fügt er hinzu, während wir uns die Hände schütteln.

»Ebenso«, erwidere ich höflich, obwohl sie mir in Wahrheit so gut wie nichts über ihn erzählt hat.

»Also dann, setzen wir uns. Ich habe uns Champagner an den Tisch bestellt. Er sollte gleich kommen.« Folgsam setzen wir uns alle, ich auf einer Seite der gemütlichen Ledernische und meine Mutter mit Pierce auf der anderen. »Und, Brynn, du bist im dritten Studienjahr?«

»Ja, das ist…« Ich stocke, als meine Mutter die linke Hand nach dem Wasserglas ausstreckt und ich einen Ring daran entdecke. Kein Verlobungsring, sondern ein Ehering. »Was ist denn das?«

»Oh!« Meine Mutter klimpert mit den Wimpern.

»Tja, wir wollten warten, bis mein Sohn kommt, aber…«

»Wir haben geheiratet!«, platzt meine Mutter plötzlich heraus.

Mir fällt die Kinnlade herunter. »Geheiratet?«, staune ich. »Ich meine… ich dachte, dass ihr vielleicht verlobt seid, aber verheiratet?«

»Bist du sauer?«, fragt meine Mutter besorgt.

»Nein, nicht sauer…« Es fällt mir schwer, meine Gefühle in Worte zu fassen. Ich habe immer den Drang, meine Mutter vor meinen wahren Gefühlen bewahren zu wollen. Sie war schon immer empfindlicher als ich. »Nur überrascht, das ist alles. Ich meine, wie lange kennt ihr euch denn eigentlich?«

»Na ja, kennengelernt haben wir uns vor sechs Monaten«, antwortet meine Mutter. »Und dann hat mich Pierce letzte Woche als Überraschung auf eine Reise zu den Turks- und Caicosinseln mitgenommen, und alles war einfach so perfekt…« Sie gerät ins Stocken und sieht ihn Hilfe suchend an.

»Das war es wirklich, Brynn. Und es fühlte sich derart richtig an. Wir hätten uns gewünscht, dass ihr auch dort sein könntet, aber wir hatten einfach das Gefühl, dass wir den Moment nutzen mussten. Es fand in einem kleinen Pavillon am Kliff statt, mit fantastischem Blick übers Meer, und der Kapitän eines Schiffes, das am Resort vor Anker lag, hat uns getraut…«

»Es war Verlobung, Hochzeitsreise und Hochzeit in einem! Wir hätten uns nur gewünscht, dass du und Nate auch da sein könntet. Das hätte es sogar noch perfekter gemacht.«

Bei all den Informationen, die sie mir auftischen, habe ich Mühe, den Anschluss nicht zu verlieren. »Moment mal, wer ist Nate?«

»Oh, Nate ist mein Sohn. Er studiert auch hier an der Uni. Ich habe versucht, ihn zu erreichen, damit wir es euch zusammen erzählen können, aber... Moment! Da ist er ja!« Pierce gleitet aus der Nische und winkt seinem Sohn zu.

Nate. Nicht etwa Nate...

»Wie heißt Pierce mit Nachnamen?«, flüstere ich hektisch meiner Mutter zu.

»Thornhill«, flüstert sie etwas abgelenkt zurück und rutscht von der Bank, um sich neben Pierce zu stellen.

Oh Gott! Nate Thornhill ist hier. Nate Thornhill kommt in diesem Augenblick hinter mir herangelaufen. Nate Thornhill ist mein neuer... Stiefbruder!, begreife ich entsetzt. An meinem Haaransatz bilden sich kleine Schweißperlen, und plötzlich ist mir jeglicher Appetit vergangen.

KAPITEL 4

Nate bleibt an der Nische stehen, und aus den
Augenwinkeln heraus beobachte ich, wie er scheinbar in Zeitlupe seinen Vater umarmt und meiner Mutter die Hand schüttelt. Ich kann nicht glauben, dass das jetzt passiert. Ganz sicher bin ich mitten in einem seltsamen Albtraum und wache gleich auf. Nach letzter Nacht hatte ich gehofft, dass ich ihn nie wieder sehen muss.

»Brynn, Süße, das ist Nate, Pierces Sohn«, sagt meine Mutter und durchdringt den Nebel an Emotionen in meinem Gehirn.

»Ha…hallo. Nate. Brynn. Ich bin Brynn«, stammle ich, und er schaut mich an.

»Brynn, nett, dich kennenzulernen«, erwidert er förmlich. Moment mal, erinnert er sich etwa nicht einmal daran, dass wir uns letzte Nacht begegnet sind?

»Na komm, rutsch rüber, Brynn, damit Nate sich hinsetzen kann«, bittet meine Mutter und wedelt seitwärts mit den Händen.

»Ach ja, tut mir leid«, sage ich und rutsche zur Seite. Er setzt sich, und ich starre stur geradeaus. Bereits jetzt merke ich, wie mein Körper anfängt, mich im Stich zu lassen. Die Hitze, die sein Bein unter dem Tisch ausstrahlt, lässt mein Herz schneller schlagen.

»Ich dachte, du würdest es nicht schaffen«, sagt Pierce etwas angespannt zu seinem Sohn.

»Tut mir leid, ich habe in der Bibliothek gelernt. Mein Handy war aus.«

»Tja, du hast die große Bekanntmachung verpasst. Wir haben Brynn soeben erzählt, dass Holly und ich geheiratet haben.«

Ich werfe Nate einen Blick aus dem Augenwinkel zu und sehe, wie er überrascht die Augen aufreißt.

»Geheiratet? Hattest du nicht gesagt, dass du nie wieder heiraten willst?«

»Tja, die Dinge ändern sich. Als ich Holly kennengelernt habe, wusste ich es einfach. Wenn du sie erst einmal besser kennst, wirst du es schon verstehen. Sie ist eine ganz besondere Frau.«

Ich sehe, wie meine Mutter wie eine Tausend-Watt-Birne erstrahlt, und kann nicht anders, als dabei zu lächeln. Es ist schon eine Weile her, dass ich sie so glücklich gesehen habe.

»Sicher. Ich bin … ich bin einfach nur …« Ihm geht es genauso wie mir vorhin, und ich merke, wie er ebenfalls nach Worten sucht. »Überrascht … aber freudig überrascht. Holly, ich freue mich darauf, dich besser kennenzulernen.«

Wow, das war ja … freundlich. Anders als das, was der Typ gesagt hätte, dem ich letzte Nacht begegnet bin.

»Oh, ich auch, Nate«, erwidert meine Mutter und sieht überglücklich aus. »Und ich freue mich so darauf, dass du und Brynn euch kennenlernt.«

»Zwei Einzelkinder …«, sagt Pierce bedeutungsvoll. »Ihr werdet lernen müssen zu teilen.«

Meine Mutter lacht, und ich stimme zögerlich ein.

»Du hast doch schon immer ein Geschwisterkind gewollt, Brynn. Und jetzt hast du eins! Zwar einen Stiefbruder, aber immerhin.«

Ein Stiefbruder, der wortwörtlich Dutzende Male die

Hauptrolle in meinen schmutzigen Träumen gespielt hat. Großartig!

»Ihr beiden seid euch also tatsächlich noch nie über den Weg gelaufen?«, fragt meine Mutter und sieht uns abwechselnd an. »Pierce und ich waren so aus dem Häuschen, als wir festgestellt haben, dass unsere Kinder beide hier und im selben Jahrgang studieren.«

»Die Universität Virginia ist meine Alma Mater«, ergänzt Pierce stolz.

»Nein, wir sind uns nie begegnet«, falle ich ihm schnell ins Wort. Ich merke, wie Nate mich kurz mustert, bevor er zustimmend nickt.

»Nö, nie begegnet... leider«, sagt er.

»Wir dachten, es wäre das Beste, wenn wir euch beiden nichts von uns erzählen, bis wir sicher sind, dass es wirklich für immer ist. Ich dachte, dass es für euch beide einfach zu peinlich sein würde, wenn wir uns getrennt hätten und ihr euch ständig auf dem Campus begegnet wärt«, erklärt meine Mutter.

»Ja, das wäre peinlich gewesen«, entgegnet Nate trocken, und ich bin mir sicher, er spielt darauf an, dass nichts an die Peinlichkeit heranreichen könnte, die ich letzte Nacht gespürt habe.

Die Kellnerin bringt die Flasche Champagner, die Pierce bestellt hat. Dom Pérignon, lese ich auf dem Etikett. Wow, mein neuer Stiefvater muss stinkreich sein! Er muss nur so im Geld schwimmen. Fachmännisch lässt sie den Korken knallen, schenkt jedem in die eleganten Champagnerflöten ein und stellt die Flasche in einen Kühler neben dem Tisch.

Pierce hebt sein Glas. »Auf eine neue Familie«, sagt er und lässt den Blick um den Tisch schweifen. Alle heben die Gläser, und wir stoßen an. Ich schaffe das, ohne mit Nate Blickkontakt aufzunehmen. Der Champagner prickelt beim Schlucken im Hals. Noch nie im Leben wollte ich so gern eine Flasche Alkohol trinken wie in diesem Augenblick, doch ich beschränke mich auf einen bescheidenen Schluck.

»Und, meine Süße, du hast mir erzählt, dass es bei dir auch etwas Neues gibt?«, fragt meine Mutter und stellt ihr Glas ab.

»Oh ja, aber ich glaube kaum, dass ich mit eurer Bekanntmachung mithalten kann«, wiegle ich lächelnd ab.

»Aber hallo! Du hast am Telefon so aufgeregt geklungen«, ermutigt sie mich.

»Na ja, ich habe ein Rasenzimmer bekommen«, rücke ich heraus. Meine Mutter keucht begeistert auf, doch mir entgeht nicht, wie Pierce seinem Sohn einen kurzen Blick zuwirft.

»Hattest du nicht gesagt, dass das noch nicht bekannt gegeben wurde?«, fragt er ihn leise.

»Ich... ich wusste, dass du enttäuscht sein würdest. Ich stehe auf der Warteliste. Es war schwierig, alles unter einen Hut zu bringen; in zwei Sportteams zu sein, zwei Hauptfächer...«, erwidert Nate. Ich schaue meine Mutter an und dann die beiden Männer. Nate starrt auf die Tischdecke.

»Ich bin damals auch für ein Rasenzimmer ausgewählt worden«, unterbricht ihn Pierce und sieht mich an. »Das ist eine wichtige Errungenschaft.«

»Vielen Dank...«, sage ich zögerlich. Nate sieht unglücklich aus. »Auf die Warteliste zu kommen ist auch beeindruckend.«

Er wirft mir mit blitzenden Augen einen stechenden Blick zu. Mist! Ich hab's auch gehört: Mitleid.

»Ja, also, herzlichen Glückwunsch, euch beiden«, wirft meine Mutter ein. »Ich habe keine Ahnung, was ich essen soll. Alles hört sich so wunderbar an.« Sie fährt mit ihrem Finger über die vor ihr liegende Karte. Da meine Mutter in einer irischen Immigrantenfamilie aufgewachsen ist, scheut sie Konflikte wie der Teufel das Weihwasser. Doch dieses Mal bin ich froh über den Themenwechsel.

Da Geld offenbar keine Rolle spielt, entscheide ich mich für das Steak, und wir bestellen alle noch einen Cocktail zum Champagner dazu. Die Kellnerin geht mit unseren Bestellungen zur Küche, und in meinem Hinterkopf rührt sich ein Gedanke.

»Pierce, entschuldige, wenn das eine dumme Frage ist, aber hast du mal ein öffentliches Amt bekleidet? Dein Name kommt mir so bekannt vor.«

»Ja«, antwortet er erfreut. »Ich war mal Kongressabgeordneter...«

»... für Virginia. Jetzt erinnere ich mich. Du hast die Verabschiedung der Reform zur Finanzierung von Wahlkampagnen unterstützt.« Ich lächle.

»Gutes Gedächtnis.«

»Eins meiner Hauptfächer ist Politikwissenschaften, deshalb versuche ich, auf dem Laufenden zu bleiben.«

»Und das andere Hauptfach?«

»Weltgesundheit.«

»Weißt du was, ich leite Thornhill & Co. Consulting in der K Street, und wir suchen immer noch nach einem Praktikanten für den Sommer. Hast du Interesse?«

»Dad, ich dachte du würdest...«, wirft Nate ein, bevor ich etwas erwidern kann.

»Und ich dachte, du würdest ein Rasenzimmer bekommen«, entgegnet sein Vater im Plauderton. »Also, Brynn, was denkst du?«

»Tja, ähm, ich wollte einfach einen Sommerjob zu Hause in Maryland finden, mit dem ich Geld für meine Studiengebühren verdienen kann«, murmle ich. Hatte Pierce das Praktikum seinem Sohn versprochen? Ich will die Beziehung zu Nate nicht auf dem falschen Fuß starten.

»Du musst dir jetzt keine Sorgen mehr um deine Studiengebühren machen, Liebes«, erklärt meine Mutter sanft, und ich schaue sie überrascht an. Oh Gott – wird Pierce meine Uni-rechnungen etwa bezahlen? Dieser Gedanke war mir noch gar nicht gekommen. Mein Blick springt von einem zum anderen, doch beide sehen mich gelassen an.

»Oh, oh, ich wusste nicht... ich meine, liebend gern, aber na ja – wenn Nate es haben will...«

»Dann ist es abgemacht«, schneidet mir Pierce das Wort ab. »Normalerweise fahre ich recht früh ins Büro, aber wir haben ein extra Auto, das du nutzen kannst.«

»Wie bitte? Ich verstehe nicht.«

»Na ja, ich ziehe mit Pierce zusammen. Ich meine, prak-tisch lebe ich schon bei ihm, aber da wir jetzt verheiratet sind, werde ich unser altes Haus ganz offiziell verkaufen.«

»Klar. Natürlich.« Meinem Gehirn droht der Kurzschluss, während es all die neuen Informationen verarbeitet. Gerade als ich alles einigermaßen kapiere, spüre ich eine Hand auf mei-nem Knie. Überrascht schaue ich runter und sehe Nates Arm unter der Tischdecke verschwinden. Ich werfe ihm einen Blick zu. Er schaut geradeaus, als würde überhaupt nichts los sein. Ich habe Mühe, nicht die Beherrschung zu verlieren, als die Hitze seiner Handfläche mein Bein hinaufsteigt, den ganzen Weg hoch zur... »Diesen Sommer werde ich also mit euch ver-bringen? Mit euch allen?«

Nate dreht den Kopf und lächelt mich höflich an. Seine Hand schiebt sich einen weiteren Zentimeter über die nackte Haut meines Schenkels aufwärts. Ich sehe ihn mit großen Augen an, aber er reagiert nicht.

»Ganz richtig. Wir werden alle zusammen in Pierces Haus wohnen...«

»In unserem Haus«, berichtigt Pierce meine Mutter lächelnd.

»In unserem Haus in Potomac. Es bietet super viel Platz und einen wunderschönen Blick auf den Fluss. Es ist ganz wundervoll, dass wir den Sommer haben, um uns näherzukommen und eine echte Familie zu werden.«

Nates Hand schiebt sich ein Stück weiter mein Bein hinauf. Ich kann die raue, schwielige Haut seiner Handfläche spüren. In meinem ganzen Leben habe ich mich noch nie dermaßen angeturnt gefühlt, aber ich kämpfe dagegen an. Was denkt er sich nur dabei? Wir sitzen beim Essen mit unseren Eltern!

»Ich weiß, du hast noch Sachen im alten Haus, aber wir lassen alles ins neue Haus bringen. Wenn du nach Hause kommst, wird alles an seinem Platz sein«, sagt meine Mutter und lächelt mich an.

»A…hmm«, antworte ich und versuche, mich auf ihre Worte zu konzentrieren. »Ich hänge sowieso nicht sonderlich am alten Haus«, füge ich mit einem Schulterzucken hinzu. Nachdem mein Vater uns verlassen hatte, waren wir ein paarmal umgezogen, und bisher hatte es noch keinen Ort gegeben, der sich wie ein Zuhause angefühlt hat.

Nates Hand rutscht noch weiter an meinem Schenkel hoch und hebt dabei den Saum meines Kleides an, sodass seine Finger darunterliegen. In meinem ganzen Körper prickelt es. Heilige Scheiße, ich bekomme kaum Luft. Ich bin schockiert darüber, dass weder Pierce noch meine Mutter zu bemerken scheinen, was hier passiert. Mit seiner anderen Hand hebt Nate gelassen das Champagnerglas und trinkt einen Schluck. Wo bleibt nur die Kellnerin? Er würde seine Hand wegnehmen müssen, wenn das Essen kommt.

Doch sie rutscht noch einen Zentimeter höher. Ich halte das nicht mehr viel länger aus – noch eine Sekunde, und ich fange an zu stöhnen. Als meine Mutter ihren Kopf zu Pierces Ohr dreht und ihm Zärtlichkeiten zuflüstert, ziehe ich flink die Gabel vom Tisch und steche die Zinken in Nates Handrücken. Ich höre, wie er zischend einatmet, und dann zucken seine Mundwinkel, während er versucht, seine Hand trotz des Schmerzes an Ort und Stelle zu halten. Ich steche fester zu.

Plötzlich zieht er seine Hand ruckartig weg, und ich schaffe es gerade so, meine Hand zu bremsen, bevor die Gabel mein Bein trifft. Er dreht sich zu mir und lächelt mich mit einem verschlagenen Glitzern in den Augen an.

Er hat mich verarscht, das wird mir jetzt klar. Ist das etwa seine Art, sich an mir dafür zu rächen, dass ich ihn vor seinem Vater blamiert habe? Was für ein verdammter Fiesling!

Mit einem falschen Lächeln auf den Lippen beuge ich mich zu ihm. »Wenn dich das so sauer macht, dann sprich mit deinem Vater drüber, und lass es nicht an mir aus. Ich habe versucht, es abzulehnen«, zische ich ihm ins Ohr.

Er dreht sich mit einem ebenso falschen Lächeln zu mir. »Ich mache, was mir gefällt, Schwesterchen«, sagt er so leise, dass unsere Eltern es nicht hören können.

Der Rest des Abends vergeht, ohne dass sich Nate noch mal künstlich an mich heranmacht. Meine Gedanken kommen in Fahrt, als ich darüber nachdenke, wie ich den gesamten Sommer und potenziell viele weitere Jahreszeiten verbringen werde und gleichzeitig mit diesem Typen zusammenleben muss. Heute Abend wurde mein gesamtes Leben auf den Kopf gestellt, und ich brauche Zeit, um das alles zu verarbeiten.

Nachdem die Kellnerin unsere Kaffeetassen abgeräumt und Pierce die Rechnung mit einer schwarzen American-Express-Karte bezahlt hat, stehen wir auf, um uns voneinander zu verabschieden Unsere Eltern werden gleich noch zurück nach Maryland fahren, da das nicht einmal drei Stunden Fahrt sind. Ich drücke erst Pierce zum Abschied, dann meine Mutter.

»Ich weiß, dass das jetzt eine ganze Menge war, Liebes. Wir sprechen noch mal über alles, okay?«, flüstert sie beruhigend und drückt mir dann einen Kuss auf die Wange.

Ich lächle sie an, und mir steigen Tränen in die Augen – ich bin ziemlich überwältigt von allem.

Nate überrascht mich, als er sich vorbeugt, um mich zu umarmen, während unsere Eltern lächelnd zusehen. »Es war toll, dich kennenzulernen«, sagt er und flüstert dann fast tonlos in mein Ohr: »Schade, die Chance auf den Dreier ist für immer vorbei, Schwesterchen.«

Ich werde ganz steif, während er mir einmal über den Rücken streicht und sich dann von mir löst. Er hatte es nicht vergessen. Und jetzt wird er für ewig wissen, wie sehr ich mich zu ihm hingezogen fühle. Ich habe da so eine Ahnung, dass mir das immer wieder unter die Nase gerieben werden wird.

KAPITEL 5

»Ich will ja die Beziehung gar nicht infrage stellen, es kam einfach nur so plötzlich«, erkläre ich meiner Mutter, während sie mich vom Flughafen nach Hause fährt. Normalerweise fliege ich nie von oder zur Uni, aber Pierce hatte darauf bestanden. Ich hatte mir große Sorgen gemacht, dass ich womöglich denselben Flug wie Nate haben würde, doch zum Glück waren seine Prüfungen früher zu Ende als meine. Ich will so viel Zeit wie möglich haben, um mich auf unsere Interaktionen vorzubereiten.

»Nein, ich verstehe, wirklich«, versichert mir meine Mutter. »Du kannst mich alles fragen, über Pierce oder mich und Pierce, ohne dass ich sauer werde.«

»Er behandelt dich gut?«

»Er ist wundervoll. Immer überrascht er mich mit kleinen Geschenken und sogar Reisen. Ich weiß nicht, womit ich ihn verdient habe.«

»Also ich glaube, dass du echt viel zu bieten hast«, wende ich dramatisch ein.

»Oh, so hab ich das nicht gemeint! Ich wollte damit nur sagen, dass Pierce mich wie eine Prinzessin behandelt. Und im Grunde genommen ist das Haus ein Schloss«, fügt sie hinzu und zeigt nach rechts. Beim Anblick des mit Steinquadern verkleideten Herrenhauses, das wir ansteuern, hole ich zischend Luft.

»Erzähl keinen Quatsch! Das ist sein Haus? Es ist riesig!«

»Ja, oder?«, erwidert meine Mutter lachend. »Es hat sogar Hausmädchenzimmer! Aber du wirst dich dran gewöhnen, keine Sorge.«

»Es gibt ein Hausmädchen?«

»Früher hatte er mal eine Haushälterin, die für ihn gekocht hat, aber das meiste davon erledige ich jetzt. Ich finde es toll, wieder jemand zu haben, den ich bekochen kann. Das Hausmädchen kommt nur einmal die Woche, um richtig gründlich sauber zu machen«, erklärt sie, während wir durch das schmiedeeiserne Tor der Auffahrt fahren.

»Arbeitest du noch im Salon?« Ihren Lebensunterhalt hatte sie als Maniküristin in einem winzigen Salon in unserer Stadt im Osten Marylands verdient.

»Nein, nicht mehr. Aber ich arbeite ehrenamtlich und überlege, ob ich dem Vorstand einiger gemeinnütziger Organisationen beitrete«, sagt sie lässig. Meine Mutter als Lady bei Kaffeerunden, denke ich bei mir und schüttle den Kopf. Keine Ahnung, ob ich mir das vorstellen kann.

Meine Mutter drückt einen Knopf an der Armatur des Autos, und eins der beiden Garagentore öffnet sich. Wir fahren hinein, und während sich hinter uns das Tor schließt, sehe ich mich in dem riesigen Raum um. Wenn mich die Größe der Garage schon dermaßen schockiert, dann will ich nicht wissen, wie es mir mit dem Rest des Hauses ergehen wird.

Nach dem Rundgang, der länger als eine Stunde gedauert hat, weil das Haus so riesig ist, führt mich meine Mutter endlich zu meinem Zimmer. Mir ist ganz schwindelig von der Opulenz meines neuen Zuhauses. Als wir den vornehm mit Teppich ausgelegten Korridor entlanggehen, stelle ich alarmiert fest, dass ich Nate tatsächlich riechen kann. Er muss irgendwo in der Nähe sein. Es graut mir davor, ihn wiederzusehen. Und ich hatte gehofft, ich hätte mehr Zeit, um mich einzugewöhnen, bevor wir uns zum ersten Mal gegenüberstehen.

»Das ist Nates Zimmer«, erklärt meine Mutter, als wir an einer halb offen stehenden Tür vorbeigehen. »Er treibt sich gerade irgendwo draußen herum.« Ich schüttle den Kopf über mich selbst. Ich wünschte, ich könnte den Teil meines Körpers ausschalten, der sich von ihm angezogen fühlt. Doch wenn überhaupt, dann sind meine Sexträume mit ihm eher noch häufiger und beunruhigender geworden, seitdem er mir die Hand auf den Oberschenkel gelegt hat. »Und das ist dein Zimmer.« Ich kann kaum glauben, dass es gleich neben Nates ist. Es gibt so viele Zimmer in diesem Haus – ich hätte es vorgezogen, wenn wir etwas weiter voneinander getrennt einquartiert wären.

»Wow!«, sage ich, als sie die Tür öffnet, und vergesse mein Unbehagen über die Lage des Zimmers. Über einem Bett mit vier Pfosten in der Mitte des Zimmers hängt ein Himmel aus feinem weißem Stoff. Der Rest der Möbel besteht aus passendem Nachttisch, Schminktisch und einer Kommode. Die Tapete ist geschmackvoll, mit einem blau-weißen Muster und kleinen Vögeln darauf, was zur leichten, luftigen Atmosphäre des Zimmers passt. Ich lasse den Griff meines Koffers los, gehe zur Fensterbank und knie mich darauf. Das Fenster bietet einen spektakulären Ausblick auf den Potomac weiter unten – das Haus wurde eindeutig so gebaut, um den großartigen Standort zur Geltung zu bringen. Ich schaue nach links. »Ist das mein eigenes Badezimmer?«

»Ja, nie wieder teilen!«, antwortet meine Mutter fröhlich.

Ich gehe hinein und bewundere die komplett weißen Fliesen und die riesige Wanne. Ich war noch nie in so einem schönen Haus und kann kaum glauben, dass ich das hier von jetzt an tatsächlich mein Zuhause nennen werde.

»Hast du Hunger?«, fragt meine Mutter vom Zimmer aus.

»Ähm, ja, hab ich!«, rufe ich über die Schulter hinweg.

»Okay, ich mache dir was. Bleib du hier und komm erst

mal an. Ich bin in der Küche, wenn du so weit bist und was essen möchtest.«

Ich schlendere zurück in mein Zimmer, während meine Mutter die Treppe hinunter verschwindet. Es gibt da eine Frage, die ich habe und bei der ich es nicht über mich bringe, sie ihr zu stellen. Es ist nur… ich weiß, dass meine Mutter sich Sorgen ums Geld macht, darüber, dass ich die Uni mit so hohen Schulden abschließen werde. Es ist nicht so, dass ich glaube, sie hätte Pierce nur wegen des Geldes geheiratet. Aber ich mache mir Gedanken, dass das ihr Urteilsvermögen vielleicht etwas vernebelt hat. Sie haben derart schnell geheiratet – kann sie ihn überhaupt so gut kennen?

Vielleicht falle ich in meine alte Gewohnheit des Bemutterns zurück. Sie ist eine erwachsene Frau, und ich habe keine Kontrolle darüber, was sie tut. Ich bin nicht für ihre Entscheidungen verantwortlich… ganz zu schweigen davon, dass ich immens erleichtert darüber bin, die Studienkredite nicht mehr für den Rest meines Lebens am Hals zu haben.

Ich streife meine Sandalen von den Füßen und sinke wieder auf die Fensterbank. Der Potomac ist ein dunkelgrünes Band, das durch die buschigen Bäume an der hinteren Grenze des Anwesens und darüber hinaus bis hinunter zum Ufer kaum sichtbar ist. Ich erschrecke, als eine Gestalt in die Idylle eindringt. Sie kommt vom unteren Rasen herauf, und ich erkenne Nates Kopf. Den Lacrosse-Schläger über der Schulter, geht er zum Pool. Jesses! Trainiert er etwa schon wieder? Das Semester ist doch gerade erst zu Ende gegangen.

Ich schaue ihm zu, wie er den Schläger auf die Terrasse wirft und sich aus dem T-Shirt schält, und beiße mir auf die Lippe. Mit dem T-Shirt wischt er sich den Schweiß aus dem Gesicht, schmeißt es dann auf einen Stuhl und schleudert die Sneaker von den Füßen. Sein Körper ist einfach… irre. Ich meine, eigentlich ist das nur logisch. Mitglied in zwei Auswahlmannschaften der Uni zu sein reicht wahrscheinlich aus, um jedermann den Körper eines griechischen Gottes zu verpassen. Er hat jedoch auch noch das passende Gesicht dazu.

Nate springt in den Pool, und ich beobachte ihn dabei, wie er eine Bahn schwimmt; das kühle blaue Wasser rinnt ihm in Kaskaden über die muskulösen Schultern und den Rücken. Ich muss mich daran gewöhnen, ihn so zu sehen – und damit aufhören, mich jedes Mal wie ein totaler Freak zu benehmen, wenn wir im selben Zimmer sind. Das ist jetzt meine neue Normalsituation.

»Dein Essen ist fertig!«, ruft meine Mutter von unten herauf, und aufgrund des mehrstöckigen Foyers hallt ihre Stimme leicht wider. Ich springe auf und mache mich auf den Weg nach unten. Zuerst biege ich in das offizielle Esszimmer ab, bevor ich den Weg zur Küche finde. Mir fällt auf, dass die Küchenfenster direkt auf den Pool hinaus zeigen, und ich bleibe stehen. Na großartig! »Kaum zu glauben, dass Nate schon in den Pool geht. Das Wasser ist immer noch eiskalt«, kommentiert meine Mutter.

»Ja, er ist krass …«, antworte ich, ohne wirklich gehört zu haben, was sie gesagt hat. Nates Rückenschwimmen lenkt mich zu sehr ab. Seine Arme schneiden sauber durchs Wasser.

»Ihr beiden seid euch also in den drei Jahren, die ihr an der Uni seid, nie auf dem Campus über den Weg gelaufen?«, fragt sie und stellt mir ein Schinkensandwich auf den Glastisch in der Essnische. Wir setzen uns, sie mir gegenüber, und ich fange an zu essen.

»Nein, das heißt … wir haben uns nie kennengelernt.«

»Aber?«, hakt meine Mutter nach, da sie das leichte Zögern in meiner Stimme hört.

»Na ja, Nate ist ziemlich bekannt auf dem Campus. Er tritt für das Lacrosse- und das Ruderteam an, er ist klug, sieht …« Ich bremse mich und tue so, als müsste ich mich räuspern.

»Sieht … gut aus?«, fragt meine Mutter lächelnd.

»Mom …« Ich stöhne auf.

»Na, das tut er doch. Ich bin ja nicht blind. Pierce hat übrigens genauso ausgesehen, als er so alt war wie Nate.« Über die Schulter meiner Mutter hinweg sehe ich, wie Nate aus dem Pool steigt und sich das Wasser abschüttelt. Ich zwinge mich, auf mein Sandwich zu schauen, während er zum Liegestuhl geht und sich hinlegt.

»Was ist mit Nates Mutter passiert?«

Meine Mutter zuckt ein wenig zusammen. »Pierce spricht nicht wirklich darüber … zu schmerzlich. Anscheinend hat sie ihn betrogen und dann ihn und Nate verlassen. Sie haben keinen Kontakt mehr.«

»Oh, das ist schlimm«, murmle ich und versuche, den Anflug von Mitleid für meinen neuen Stiefbruder herunterzuschlucken.

»Ich glaube, das ist eins der Dinge, die uns zusammengebracht haben – ein Kind alleine aufzuziehen.«

Mein Blick schießt zur Tür, als Nate sie aufschiebt. Das T-Shirt hat er wieder angezogen, doch es klebt an seinem noch immer feuchten Oberkörper und betont seine muskulöse Brust und seine Schultern. Er lässt seine Sneaker auf die Matte fallen und schließt die Tür hinter sich.

»Hallo, Nate«, begrüßt ihn meine Mutter. »Möchtest du ein Sandwich?«

»Das musst du nicht machen«, antwortet er ein wenig schroff.

»Das macht mir gar nichts aus«, erwidert sie und steht auf, um zur Anrichte zurückzugehen. Er hält inne und setzt sich dann etwas widerstrebend auf den frei gewordenen Platz. »Es ist so witzig, dass du und Brynn euch nie an der Uni begegnet seid!«

»Ich glaube, da war vielleicht das eine Mal …«, fängt er

40

an und wirft mir einen Blick zu, denselben teuflischen Ausdruck wieder in den Augen. Ich merke, wie er unter dem Tisch sein Knie an meins lehnt, und schlage schnell die Beine übereinander.

»In der Vorlesung. Wir hatten ein paar Vorlesungen zusammen«, stelle ich klar und blicke ihn mit schmalen Augen an.

»Ach ja?«, fragt er und sieht ehrlich überrascht aus. An der marmornen Kücheninsel streicht meine Mutter schweigend Mayo auf eine Scheibe Brot.

»Ja«, flüstere ich verlegen. Natürlich erinnerte er sich nicht an die unzähligen Male, die wir im selben Hörsaal gesessen haben, sondern nur an das eine Mal, als ich ihn an seiner Zimmertür angegafft und mich völlig zum Eimer gemacht habe. Ich werde rot und möchte am liebsten im Stuhlkissen versinken und verschwinden. Er schaut mich skeptisch an, dreht die Handfläche nach oben und fängt an, an einer Schwiele zu knaupeln.

»Liebes, Pierce hat gesagt, dein Praktikum beginnt am Montag, stimmt's? Dann hast du ein paar Tage Zeit, dich hier einzugewöhnen«, sagt meine Mutter und stellt das Sandwich vor Nate ab.

»Klingt gut«, antworte ich und werfe Nate einen Blick aus dem Augenwinkel zu.

»Ich habe jemand zum Abendessen morgen eingeladen«, gibt er recht unvermittelt bekannt.

»Oh, wunderbar! Ein Freund aus der Gegend?«

»Nicht wirklich ein Freund. Eine Freundin, mit der ich in der Highschool zusammen war«, stellt Nate klar.

Ich halte meinen Blick unbeirrt nach vorn gerichtet.

»Weißt du, ob sie irgendetwas nicht essen darf?«, fragt meine Mutter nach und schaltet freudig in den Gastgebergang. »Ich könnte das Hühnchen nach dem Rezept meiner Mutter kochen oder ...«

Während sie weitere Vorschläge macht, klinke ich mich aus und verputze mein Sandwich so schnell wie möglich, damit ich aufstehen und hinaufgehen kann. Seufzend schließe ich hinter mir die Tür zu meinem Zimmer. Jetzt muss ich also mit Nates Exfreundin Abendbrot essen. Wird der Rest des Sommers etwa so aussehen? Nate bestraft mich dafür, dass sein Vater mich bevorzugt hat, indem er ausnutzt, dass ich mich von ihm angezogen fühle? Ich würde lieber wieder, vertieft in ein Buch, in der Bibliothek sitzen.

KAPITEL 6

Ich schiebe das sautierte Hühnchen auf meinem Teller herum und versuche nicht hinzusehen, als Nate seinen Arm über die Rückenlehne von Danas Stuhl drapiert. Sie ist hübsch. Sehr hübsch. Und süß. Ich wünschte, sie wäre nicht so süß, dann hätte ich wenigstens einen guten Grund, sie zu hassen.

»Wie lange wart ihr beiden denn zusammen?«, fragt meine Mutter.

»Na ja, es war mit Unterbrechungen, also... schwer zu sagen. Er ist doch tatsächlich mit einer meiner Freundinnen zum Abschlussball gegangen«, antwortet sie und stupst Nate scherzend an. Zumindest hat er den Anstand, rot zu werden.

»Nate...«, sagt sein Vater und schüttelt tadelnd den Kopf.

»Oh, das ist okay. Ich bin mit einem seiner Freunde hingegangen«, fährt Dana lächelnd fort. »Ich glaube, wir wussten beide, dass es nicht hatte sein sollen.«

»Ein paar meiner Freundinnen haben ihre Ehemänner in der Highschool kennengelernt«, erzählt meine Mutter und legt die Gabel auf den Teller. »Aber vor Kurzem habe ich einen Artikel gelesen, in dem stand, dass achtundzwanzig Prozent aller Frauen ihren Ehemann an der Uni treffen.« Sie schaut mich demonstrativ an, und ich springe auf.

»Ich räume ab«, verkünde ich. Mir schwant, in welche Richtung sich die Unterhaltung wenden wird, und will dem aus dem Weg gehen.

»Oh, danke, Brynn«, sagt Pierce, während ich die Teller bereits übereinanderstapele.

»Keine Ursache«, antworte ich. »Ich habe während der Highschool gekellnert.«

»Ich auch«, wirft Nate ein, als ich die Hand nach seinem Teller ausstrecke.

»Na sicher«, frotzle ich, ohne nachzudenken.

Er sieht zu mir auf und hebt die Augenbrauen. Sein Blick ist undurchschaubar.

Pierce lacht. »Doch, hat er.«

»Mein Vater sagt, dass Arbeit der einzige Weg zur Charakterbildung ist«, lässt Nate ruhig verlauten.

»Oh«, sage ich und werde rot, während ich mich durch die Schwingtür in die Küche verdrücke. Vorsichtig stelle ich das Geschirr neben der Spüle ab und lehne mich an die Arbeitsplatte. Mann, es kommt mir so vor, als könnte ich in Nates Beisein nichts richtig sagen. Mein Verstand scheint einzufrieren, während mein Körper gleichzeitig in Flammen aufgeht.

»Und, Brynn, bist du mit jemandem von der Uni zusammen?«, fragt Pierce. Der Blitz soll ihn treffen.

»Momentan nicht«, antworte ich und setze mich wieder hin.

»Mit wem warst du zusammen? Vielleicht kenne ich ihn?«, fragt Nate, und in seinen dunklen Augen spiegelt sich das Kerzenlicht der aufwendigen Dekoration in der Mitte des Tisches wider. Meine Mutter hatte den gesamten Nachmittag darauf verwendet.

»Wahrscheinlich nicht«, erwidere ich ausweichend und setze ein höfliches Lächeln auf. Er weiß nur zu gut, wie er mich verunsichern kann. Die Wahrheit ist, dass ich noch nie mit jemandem zusammen war, sosehr meine Mutter mich auch dazu drängt und sosehr mir die Tatsache auch peinlich ist. »Wer möchte Nachtisch?«

Ich schaffe es, einer weiteren Befragung aus dem Weg zu gehen, indem ich den letzten Gang serviere. Doch jetzt fange ich an, über die Tatsache nachzudenken, dass Nate und Dana nach dem hier wahrscheinlich irgendwohin verschwinden und Sex haben wollen. Ich hoffe, es wird nicht in Nates Zimmer sein. Was, wenn ich sie durch die Wand hören kann?

Meine Mutter besteht darauf, die Teller vom Dessert abzuräumen, und Nate und Dana stehen auf. Pierce und Nate fangen an, sich leise miteinander zu unterhalten, und Dana kommt zu mir herüber.

»Du siehst echt super aus«, setzt sie an. »Ich muss es einfach wissen: Was verwendest du als Hautpflege?«

»Ich … was? Ähm, Seife?« Oh Mann, sie macht es einem wirklich schwer, sie zu hassen.

»Seife? Nur … Seife? Oh Gott, ich mache die ganze Prozedur«, sagt sie und lacht über sich selbst.

»Tja, danke. Ich nehme an, wir werden uns jetzt öfter sehen?«, frage ich, doch sie sieht mich überrascht an. »Weil du mit Nate zusammen bist.«

»Wir sind nicht wirklich zusammen«, vertraut sie mir an. »Er ist nicht der Typ dafür, und ich habe die Hoffnung schon vor Jahren aufgegeben. Aber sieh ihn dir einfach an! Kann man es mir vorwerfen, dass ich wiederkomme?« Sie grinst, und dann weiten sich ihre Augen. »Oh Gott … tut mir leid! Ich hab eine Sekunde lang vergessen, dass er ja dein Bruder ist!«

»Stiefbruder«, korrigiere ich sie. »Also, ich werde mal nach oben gehen. Es war wirklich nett, dich kennenzulernen, Dana.«

»Fand ich auch«, gibt sie zurück und dreht sich um, um sich zu Pierce und Nate zu gesellen. Ich gehe ins Foyer, aber im letzten Moment beschließe ich, doch nicht nach oben zu gehen. Ich brauche frische Luft. Sekunden später schlage ich den Weg durch den Korridor zu den französischen Türen im holzverkleideten Arbeitszimmer ein. Sie führen auf den Patio, und erleichtert trete ich hinaus, schließe die Tür hinter mir.

Die steife Brise vom Fluss scheint mich zu rufen, und ich gehe darauf zu. Ich umrunde den Pool auf der ersten Ebene des Hausgartens und gehe dann hinunter auf den wiesenartigen Rasen, an dessen einem Ende ein Lacrosse-Tor aufgestellt ist. Die hölzerne Treppe, die zum steinigen Strand hinunterführt, befindet sich auf der rechten Seite, und ich brauche ein paar Minuten, um sie im Dunkeln zu finden.

Ich gehe die Stufen hinunter, und der Potomac breitet sich vor mir aus. Hungrig rauscht das Wasser vorbei und wird nur durch das Licht von den spärlich auf den umliegenden Hängen verteilten Häusern beleuchtet. Als ich das Ufer betrete, spüre ich Kiesel, die sich durch die Sohlen meiner Sandalen drücken, und links und rechts von mir werfen Felsbrocken lange dunkle Schatten. Das ist kein Strand mit weißem Sand. Nach Regenfällen fließt das Wasser gefährlich schnell, und streckenweise gibt es sogar Stromschnellen.

Ich werfe einen Blick auf die Stufen zurück und schaue dann wieder auf den Fluss. Ich fühle mich hier so fehl am Platz. Unser altes Haus hatte sich auch nicht wie ein Zuhause angefühlt, und trotzdem wünsche ich mir, ich wäre jetzt dort, läge ausgestreckt auf unserer schäbigen alten Couch, meine Mutter säße in ihrem Sessel, und wir würden uns auf unserem kleinen Fernseher irgendetwas ansehen. Ich weiß nicht, ob ich je das Gefühl haben werde, hierherzugehören. In Pierces Haus werde ich mich immer wie ein Gast fühlen.

Ich gehe näher ans Wasser heran, bis ich merke, dass die Kiesel unter meinen Sohlen kleiner werden. Ich will mir nicht die Schuhe nass machen. Über mir flattert ein Vogel von einem Baum auf, und ich zucke zusammen. Er fliegt davon, und ich kann ihn gerade so ausmachen; sein Körper bewegt sich wie ein Tintenkleks vor dem dunklen Himmel.

Ich wünschte, ich könnte ihm folgen.

Ich fühle mich einsamer als je zuvor und gehe zur Treppe zurück. Während ich die Holzstufen hochsteige, schüttle ich über mich selbst den Kopf. Meine Mutter ist glücklich, und ich habe das Glück, in einem Haus wie diesem zu leben. Hör auf, dich in Selbstmitleid zu baden, Brynn!

Als ich über den unteren Rasen laufe, schaue ich zum Haus hinauf und sehe, wie das Licht im Schlafzimmer von meiner Mutter und Pierce ausgeht. Ich schätze, sie gehen heute früh schlafen. Ich gehe zum Pool hoch und bleibe wie erstarrt stehen, als ich ein Stöhnen vernehme. Bis auf eine Lampe im Foyer und die Unterwasserbeleuchtung des Pools sind alle Lichter der unteren Etage aus. Ich blicke mich suchend um und entdecke auf einem Liegestuhl am Pool zwei ineinander verschlungene Körper. Nate und Dana.

Mit starrem Blick sehe ich zu, wie Nate sich erst sein T-Shirt vom Körper reißt und dann Dana das Top auszieht. Ich weiß, ich sollte weitergehen, aber ich tu's nicht. Das blaue Licht des Pools schimmert auf den Muskeln seines Rückens, während er gekonnt Danas BH öffnet und ihr Hosen und Unterwäsche abstreift.

»Verschwinde, du Perversling!«, befiehlt mir mein Verstand, doch mein Körper bleibt wie angewurzelt an Ort und Stelle stehen, obwohl er vor Verlangen pulsiert. Mit einer Hand massiert Nate Danas üppige Brüste, und die andere verschwindet nach unten. Augenblicklich schreit Dana auf, und beinahe muss ich selbst nach Luft schnappen, als würden seine Hände über mich streichen. Ich kann seine Berührung praktisch auf mir spüren, seinen heißen Atem an meinem Ohr, während sich seine geschickten Finger in mir bewegen …

Nate stöhnt und presst sich an sie. Sie kann sich kaum beherrschen, während er langsam in sie stößt und sich wieder zurückzieht. Oh Gott, was tue ich hier? Ruckartig, als würde

47

ich aus einer Trance erwachen, mache ich einen Schritt nach hinten, und in meiner Hektik, von hier wegzukommen, falle ich beinahe über den Hortensienbusch neben mir. Schnellstmöglich und so lautlos, wie ich kann, renne ich um das Haus herum zur Vorderseite. Ich erreiche die Haustür und bete, dass Nate erst später abschließt. Der Türknauf lässt sich drehen, und erleichtert öffne ich die Tür. Ich haste die geschwungene Treppe hinauf und den Korridor entlang in mein Zimmer, schleudere die Sandalen von den Füßen, werfe mich aufs Bett und vergrabe den Kopf in den Kissen.

Angesichts dessen, was ich eben erlebt habe, und des unkontrollierbaren Verlangens, das ich gespürt habe, brennen mir die Wangen vor Scham. Ich habe schon früher für Typen geschwärmt, aber nie mit einer solchen Besessenheit wie für Nate. Und sogar nachdem ich ihn endlich kennengelernt habe und er mich ständig nur veralbert und verunsichert, fühle ich mich körperlich immer noch extrem stark von ihm angezogen.

Ich richte mich auf und rutsche zum Nachttisch hinüber, um mein mit Eselsohren markiertes Exemplar von *Lady Chatterleys Liebhaber* aus der oberen Schublade zu holen. Gerade als ich es auf der markierten Seite aufschlage, klopft es kurz an meiner Tür. Ich werfe das Buch aufs Bett, hoffe und bete, dass es nicht Nate ist, und gehe zur Tür.

Beinahe mache ich einen kleinen Satz rückwärts, als ich die Tür aufziehe und Nates Gesicht aus der Dunkelheit des Korridors auftaucht. Er beugt sich vor, stützt den Unterarm am Türrahmen ab, und ich trete nervös zurück. Sein welliges Haar sieht besonders zerzaust aus, und seine Lippen kräuseln sich zu einem leichten Lächeln.

»Muss ein Spanner laut Definition eigentlich immer von draußen reinschauen? Oder trifft die Bezeichnung auch noch zu, wenn sich beide – oder alle drei – Beteiligten draußen befinden?«, fragt er gelassen und reckt sein Kinn ein wenig, während er mich mustert.

»Ich … ich habe nicht …«, stammle ich und merke, wie mir langsam heiß wird.

»Du – hast – uns – zugesehen«, beschuldigt er mich mit verengten Augen.

»Tut mir leid! War nicht meine Absicht. Ich bin nur … ich war unten am Fluss … woher weißt du …?«

»Ich habe einen Zweig knacken hören und dann gesehen, wie du wie ein betrunkener Vogel Strauß weggerannt bist.«

»Hat Dana …?«

»Nein, und ich hab's ihr nicht gesagt.«

»Gott sei Dank!«

»Und? Wie fandest du's?« Er grinst.

»Oh, noch mal, es tut mir leid. Das ist mir so peinlich«, sprudelt es weiter aus mir heraus. Mir fällt auf, dass dies die längste Unterhaltung ist, die ich je mit meinem neuen Stiefbruder geführt habe. Und sie dreht sich darum, inwiefern ich eine Perverse bin. Na super!

»Warum hast du uns zugesehen?«, fragt er und macht einen Schritt in mein Zimmer hinein. Ich weiche einen weiteren Schritt von ihm zurück.

»Ähm, ich … ich weiß nicht. Irgendwie ist es einfach so passiert. Ich hatte nicht die Absicht dazu gehabt.«

»Lügner!«, kommentiert er lässig.

»Arschloch!«, rutscht es mir heraus, bevor ich mich bremsen kann.

Er legt den Kopf leicht zur Seite. »Prüde Socke!«, legt er nach. Ich sehe zu Boden. Vielleicht bin ich eine prüde Socke, aber ich will keine sein. »Was ist das?«, fragt er. Als ich wieder zu ihm aufblicke, sehe ich, dass er an mir vorbei auf das Buch auf meinem Bett schaut.

»Nichts, nur ein Buch«, antworte ich, doch er rauscht an

mir vorbei darauf zu. Ich laufe ihm schnell hinterher, doch er erreicht das Bett vor mir und nimmt es in die Hand. »Siehst du?«, sage ich trotzig.

»Ich weiß, worum es in *Lady Chatterleys Liebhaber* geht«, meint er und schaut mich mit einem selbstgefälligen Grinsen an. Mist. »Vielleicht bist du am Ende doch keine prüde Socke«, fügt er hinzu und lässt den Blick über meinen Körper streifen. Ich muss schwer schlucken. »Weißt du, was ich glaube?«, fragt er und kommt auf mich zu. Erneut bewege ich mich fort von ihm und spüre einen der Bettpfosten in meinem Rücken. »Ich glaube, dass du mich willst. Ich glaube, dass du dich kaum beherrschen kannst.«

»Das ist ganz schön eingebildet von dir«, kontere ich. Nervös fange ich an, an meinen Haarspitzen zu zupfen.

»Warum machst du das?«, fragt er stirnrunzelnd.

»Ist 'n nervöser Tick«, erwidere ich schulterzuckend und lasse die Hand sinken.

»Ich mache dich also nervös?«

»Nein«, antworte ich schnell. »Nur, dass du hier bist…«

»Ich bin nur dann eingebildet, wenn ich falsch liege.«

»Wenn du womit falsch liegst?« Ich verspüre den Drang, mir wieder an den Haaren zu zupfen, aber diese Befriedigung will ich ihm nicht geben.

»Damit, dass du mich willst. Wollen wir das doch mal testen…« Er betrachtet mich und hebt die Augenbrauen. »Ich werde dich jetzt küssen, und du musst nichts weiter tun, als mir zu sagen, dass ich aufhören soll.«

»Was? Das ist total krass! Du hast eben noch Dana gefickt, und jetzt erwartest du von mir, dass ich dich küsse?«, protestiere ich, aber er kommt auf mich zu. Ich versuche, weiter zurückzuweichen, doch ich stehe bereits eng an den Bettpfosten gedrückt. Unsere Blicke treffen sich, und tief in meinem Bauch brodelt Verlangen auf.

»Wenn dir das zu krass ist, dann sag einfach stopp«, raunt er neckend und kommt näher. Sein männlicher Duft steigt mir in die Nase, und mein Gehirn wird zu Watte. Als er die Arme um mich legt und kurz oberhalb meines Pos mit beiden Händen den Bettpfosten greift, spüre ich, wie mir Feuchtigkeit den Oberschenkel herunterrinnt. Er steht so nah bei mir, dass ich die Hitze wahrnehme, die er abstrahlt. Seine Beine und seine Brust drängen sich an mich, und seine Lippen kommen meinen näher. Nur wenige Zentimeter trennen Nate Thornhills Mund von meinem. Jetzt fünf Zentimeter. Jetzt zwei ... ich spüre seinen warmen Atem an meinen halb geöffneten Lippen ...

»Stopp!«, flüstere ich.

Er erstarrt, zieht sich jedoch nicht zurück, als könnte er nicht glauben, was er gerade gehört hat. Aber ehrlich gesagt, bewundere ich meine Selbstkontrolle. Ich spüre seine Erektion an meinem Oberschenkel – und weiß, dass er mich auch will. Jetzt kann ich ihn mit seinen eigenen Waffen schlagen. Ich beuge mich leicht vor, sodass meine Lippen über seine streifen, während ich sage: »Außer, du willst nicht aufhören.«

Sein Blick, der auf meine Lippen gerichtet war, schießt wieder hoch zu meinen Augen. Auch wenn ich von der Leidenschaft darin fast übermannt werde, zwinge ich mich, ganz ruhig zu bleiben. Einen Moment lang starrt er mich an, dann stößt er sich vom Bettpfosten ab und tritt zurück. Sein Mund öffnet sich, als wollte er etwas sagen, doch kein Wort kommt heraus. Ich bleibe am Bettpfosten angelehnt stehen. Er dreht sich um und geht zur Tür. Ohne zurückzublicken, schließt er sie hinter sich.

Ich stolpere ein paar Schritte vorwärts und hole tief Luft. Wenn er in der Nähe ist, habe ich das Gefühl, als würde er all die Luft aus dem Zimmer verdrängen, sodass ich nicht mehr atmen kann.

Ich kann kaum glauben, dass ich ihn eben zurückgewiesen

habe. Einerseits bin ich schockiert, aber mir ist ebenfalls danach, mir einen riesen Applaus zu spenden. Soeben habe ich Nate Thornhills Annäherungsversuch widerstanden – meinem Wunschtraum der letzten drei Jahre. Mir sollte ein Preis für Willenskraft verliehen werden. Eins war mir klar gewesen: Wenn ich mich von ihm hätte küssen lassen, dann hätte ich jegliche Macht in unserer Beziehung verloren. Ich wäre einfach ein weiteres lächerliches Mädchen gewesen, das seinem Charme erlegen war.

Der Nachteil ist natürlich, dass ich wieder mit einem Buch allein bin, obwohl ich noch nie im Leben so erregt gewesen bin wie jetzt. Ich seufze und krabble zurück auf mein Bett. Was auch immer sich zwischen meinem Stiefbruder und mir abspielt, ich habe eine Ahnung, dass das noch nicht das Ende war.

KAPITEL 7

»Ich bin so froh, dass hier noch eine Praktikantin arbeitet!«, sagt Constance und dreht sich mit ihrem Schreibtischstuhl. Sie ist meine neue Kollegin und eine von nur einer Handvoll Praktikanten bei Thornhill & Co. Ich teile mir eine Arbeitsnische mit ihr.

»Ah, na bitte! Endlich funktioniert mein Outlook«, verkünde ich und öffne das E-Mail-Programm auf dem Computer.

»Also zuerst werden die sicher wollen, dass du die GHV und all das unterschreibst. Aber hast du Lust, danach zusammen Mittagessen zu gehen?«, fragt sie.

»Was ist denn eine GHV?« Ich drehe mich um und sehe sie an.

»Geheimhaltungsvereinbarung. Unmengen von Senatoren und wichtigen Wirtschaftstypen kommen hierher, und du darfst niemandem davon erzählen. Extrem wichtig«, klärt sie mich mit gedämpfter Stimme auf. Sie scheint sehr stolz darauf zu sein, dieses begehrte Praktikum ergattert zu haben, weshalb ich ihr wohl auch nicht gesagt habe, dass ich die Stieftochter des Chefs bin. Noch nie zuvor habe ich von Vetternwirtschaft profitiert, und das fühlt sich jetzt seltsam und unangenehm für mich an.

»Oh! Also ich würde gerne ein anderes Mal zum Mittagessen mitkommen. Heute bin ich schon mit meiner Freundin Allison verabredet. Wir studieren beide an der Uni Virginia, und sie hat ein Praktikum im Stadtplanungsbüro in Georgetown, also treffe ich mich dort mit ihr.«

»Cool! In Georgetown kann man richtig gut einkaufen. Ich würde gerne mal mit dir shoppen gehen. Mode ist so was wie mein Hobby, und deine Figur ist ein Traum für jeden Stylisten.«

»Ich glaube, ich kann mir das nicht…«, fange ich meine übliche Antwort auf eine Einladung zum Shoppen an, bevor mir auffällt, dass ich es mir vielleicht doch leisten kann. Und in ihrem gemusterten Cardigan mit der ungewöhnlichen Halskette sieht Constance echt superschick aus. »Weißt du was, das wäre klasse. Ich weiß wirklich nicht, was ich mir kaufen soll.«

»Oh, da kann ich dir helfen. Aber pass auf, dass du in Mr Thornhills Nähe nichts zu Enges trägst«, fügt sie hinzu und verdreht die Augen.

»Was willst du damit sagen?«, hake ich skeptisch nach.

»Oh Gott, wer ist denn das?«, unterbricht Constance unsere Unterhaltung und steht auf, um über die Trennwand der Arbeitsnische hinwegzuspähen. Ich tue es ihr gleich und sehe, wie Nate und Pierce gemeinsam den Korridor in Richtung Aufzüge entlanggehen. Sie werden wohl zusammen Mittag essen.

»Das ist sein Sohn«, antworte ich und setze mich sofort wieder hin.

»Er sieht aus wie ein Polomodell!«, ruft Constance aus und setzt sich wieder.

»Ähm, was wolltest du eben noch über Pierce – Mr Thornhill – erzählen?«

»Na ja, ich hatte nie Probleme, aber vielleicht steht er nicht auf Asiatinnen«, sagt sie und wirft lässig ihre schwarzen Haare über die Schulter zurück. »Aber ich habe gehört, dass er einen gewissen Ruf hat.«

»Oh, nein«, erwidere ich und zupfe besorgt an meinen Haaren. Mist! Mist! Mist! Ich wusste es, er war zu gut, um wahr zu sein.

»Keine Angst! Soweit ich mitbekommen habe, ist er ziemlich harmlos. Er gehört einfach zu 'ner anderen Generation, was Frauen im Büro betrifft – besonders, wenn's um junge Frauen geht«, ergänzt sie.

»Hm«, brumme ich, und mein Verstand schaltet bereits in den Krisenmodus um.

»Alles okay, Brynn?«

»Aber vielleicht hat er sich geändert. Ich meine, er ist jetzt verheiratet«, sage ich und klammere mich an ein Fünkchen Hoffnung.

»Ja, ich hab gehört, dass er geheiratet hat.« Sie zuckt mit den Schultern. »Kann schon sein. Ich glaube, das ist auch nichts, was erst kürzlich passiert ist.«

Ich nicke, das beruhigt mich ein bisschen. Wir drehen uns beide zu unseren Computern zurück, da hören wir Schritte, die sich unserer Nische nähern. Ich hebe den Blick und sehe Pierce und Nate am Eingang auftauchen.

»Brynn, das wird sich jetzt schlimm anhören«, fängt Pierce an, und ich wappne mich. »Aber Nate und ich hatten vor, zusammen Mittag zu essen. Und wir waren bereits unten in der Lobby, als mir klar wurde, wie unhöflich es ist, dich nicht auch dazu einzuladen.«

Puh! Einen Moment lang dachte ich, dass er unsere Unterhaltung mitgehört hatte. »Oh, das ist echt lieb, aber ich bin sowieso schon mit meiner besten Freundin von der Uni zum Essen verabredet.«

»Ah, verstehe … dann viel Spaß! Hier in der Gegend gibt's ein paar tolle Restaurants. Wir wollten nur, dass du weißt, dass du eingeladen bist«, sagt Pierce freundlich, obwohl mir Nates Stirnrunzeln verrät, dass das eher seine Idee war als die seines

Sohnes. »Constance, richtig?«, fragt Pierce und wendet sich an sie.

»Ja, richtig«, piepst sie.

»Gut. Also wir müssen los, sonst kommen wir zu spät für unsere Reservierung. Wir sehen uns dann zu Hause«, sagt Pierce, winkt kurz und zieht mit Nate im Schlepptau‹ davon.

Hm! Mir fällt auf, dass Nate kein einziges Wort zu mir gesagt hat. Ich nehme an, es passt ihm nicht, dass er mal zur Abwechslung derjenige ist, der nicht alles bekommt.

»Warum wird Mr Thornhill dich zu Hause sehen?«, will Constance wissen und dreht mit einem seltsamen Gesichtsausdruck langsam ihren Schreibtischsessel zu mir herum.

»Ähm, na ja, ich bin seine Stieftochter. Er hat vor Kurzem meine Mutter geheiratet.«

Constance holt erschrocken Luft und vergräbt ihr Gesicht in den Händen. »Oh Gott, oh Gott, ich bin so was von gefeuert. Ich bin gefeuert, stimmt's?«

»Was? Nein! So was kann ich gar nicht entscheiden, bin nur eine Praktikantin, genau wie du.«

»Du bist die Tochter des Chefs, und ich hab über ihn getratscht!«

»Stieftochter, und ich versteh schon. Hätte ich solche Gerüchte gehört, dann würde ich andere Frauen, mit denen ich zusammenarbeite, auch warnen wollen.«

»Aber ich weiß nicht mal, ob es wahr ist, das tut mir so leid«, gibt sie unglücklich zu.

»Wirklich, das ist okay. Und es tut mir leid, dir nicht früher gesagt zu haben, dass ich seine Stieftochter bin. Ich wollte nur … du weißt schon, dass es nicht so aussieht, als sei das der einzige Grund, warum ich das Praktikum bekommen habe. Ich meine, ich arbeite wirklich hart.«

»Na klar tust du das! Na klar. Ja. Ich sollte mich wieder an die Arbeit machen«, erwidert Constance, dreht sich zu ihrem Computer und fängt an, sehr schnell zu tippen.

* * *

»... und jetzt mache ich mir Sorgen, dass sie sich immer total eigenartig in meiner Nähe verhalten wird«, vertraue ich Allison an, während wir Caesar Salad im *Clyde's* in der M Street essen.

»Glaubst du, dass es stimmt?«, flüstert sie mir über den Tisch gebeugt zu.

»Ich weiß nicht... ich meine, vielleicht hat er nur geflirtet, und es wurde überproportional aufgebauscht, weißt du?«

»Ich wette, dass es so was war.« Allison nickt weise. »Wer weiß, wie solche Gerüchte wirklich anfangen. Und wenn sie erst mal im Umlauf sind, kann man sie auch nicht mehr auslöschen.«

»Ich hoffe, dass das der Fall ist... ich will aber das, was eine Frau erlebt hat – oder Frauen –, nicht runterspielen, nur weil es unangenehm für mich oder schmerzlich für meine Mutter wäre. Es würde sie so sehr treffen, wenn das wahr wäre.«

»Darüber würde ich mir keine Gedanken machen. Und deine Kollegin hat gesagt, dass das alte Geschichten sind, oder?«

»Stimmt!«

»Und du hast gesagt, dass er deine Mutter gut behandelt. Also ich wette, das sind einfach nur hässliche Gerüchte.«

»Ja... ja«, antworte ich und verdränge den Gedanken an Pierces angebliches Fehlverhalten in die Tiefen meines Gedächtnisses. »Wie ist denn deine Unterkunft an der George Washington?«, frage ich, da ich weiß, dass sie von einem Programm an der nahe gelegenen Universität profitiert, bei dem Sommerpraktikanten eine preiswerte Unterkunft in einer sonst teuren Stadt erhalten.

»Gut. Meine Mitbewohnerin ist aber ein bisschen laut. Und wie ist dein neues Haus?«

»Es ist so groß! Keine Ahnung, warum irgendjemand so viel Platz braucht. Ich meine, bevor meine Mutter und ich dort eingezogen sind, haben dort nur zwei Menschen gewohnt. Na ja, drei, wenn man das Hausmädchen dazuzählt.«

»Ihr habt ein Hausmädchen?!«

»Es gab mal eins. Sie wohnt nicht mehr dort. Oh, und die Fassade ist mit Steinquadern verkleidet, also dachte ich, dass es alt ist. Aber meine Mutter hat erzählt, Pierce hätte das Haus vor etwa fünfzehn Jahren bauen lassen. Er muss 'ne Menge Geld dafür ausgegeben haben, damit so etwas Neues aussieht, als wäre es alt.«

»Hast du ein Glück!«, meint Allison.

»Ich weiß.«

»Wie ist denn dein Stiefbruder so? Ich weiß nicht, ob ich mit einem hirnamputierten Sportler leben könnte.«

»Na ja, Nate ist nicht hirnamputiert. Wir hatten ein paar Vorlesungen zusammen, und er ist wirklich klug. Steht sogar auf der Warteliste für ein Rasenzimmer.«

»Du nimmst ihn in Schutz, scheint mir«, bemerkt Allison und trinkt einen Schluck Wasser.

»Ja, scheint so. Ich weiß aber wirklich nicht, warum. Er hat diese eigenartigen Psychospiele mit mir abgezogen.«

»Psychospiele?«, wiederholt sie stirnrunzelnd.

Ich schiebe einen Crouton auf dem Teller herum und überlege, wie viel ich ihr erzählen soll. Ich hab so eine Ahnung, dass das nicht die Art Situation ist, die sie einfach so hinnehmen würde. Aber ich will auch unbedingt mit jemandem über das reden, was gelaufen ist.

»Also, du erinnerst dich doch bestimmt, dass ich mal für ihn geschwärmt habe?«

»Klar erinnere ich mich, du hast im zweiten Jahr mal was erwähnt.«

»Ich… ich schwärme immer noch für ihn. Zumindest

glaube ich das… ich weiß es nicht. Ich fühle mich definitiv zu ihm hingezogen, und das weiß er auch. Er kann wirklich grob sein, und dann hat er mich letzte Nacht beinahe geküsst, aber er…«

»Hey, was?! Mann, Brynn, er ist dein Stiefbruder.«

»Ich weiß! Aber erst seit ein paar Wochen, und…«

»Okay… aber was, wenn ihr euch wirklich geküsst hättet? Was dann? Du müsstest ihn jeden Tag sehen, weil deine Mutter und sein Vater verheiratet sind. Und auch wenn ihr nicht zusammenleben würdet, was ist mit den Feiertagen? An Thanksgiving würdest du dem Typen, mit dem du rumgemacht hast, gegenübersitzen und dabei deinen Putenbraten essen müssen… an jedem Thanksgiving.«

»Ach, du hast ja recht«, antworte ich, lasse die Gabel fallen und vergrabe mein Gesicht in den Händen. Das war der Grund, warum ich es Allison nicht erzählen wollte – sie konfrontiert meine Hormone mit Logik. Aber die Wahrheit ist, dass sie recht hat. Ich fühle mich so, als wurde mir gerade ein Eimer kaltes Wasser über den Kopf geschüttet. »Du hast recht«, wiederhole ich. »Kaum zu glauben, dass ich es überhaupt so weit habe kommen lassen.«

Nach dem Mittagessen kehre ich ins Büro zurück und verbringe den Rest des Nachmittags in unangenehmer Stille mit Constance. Ich versuche, sie in ein Gespräch über Online-Shopping zu verwickeln, aber sie antwortet nur einsilbig. Später am Tag lerne ich einen weiteren Praktikanten namens Greg kennen – ein süßer rotblonder Typ, der rot wird, wenn ich ihm in die Augen sehe. Das ist eher der Typ Mann, mit dem ich ausgehen sollte. Ich wünschte mir nur, ich würde bei ihm denselben Rausch verspüren, wie wenn ich in Nates Nähe bin.

Kurz nach sechs fahre ich in dem alten Audi nach Hause, der in der Garage der Thornhills einfach nur herumgestanden hatte. Das ist garantiert das teuerste Auto, das ich je gefahren habe, und es macht Spaß, den Motor auf der kurzen Strecke am Beltway zurück nach Potomac voll auszufahren. Ich parke in der Garage und betrete das Haus durch den kleinen Nebenraum der Küche, wo ich mir die Schuhe abstreife.

»Mom?«, rufe ich, bevor ich sie draußen im Hausgarten entdecke, wo sie mit dem Sonnenuntergang im Rücken telefoniert. Die Tasche noch über der Schulter, mache ich mich auf den Weg nach oben. Ich steige die Stufen hinauf und gehe den Korridor entlang. In dem riesigen Haus ist es still. Nate musste noch bei seinem Praktikum sein. Meine Mutter hat mir erzählt, dass er eins bei einer Denkfabrik in der Stadt bekommen hat.

Als ich in mein Zimmer gehe, lasse ich die Tasche fallen und trete die Tür fast vollständig mit dem Fuß zu. Ich kann es kaum erwarten, aus dem Rock herauszukommen. Das ist mein einziger Bleistiftrock, und er kratzt ein wenig an der Taille.

Ich gehe ins Bad und drehe den eleganten Wasserhahn am Waschbecken auf. Mit einem Haargummi binde ich mir die Haare am Hinterkopf zusammen und spritze mir etwas kühles Wasser auf die Haut. Der erste Tag ist immer anstrengend, egal, wo man ist, aber ich glaube, heute war das ganz besonders der Fall. Als ich, vor Wasser triefend, in den Spiegel aufblicke, nehme ich eine Bewegung darin wahr. Ohne zu begreifen, was ich da sehe, starre ich ausdruckslos hinein und bemerke den Spiegel über dem Schminktisch im Zimmer. Dieser reflektiert wiederrum die leicht geöffnete Tür. Es ist Nate, wird mir klar. Er steht an meiner Tür, und ihm ist nicht bewusst, dass ich ihn sehen kann.

Ich blicke ins Waschbecken und tue so, als würde ich zuschauen, wie der Rest des Wassers in den Abfluss wirbelt. Bei der Vorstellung, dass Nate tatsächlich an mir interessiert sein könnte, überläuft mich vor Aufregung ein Schauer – ich meine, er steht dort, in diesem Augenblick, und beobachtet mich. Bevor ich mir genauer überlegen kann, was ich da tue, bevor ich an all die Gründe denken kann, es nicht zu tun, lege ich meine Hände langsam an den Rockbund, löse den Haken am oberen Ende des Reißverschlusses und öffne ihn. Der Rock fällt in einem Häufchen zu meinen Füßen, und ich trete aus ihm heraus. Vorsichtig blicke ich auf. Nate ist noch immer in der doppelten Spiegelung zu sehen.

Allisons Warnung hallt mir durch den Kopf, doch ich mache weiter. Ich fühle mich berauscht – berauscht von dem Gefühl, dass ich wirklich begehrt werde. Ich greife mir die Rückseite meiner eher formlosen Bluse, ziehe sie mir über den Kopf und lasse sie zu Boden fallen. Als ich wieder in den Spiegel blicke, versuche ich mir vorzustellen, was jemand darin sehen würde, wenn er mich anschaut, ohne dabei meine ewig negative innere Stimme zu hören, die hässliche Dinge über mich sagt. Hab ich eine Figur, die jemand wie Nate attraktiv finden könnte?

Jetzt sind nur noch BH und Slip übrig, und langsam werde ich nervös. Dennoch hebe ich die Hände, um meinen BH zu öffnen. Ich merke, wie die Träger über meinen Schultern locker werden, und halte die Hände vor mich, um den BH aufzufangen, als er fällt.

»Brynn? Bist du zu Hause?«, höre ich meine Mutter aus dem Foyer rufen. Ich presse den BH an die Brüste und erstarre. Dann blicke ich auf. Nate ist fort.

»Jaha, ich bin zu Hause!«, rufe ich zurück.

»Ich hab deine Schuhe gesehen. Ich komme hoch ... ich will alles über deinen ersten Tag im Büro wissen.« Ich höre ihre Schritte auf der Treppe und schließe in Windeseile den BH. Es gibt doch nichts, das die persönliche Libido schneller ausbremst, als die Stimme der eigenen Mutter.

KAPITEL 8

Die nächsten paar Wochen in meinem Leben scheinen ziemlich schnell vorrüberzugehen, hauptsächlich weil Nate nach der Arbeit immer mit seinen Freunden ausgeht und wir uns in der Zwischenzeit nur selten über den Weg laufen. Auch wenn ich mich hier immer noch nicht wie zu Hause fühle, so habe ich doch eine gewisse Gewöhnung entwickelt.

Gestern Abend bin ich schon zeitig ins Bett gegangen, weil ich ausschlafen wollte, bevor ich später am Tag mit Allison ins Museum gehe. Doch ein lautes Geräusch im Erdgeschoss weckt mich auf. Verschlafen starre ich meinen Wecker an, es ist erst 6.15 Uhr. Wer ist sonntagmorgens schon so früh wach?

Ich stehe auf und gehe auf Zehenspitzen zur Tür. Als ich sie einen Spaltbreit öffne, höre ich ein schlurfendes Geräusch von unten. Auf Zehenspitzen gehe ich in den Korridor und sehe, dass die Schlafzimmertüren der anderen geschlossen sind. Ich weiß, dass es ein Alarmsystem gibt – den Code dafür musste ich auswendig lernen. Vielleicht war eine tollpatschige Maus auf Erkundungsgang? Ich schleiche die Treppe hinunter und durch das Esszimmer. Die Schwingtür zur Küche steht offen, und von dort scheinen die Geräusche auch herzukommen. Mein Herzschlag donnert in meinen Ohren, und ich spähe vorsichtig an der Tür vorbei in den Raum.

Plötzlich tritt Nate vor mich.

»Scheiße!«, ruft er aus, und ich springe erschrocken zurück.

»Oh Gott, ich dachte, du bist ein Einbrecher.«

»Dann hättest du die Polizei rufen sollen«, erwidert er schroff, dreht mir den Rücken zu und geht zur Kücheninsel.

»Also, du solltest froh sein, dass ich's nicht getan habe.« Jesses, muss er an allem, was ich sage, etwas auszusetzen haben? »Warum bist du so früh überhaupt schon wach?«

»Hab nur trainiert.«

»Wow! Um diese Uhrzeit?«, frage ich und gehe um ihn herum.

Er fummelt an etwas vor sich herum. »Ja, jeden Morgen. Ich muss außerhalb der Saison in Form bleiben.«

»Ich wäre platt, wenn…« Ich halte inne, als ich Blut von seiner Hand auf die Granitplatte tropfen sehe. »Mein Gott, du blutest ja!« Ich keuche auf.

»Ja, ich bekomme diesen Scheißverband nicht…« Er hat Schwierigkeiten, den Verband um seine Hand zu wickeln.

»Lass mich mal!«, sage ich und entdecke einen Erste-Hilfe-Kasten auf der Anrichte beim Fenster. Das verschmierte Blut daran verrät mir, dass Nate ihn bereits durchsucht hat.

»Du musst das nicht tun«, protestiert er.

»Komm hier herüber! Hier ist das Licht besser«, weise ich ihn an.

»Weißt du überhaupt, wie man das macht?«, fragt er, alles andere als begeistert darüber, meine Hilfe anzunehmen.

»Besser als du«, erwidere ich lächelnd und deute mit einem Kopfnicken auf den unordentlichen Verband an seiner Hand. Erst wasche ich mir die Hände im Spülbecken und öffne dann den Erste-Hilfe-Kasten. Ich nehme die Schere heraus und schneide den Verband auf, den er sich selbst angelegt hatte. Als ich kurz aufblicke, fällt mir zum ersten Mal auf, dass er gar kein T-Shirt trägt, sondern nur Trainingsshorts und Sneaker. Er ist schweißbedeckt. »Wie ist das passiert?«

»Ich hab's ein bisschen mit dem Training übertrieben. Mir ist schwindelig geworden, bin über 'nen Stein gestolpert und hab den Fall mit den Händen abgefangen«, antwortet er, während er mit gesenktem Blick beobachtet, wie ich ihn verarzte.

»Training wofür? Lacrosse oder Rudern?«, frage ich und hole ein Stück Gaze und eine Flasche Wasserstoffperoxid heraus.

»Beides. Alles«, murmelt er.

»Das wird jetzt brennen«, warne ich ihn und tupfe die mit Wasserstoffperoxid getränkte Gaze auf die Wunde an seiner Hand. Die Flüssigkeit brennt, und er zischt leise, zuckt aber nicht. Ich lege die andere Hand unter seine, um sie zu stabilisieren, während ich die Wunde reinige. So lange habe ich ihn noch nie berührt. »Die andere Hand.« Er wechselt die Hand, und ich reinige weiter seine Wunden. »Vielleicht solltest du eine kleine Pause beim Training einlegen«, schlage ich leise vor.

»Oder ich könnte einfach nur meine Beinmuskeln trainieren«, sagt er, und als ich aufblicke, sehe ich ein schiefes Grinsen in seinem Gesicht.

»Hm«, brumme ich und lächle auch. »Weißt du was«, fahre ich etwas mutiger fort, »ich habe gehört, dass nur ein einziger Sportler ein Rasenzimmer bekommen hat, weil das Training so viel Zeit in Anspruch nimmt, ganz zu schweigen davon, wenn man für zwei Teams antritt…«

»Hör auf damit«, knurrt er. »Ich brauche dein Mitleid nicht.«

»Das ist kein Mitleid, das sind Fakten.«

»Mir wurde alles in die Wiege gelegt, für mich gibt's keine Ausrede dafür, wenn ich nicht alle meine Ziele erreiche.«

»Wie kommst du denn darauf? Das hört sich an wie…« Ich spüre, wie er sich versteift, und halte den Mund. Ich wollte sagen, wie sein Vater, aber ich merke, dass er nicht will, dass ich das anspreche. Stattdessen sage ich: »Du bist nur sehr hart zu dir, das ist alles.« Vorsichtig trage ich etwas antibakterielle Wundsalbe auf seine Verletzungen auf.

»Ich weiß, was alle denken, wenn sie mich sehen«, entgegnet er leise. »Anmaßend ... mit dem Silberlöffel im Mund geboren ... ich arbeite so hart, damit niemand sagen kann, dass ich aufgrund des Reichtums meiner Familie erfolgreich bin.«

Ich runzle die Stirn. Das ist nur die eine Seite der Medaille, glaube ich, denn es scheint, als würde er nicht sehen, wie sehr ihn sein Vater unter Druck setzt.

»Davon habe ich bei der Arbeit letztens auch ein wenig zu spüren bekommen«, sage ich und frage mich, ob es okay ist, das Thema mit dem Praktikum, das er haben wollte, anzuschneiden. Ich nehme eine trockene Kompresse heraus, lege sie ihm auf die Handfläche und wickle ihm den selbstklebenden Wundverband um die Hand. »Ich meine, als klar wurde, dass ich Pierces Stieftochter bin. Fühlt sich komisch an.«

»Deine erste Erfahrung mit Vetternwirtschaft?«

»Ja«, gebe ich lächelnd zu. »Meine Mutter hat mir mal einen Teilzeitjob als Rezeptionistin in dem Salon verschafft, in dem sie früher gearbeitet hat, also genau genommen stimmt das nicht.«

»Wo arbeitet dein Vater?«

»Keine Ahnung. Wahrscheinlich in irgendeiner Autowerkstatt. Er ist Mechaniker – oder war's mal. Ist schon einige Jahre her, dass ich von ihm gehört habe. Damals war er in Florida, aber er bleibt nie länger an einem Ort.«

»Dann bist du in deiner Familie also die Erste, die zur Uni geht«, stellt er fest, während ich mit dem Verbinden der einen Hand fertig werde und mich der anderen zuwende.

»Ja.«

»Bist du deswegen so ernst?«

»Bin ich das?«, frage ich und blicke auf in seine Augen.

»Ernst ist nicht das richtige Wort ... reserviert eher.«

»Reserviert? Das ist noch schlimmer«, antworte ich und bin etwas getroffen.

»Ich wollte dich nicht beleidigen. Ich versuche nur, dich zu verstehen. Waren wir wirklich in derselben Vorlesung? In welcher?«

»Es waren drei. Die erste war im ersten Jahr, Überblick zur amerikanischen Geschichte.«

»Professor Michaels?«

»Genau. Aber ich habe immer hinter dir gesessen. Es überrascht mich nicht, dass du mich nicht gesehen hast.« Ich drücke sanft zu, als ich den Verband fixiere.

»Mich schon«, erwidert er. Mein Blick schießt hoch zu ihm, doch sein Blick ist nicht auf mein Gesicht gerichtet. Er schaut auf meinen Körper, und mir wird klar, dass er sich durch mein dünnes weißes Baumwollnachthemdchen ziemlich deutlich abzeichnet. Ich hatte völlig vergessen, dass ich es anhabe. Einen Moment lang herrscht Stille, und plötzlich wird mir jeder Zentimeter meines Körpers und seines Körpers mehr als bewusst. Sein Schweißgeruch – Schweißperlen laufen ihm immer noch über die Brust durch vereinzelte Härchen zwischen seinen Brustwarzen hindurch. Vor meinem geistigen Auge taucht Allisons Gesicht auf, und ich erinnere mich an das, was sie gesagt hat.

»Das war's.«

»Was?« Er sieht mir wieder in die Augen.

»Deine Hände. Ich bin fertig.«

»Ja, richtig.«

Ich hole ein Glas aus dem Schrank und gieße ihm Wasser aus dem Hahn ein. »Hier, dir war schwindelig, weil du nicht genug getrunken hast.«

»Danke«, sagt er. Er streckt zuerst die linke Hand aus, die näher ist, hält jedoch auf halbem Wege inne und nimmt dann das Glas ungelenk mit der rechten.

»Was war das denn?«, frage ich stirnrunzelnd.

»Was?«

»Zeig mal deinen linken Arm her.« Ich strecke die Hand aus, doch er weicht mir aus.

»Nein, nein, es ist nichts.«

»Was ist nichts?«

»Meine Schulter. Ist nur eine kleine Sehnenentzündung.«

»Ach wirklich? Hat das ein Arzt gesagt?«

»Nicht ganz.«

»Internet-Doktor?«, frage ich und hebe die Augenbrauen. Er zuckt mit den Schultern und verzieht dann schmerzerfüllt das Gesicht. »Du musst besser auf dich achtgeben. Du kannst nicht ständig so viel von dir verlangen.« Er runzelt die Stirn und schweigt zur Antwort. »Na ja, nimm zumindest was gegen die Schmerzen«, füge ich hinzu, schüttele zwei Schmerztabletten in meine Hand und packe den Erste-Hilfe-Kasten wieder zusammen.

»Ist schon okay.«

Ich nicke ihm auffordernd zu. »Schmerzen tragen nicht zu einer schnelleren Heilung bei«, wende ich ein.

»Na schön«, meint er mit einem kleinen Lächeln. Als er nach den Pillen greift und seine Fingerspitzen über meine Handfläche streichen, werde ich rot.

»Gut. Ich glaube, ich gehe wieder ins Bett. Ich habe vor, mir später noch was im Smithsonian Museum anzusehen, also …« Ich verliere den Faden und komme mir jetzt blöd vor.

»Okay, bis später«, sagt er und dreht sich zur Hintertür um. Ich warte einen Moment lang und gehe dann wieder Richtung Treppe. Und einfach so ist sie vorbei, die einzige echte Unterhaltung, die ich je mit meinem Stiefbruder geführt habe. Ich konnte praktisch fühlen, wie er am Ende wieder verschlossener wurde. Ich steige die Stufen hoch und ziehe die Zimmertür hinter mir zu. Jetzt bin ich verwirrter als je zuvor darüber, was für eine Beziehung wir haben. Ich hätte nicht gedacht, dass sie nach der Peepshow, die ich letztens für ihn veranstaltet habe, noch eigenartiger werden könnte. Doch dieser offenherzige Einblick in sein Leben macht alles irgendwie noch komplizierter.

Ich schließe die Augen und versuche, wieder einzuschlafen, doch als um zehn mein Wecker klingelt, bin ich immer noch hellwach.

KAPITEL 9

Aufgrund der Luftfeuchtigkeit wird es Mitte Juni wirklich drückend, und es ist ein Wunder, dass ich mir die Annehmlichkeit unseres Pools noch nicht gegönnt habe. Der einzige Badeanzug, den ich habe, ist ein alter Sporteinteiler, und ich ziehe ihn zögerlich in meinem Zimmer an. Meine Mutter fragt immer wieder, ob ich nicht mit ihr einkaufen gehen möchte, aber ich bin noch nicht dazu gekommen. Ihre neuen Sachen sehen alle super aus, aber ich glaube, es wäre mir unangenehm, so viel Geld für mich auszugeben.

Auf dem Korridor stoße ich beinahe mit Nate zusammen, als er aus seinem Zimmer kommt. Instinktiv lege ich mir die Hände vor die Brust, obwohl ich weiß, dass er mich schon spärlicher bekleidet gesehen hat.

»Hey«, sage ich.

»Hey«, antwortet er. Das ist die begrenzte Unterhaltung, die jetzt typisch für uns ist, seitdem ich ihn an jenem Morgen in der Küche angetroffen habe. Danach waren wir schnell zu einem freundlichen, wenngleich auch förmlichen Umgang miteinander übergegangen. Wenn ich zwischen dem hier und den Psychospielen, mit denen wir angefangen hatten, wählen müsste, dann würde ich mich womöglich für die Psychospiele entscheiden.

Es klingelt an der Tür, und ich gehe weiter, um sie zu öffnen.

»Ist schon okay, ich gehe. Das ist Jackson, ein Freund von mir.« Nate läuft den Korridor entlang zur Treppe.

Ich folge ihm, und unten im Foyer gehe ich in Richtung Hausgarten. Gerade als ich durch die französischen Türen nach draußen trete, höre ich seinen Freund ins Haus kommen. An der Außenwand des Hauses steht eine Truhe mit Handtüchern. Ich greife mir eins und lege es auf einen Liegestuhl.

Der Bereich um den Pool ist mit hellen Steinfliesen ausgelegt, an die sich dann Rasen anschließt. Liegestühle und ein Tisch mit Sonnenschirm sind geschmackvoll um den Pool herum arrangiert. Ich gehe zum Wasser und wage einen zimperlichen ersten Schritt ins flache Ende. Es ist schön – warm, aber trotzdem erfrischend an diesem heißen Sommertag. Ich wate hinein, bis mir das Wasser bis zum Bauch reicht, tauche dann kopfüber ein und schwimme zum anderen Ende, wo das Wasser dunkler und tiefer wird. Dort drücke ich mich wieder ab und drehe mich auf den Rücken. Ich öffne die Augen, schiebe das Wasser mit den Händen seitlich an mir vorbei und schaue zum Haus, das links von mir vor der Sonne aufragt.

Eine ruckartige Bewegung im Fenster des zweiten Stockes erregt meine Aufmerksamkeit. Dort bewegt sich eine Gestalt und zieht den Vorhang zur Seite. Zuerst nehme ich an, dass es Nate ist – ich glaube, das ist sein Zimmer –, doch dann sehe ich blonde Haare. Das muss sein Freund Jackson sein. Ich drehe mich auf den Bauch und tauche wieder unter. Ich will, dass Nate derjenige ist, der mich beobachtet.

Ich habe nie ernsthaft Sport getrieben, mich jedoch immer gefragt, ob ich gut darin wäre. Auf den letzten beiden Bahnen gebe ich mehr Gas und strecke schließlich den Kopf luftschnappend am flachen Ende aus dem Wasser. Ich steige über die Stufen aus dem Pool, gehe um ihn herum zu meinem Handtuch und trockne mir die Haare damit. Dann breite ich es auf dem Liegestuhl aus und lege mich hin. Ich spüre das Wasser in meinem Bauchnabel und wie mir der Badeanzug am Oberkörper klebt. Hinter mir öffnet sich die Haustür. Ich drehe mich um, um zu sehen, wer es ist, und schirme meine Augen mit der Hand gegen die Sonne ab.

Mit einem freundlichen Grinsen im Gesicht kommt Jackson aus der Tür geschossen. »Hey, du musst Brynn sein. Ich bin Jackson, einer von Nates ältesten Freunden.«

»Schön, dich kennenzulernen«, sage ich, und wir geben uns die Hände. Mir fällt auf, dass Nate zurückgeblieben ist, immer noch in der Tür steht und so aussieht, als würde er nur ungern einen Schritt auf den Pool zumachen wollen.

»Komm schon, Mann, lass uns reinspringen. Ich träume schon seit Tagen von diesem Pool.«

»Wir lassen sie besser in Ruhe, sie ist lieber für sich«, sagt Nate widerwillig. Jackson zieht sich das T-Shirt über den Kopf, und ich senke den Blick auf meine im Schoß verschränkten Finger. Er hat eine super Figur. Vielleicht nicht ganz so toll wie Nate, aber wer hat das schon? Jackson schleudert die Flipflops von den Füßen und springt ins Wasser. Die aufspritzenden Fontänen verfehlen mich gerade so. Langsam geht Nate zu dem am weitesten von mir entfernten Liegestuhl und zieht sein T-Shirt aus. Ich beobachte das Spiel seiner Rückenmuskeln, als er das Hemd über den Kopf zerrt.

»Nate und ich haben als Kinder zusammen Lacrosse gespielt«, sagt Jackson, schwimmt zum Beckenrand und stützt seine Arme darauf ab.

»Hm? Aha!«, antworte ich, während Nate kopfüber ins tiefe Ende eintaucht.

»Ihr beiden geht also zur selben Uni?«

»Jepp. Uni Virginia – aber das hast du schon gewusst.«

»In welcher Studentinnenverbindung bist du?«, will er wissen und streicht sich die nassen Haare aus den Augen.

»In keiner. Das kostet viel Geld, und ich habe schon so genug zu tun mit dem Studium. Ähm, an welcher Uni bist du?«

Nate taucht neben Jackson auf. Die beiden sind schon ein

interessantes Paar: Nate mit seinen dunklen Augen und Jackson mit seinen hellblonden Locken.

»Wollen wir uns was zu essen holen?«, fragt Nate.

»Alter, wir sind grade erst gekommen. Außerdem soll man nach dem Baden dreißig Minuten lang nichts essen.«

»Davor«, korrigieren Nate und ich gleichzeitig. Wir sehen uns an, und er fügt hinzu: »Man soll dreißig Minuten vor dem Schwimmen nichts essen. Warum soll es nicht okay sein, nach dem Baden zu essen?«

»Keine Ahnung«, antwortet Jackson und wirft mir ein blendendweißes Lächeln zu. »Dachte nur, dass das die Regel ist.« Ich merke, dass ich zurücklächle. Er hat einen jungenhaften Charme, der ansteckend ist.

»Ich bin mir ziemlich sicher, dass das ein Mythos ist, den sich die Erwachsenen ausgedacht haben, damit sie ihr eigenes Essen in Ruhe essen können, ohne dass die Kinder ohne Aufsicht ins Wasser gehen«, sage ich lächelnd.

»Ah, das hört sich logischer an. Bist du hier in der Gegend aufgewachsen?«, fragt er mich.

»Ja, an der Ostküste.«

»Oh, cool. Meine Familie hat dort ein Sommerhaus. Ich fahre total gerne dorthin. Segeln in der Bucht und all das. Gehst du oft segeln?«

»Ähm, nicht wirklich«, antworte ich. Nate stößt sich vom Beckenrand ab und fängt an, hinter Jackson hin und her zu schwimmen. Ich vermute, er hat beschlossen, es mit seiner verletzten Schulter nicht leichter angehen zu lassen.

»Wir sollten mal rausfahren. Vielleicht lieber ohne ihn«, schlägt Jackson vor und deutet mit dem Kopf hinter sich. »Zu ehrgeizig.«

»Das ist er, oder?« Es tut gut, mit jemandem über Nate zu sprechen, der ihn kennt. Und bereit ist zu tratschen. »War er schon immer so?«

»Oh Mann, immer. Schon als wir zehn waren und in der Schulmannschaft Lacrosse gespielt haben. Der Trainer musste ihn beim Training ständig zurückpfeifen, weil er sich nie zurückgenommen hat, hat immer voll draufgehauen.«

Wir lachen beide. Ich bemerke, dass Nate beim Kraulen innehält, doch ich kann mir nicht vorstellen, dass er uns hören kann.

»Spielst du noch Lacrosse?«

»Nee, ich hab nicht die Disziplin, um dranzubleiben. In der Highschool war ich ganz gut, aber man muss super sein, wenn man es ins Uniteam schaffen will. Was treibst du für einen Sport?«

»Oh, gar keinen.«

»Wirklich? Du siehst total in Form aus.«

»Oh, danke«, sage ich und schaffe es, nur ein bisschen rot zu werden. Bei jedem anderen hätte das wie ein plumpes Kompliment geklungen, doch Jackson hat eine echt natürliche, umgängliche Art.

»Gehst du heute Abend zu der Party in Georgetown?«, erkundigt er sich, taucht mit dem Kopf kurz unter Wasser und schüttelt dann seine Haare aus wie ein Hund.

»Was für eine Party?«

»Oh, ich hätte gedacht, dass Nate dir davon erzählt hat.«

»Was hätte ich ihr erzählen sollen?«, fragt Nate, als er neben ihm auftaucht.

»Von Chris' Party«, antwortet Jackson lässig.

Nate beißt die Zähne zusammen. »Hab's nicht erwähnt«, gibt er kurz angebunden zurück.

»Also, du solltest mitkommen«, sagt Jackson, wieder zu mir gewandt.

»Sie kennt dort niemanden, und ich glaube, das wird nur 'n ganz kleines Ding«, wendet Nate ein.

»Alter, Chris hat gesagt, wir sollen alle einladen. Sie haben das ganze Stadthaus. Das wird super.«

»Ich meine ja nur ...«, fängt Nate an, und ich beiße mir auf die Unterlippe. Da hatte ich eben noch gedacht, dass wir uns trotz der seltsamen Situation vielleicht besser verstehen, und jetzt gibt er sich die größte Mühe, mich fernzuhalten.

»Wenn du dir Sorgen machst, dann das fünfte Rad am Wagen zu sein, dann lad doch einfach Dana oder jemand anderen ein«, schlägt Jackson vor, und sogar wenn er diskutiert, scheint nichts in der Welt zu einem Problem zu werden. »Also, wie sieht's aus?«, fragt er mich.

»Hört sich eigentlich richtig super an«, erwidere ich und werfe Nate einen Blick zu. Er funkelt mich zornig an, und ich verspüre eine gewisse Befriedigung. Da er so eindeutig dagegen ist, dass ich mitkomme, fühlt es sich gut an, ihn ein bisschen zu ärgern.

»Genial! Dann also heute Abend. Wir können zusammen hinfahren, ich hole euch beide so gegen zehn ab«, erklärt Jackson, bevor er sich auf Nate stürzt und versucht, ihn unter Wasser zu drücken.

Die beiden tauchen unter, und ich schließe die Augen. Das erste Mal seit Langem wünschte ich, ich hätte etwas Cooles zum Anziehen.

KAPITEL 10

Am Ende muss ich dasselbe schwarze Top anziehen, das ich schon bei der Rudererparty anhatte. Ich glaube, das ist wirklich das einzige Top, das sich für eine Party eignet. Nate ist der Einzige, der mich darin gesehen hat, und ich bezweifle, dass er sich daran erinnert.

Meine Mutter winkt ganz aufgeregt, als ich mit Nate zu Jacksons grünem SUV hinausgehe. Sie ist derart begeistert darüber, dass ich ein Sozialleben haben könnte, dass es schon peinlich ist. Jackson öffnet die Beifahrertür für mich, und Nate steigt hinten ein.

»Holen wir Dana noch ab?«, fragt Jackson und fährt los.

»Heute Abend kommt Natasha mit. Und wir treffen uns dort«, antwortet Nate vom Rücksitz. Ich bin irgendwie erleichtert, denn ich könnte Dana nicht in die Augen schauen, nachdem ich ihr und Nate beim Sex am Pool zugesehen habe.

»Oh Mann, na klar, Natasha.« Jackson lacht und schlägt aufs Lenkrad. Ich runzle ein wenig die Stirn. Ich vermute, wenn es um meinen Stiefbruder geht, war das nicht anders zu erwarten.

Jackson trägt den Großteil der schleppenden Unterhaltung, und das Radio erledigt den Rest. Ich bin zu nervös dafür und in meinen Gedanken gefangen, überlege, was ich sagen soll, während Nate hinter uns einsilbige Antworten nuschelt.

Ich bin froh, als wir unweit der Party einen Parkplatz am Straßenrand finden. Wir gehen auf das tobende Stadthaus zu, und ich bin überrascht, dass die Nachbarn noch nicht die Polizei gerufen haben. Die Leute stapeln sich vor der Haustür, und die Musik ist die halbe Straße herunter zu hören.

An der Bordsteinkante steht eine hübsche Brünette mit olivfarbener Haut. Nate ruft: »Natasha!«, und sie dreht den Kopf.

Sie lächelt geziert, als wir näher kommen. Nate schwingt sie auf humorvoll galante Weise in einen Dip, und als sie kichernd auflacht, drückt er ihr einen Kuss auf die Lippen.

»Los, kommt!« Jackson legt mir beschützend einen Arm um die Schultern und begleitet mich hinein. Als wir reinkommen, klatscht er mit ein paar Typen ab und führt mich auf ein Bierfass mitten im Wohnzimmer zu, an dem kleine weiße Weihnachtslichterketten hängen. Eine undurchdringliche Menge an Leuten steht darum herum, doch irgendwie schafft er es, mir ein Bier zu besorgen. Und bevor ich mich's versehe, trinke ich meinen ersten Schluck Bier in diesem Sommer. Mit seiner Hand auf meinem unteren Rücken gehen wir ins nächste Zimmer. Der Esstisch wird als Bier-Pong-Spiel-Unterlage benutzt, und ich setze mich mit Jackson auf eine Couch in der Nähe.

»Du bist umwerfend, weißt du das?«, flüstert Jackson mir ins Ohr. Vor Überraschung spucke ich beinahe mein Bier wieder aus.

»Nein …« Ich senke den Blick und werde rot. »Ich meine, das ist echt süß von dir, das zu sagen.«

»Ich würde dich gerne wiedersehen nach heute Abend. Vielleicht können wir nächstes Wochenende abends essen gehen«, schlägt er vor.

»Oh, gerne«, antworte ich und fühle mich geschmeichelt. Das kommt mir zwar ein wenig … übereilt vor, irgendwie, aber ich habe so viele Geschichten über Typen gehört, die nur was Unverbindliches wollen, dass es eine nette Abwechslung ist, mal zu einer guten alten Verabredung eingeladen zu werden. Ich trinke noch etwas mehr Bier, schaue mich um und fühle mich viel entspannter, da ich jetzt weiß, dass Jackson wirklich auf mich steht.

»Hey, ich hole mir noch ein Bier«, sage ich zu Jackson und trinke aus.

Er springt auf. »Kein Problem. Ich hole uns welches«, erklärt er und geht selbstsicher ins andere Zimmer. Ich schaue dem Pingpongball zu, wie er über dem Tisch hin und her fliegt, und kurze Zeit später kommt Jackson mit dem Bier zurück. Er fängt an, eine Geschichte über eine abgefahrene Uniparty zu erzählen, bei der er mal war. Doch aus den Augenwinkeln sehe ich am anderen Ende des Zimmers ein Pärchen die Treppe hinaufgehen. Sie können die Hände nicht voneinander lassen, und ich spüre vor Neid einen Stich in meiner Brust.

Ich habe es mehr als satt, eine Jungfrau zu sein. Es war ganz sicher nicht mein Plan gewesen, mit einundzwanzig noch immer keinen Sex gehabt zu haben. Ich hatte einfach angenommen, dass es irgendwie passieren wird, ohne dass ich mir darum Gedanken machen müsste. Und ich habe es auch nie so aufgebauscht, dass es etwas super Spezielles sein muss.

Während ich kurzen Prozess mit meinem zweiten Bier mache, mustere ich verstohlen Jackson. Vielleicht hatte Nate recht – vielleicht war ich zu ernst und zu reserviert. Vielleicht wäre es besser, wenn ich es einfach aus dem Weg räumen würde. Und Jackson würde gut darin sein. Richtig, richtig gut. Und noch dazu ist er ein anständiger Typ.

»… hab ich recht?«, fragt Jackson und beugt sich zu mir.

»Ja, stimmt«, antworte ich, obwohl ich mit den Gedanken woanders war und keine Ahnung habe, wovon er gesprochen hat. Ich trinke noch einen Schluck Bier, und meine Haare fallen mir ins Gesicht. Jackson streicht sie mir hinters Ohr. Wir sehen uns in die Augen, er beugt sich langsam zu mir vor und haucht mir einen zarten Kuss auf den Hals.

»Wollen wir von hier verschwinden?«, flüstert er mir ins Ohr, und ich bekomme eine leichte Gänsehaut. »Ich wohne ganz in der Nähe, und dort könnten wir sogar hören, was wir sagen.«

»Ähm, klar, hört sich gut an«, erwidere ich ein wenig nervös. Jackson steht auf und reicht mir die Hand. Ich lege meine Hand in seine, und er führt mich auf die Haustür zu. Unterwegs gehen wir an Nate vorbei, der die Arme um Natasha gelegt und die Hände in ihre hinteren Hosentaschen gesteckt hat.

»Hey, Mann, wir verschwinden. Findest du jemand, der dich nach Hause bringt?«, fragt Jackson.

»Wie meinst'n das? Ihr verschwindet zusammen?«, hakt Nate skeptisch nach.

»Jepp! Alter, wir gehen zu mir rüber«, sagt Jackson. »Kann dich jemand fahren?«

»Okay, komm mal kurz mit«, fordert Nate ihn auf und sieht uns beide abwechselnd an. Er nimmt Jackson beim Arm und zieht ihn in Richtung einer Fliegengittertür im hinteren Teil des Hauses. Als ich ihnen folgen will, wehrt er ab: »Du nicht.«

Sein Ton macht mich wütend. Sie verschwinden in den Hausgarten, und ich sehe ihnen mit vor Ärger und Überraschung offen stehendem Mund nach. Unglaublich, wie Nate manchmal mit mir spricht. So geringschätzig. Ich tausche ein höfliches Lächeln mit Natasha aus. Ganz eindeutig langweilt sie sich ohne Nate und betrachtet jetzt unmotiviert die Party.

Scheiß auf Nate! Ich tue, verdammt noch mal, was ich will, und ich will wissen, was er zu Jackson sagt.

Ich rausche an Natasha vorbei, drücke die Fliegengittertür auf und gehe hinaus in den umzäunten kleinen Hof des Hauses. Hier draußen sind nicht ganz so viele Leute, aber immer noch eine ganze Menge. In der hintersten Ecke entdecke ich Nate und Jackson im Gespräch. Ich schlängle mich durch die Menge und halte den Kopf gesenkt, damit sie mich nicht bemerken. Dann hole ich mein Handy heraus, damit es nicht so aussieht, als würde ich lauschen. Ich geselle mich zu der Gruppe, die am nächsten an ihnen dran ist, und kann gerade so hören, was sie sagen.

»Wieso, willst du sie etwa haben, Nate?«, fragt Jackson verärgert.

Meine Augen werden groß.

»Scheiße, nein, sie ist meine Stiefschwester. Es ist nur komisch, das ist alles. Ihr beiden. Sie ist nicht dein Typ.«

Bei der Endgültigkeit von Nates Worten spüre ich einen schmerzhaften Stich.

»Sie ist der Hammer«, höre ich Jacksons Antwort.

»Du findest sie heiß?«, fragt Nate und fängt an zu lachen. »Im Ernst? Komm schon, Alter. Außerdem ist sie 'ne krasse Spaßbremse.«

Ich will nichts mehr hören, denn ich merke bereits, wie sich meine Augen mit wütenden Tränen füllen. Ich bin ja so blöd. Warum nur gebe ich ihm immer wieder eine Chance, wenn er doch dermaßen eindeutig ein Arschloch ist?

Ich gehe schnell ins Haus zurück, durchquere das Wohnzimmer und laufe dann hinaus auf die Straße. Ich wende mich nach links, wo ich eine belebte Straße sehe, und mache mich auf den Weg dorthin. Ich weiß, dass die Taxifahrt zurück zum Haus teuer werden wird, aber ich habe das Gefühl, dass ich gleich in einem Sturzbach aus Tränen explodiere.

Und ich will Nate keinesfalls die Genugtuung geben, mich weinen zu sehen.

KAPITEL 11

Ich atme so tief wie möglich ein, halte die
Luft an, zähle bis zehn und atme dann, so langsam es geht,
wieder aus. Das ist mein Versuch, das Gefühl der Verletzung
loszuwerden, das mir von der Party nach Hause gefolgt ist.
Diesen Trick habe ich gelernt, um meine Ängste in den Griff
zu bekommen, und zu behaupten, dass ich mich im Moment
ängstlich fühle, wäre noch untertrieben.

Ich kann mich nicht erinnern, dass ich schon mal jemanden
so über mich habe reden hören, obwohl ich vielleicht nicht ganz
unschuldig daran bin, schließlich habe ich die beiden auch
belauscht. Endlich fühle ich mich gelassen genug, um zu schlafen, und strecke die Hand aus, um die Nachttischlampe auszuschalten.

Laute Schritte auf der Treppe lassen mich zögern. Ich setze
mich etwas aufrechter hin, als sie sich den Korridor hinunter zu
meinem Zimmer fortsetzen. Eine Sekunde später wird meine
Zimmertür aufgerissen, und Nate kommt mit vor Ärger finsterem Gesicht herein.

»Du liegst im Bett? Du willst mich wohl verarschen!
Das war echt egoistisch von dir, einfach so abzuhauen, ohne
jemandem Bescheid zu sagen. Ist dir das klar?«, fährt er mich
an, dreht sich dann um und verschwindet wieder.

Einen Moment lang bin ich starr vor Schreck. Was zum
Teufel war das denn? Wieso hat er denn einen Grund, auf mich
sauer zu sein?! Mit einem Satz springe ich aus dem Bett und

marschiere ihm hinterher, gerade rechtzeitig, um ihn davon abzuhalten, die Tür zu schließen. Ich stürme in sein Zimmer, und er wirbelt herum.

»Ich bin egoistisch? Du bist einfach… du bist einfach…« Ich stammle vor Wut und suche nach dem richtigen Wort.

»Ja, du bist egoistisch, Brynn! Eine halbe Stunde lang habe ich dich auf der Party gesucht. Ich dachte, du wärst vielleicht entführt worden. Beinahe hätte ich die Polizei gerufen!«

»Sekunde… was?«, hake ich völlig überrumpelt nach.

»Schon mal was von SMS gehört?«, fragt er sarkastisch.

»Klar hab ich schon von SMS gehört!« Oh Mann, ich wünschte, ich wäre schlagfertiger. »Hey, wart mal 'ne Sekunde, hier geht's aber gar nicht um mich, sondern um dich. Du bist das Arschloch! Ich hab gehört, was du Jackson über mich erzählt hast. Ich bin keine Spaßbremse, und vielleicht bin ich nicht gerade der Hammer, aber ich bin auch keine Lachnummer!« Noch nie bin ich derart wütend gewesen und kämpfe gegen die Tränen an, die mir in die Augen steigen. Na bitte, das hat ihn getroffen. Wie vor den Kopf geschlagen steht er da, und ich nutze die Gelegenheit, um zu verschwinden.

Ich bin schon fast aus der Tür, da streckt er den Arm aus und schließt sie vor meiner Nase. Ich bleibe stehen und drehe mich wütend zu ihm, bin beinahe so weit, ihm eine zu knallen. Er steht so nah bei mir, dass ich so gut wie gegen die Tür gedrückt bin.

»Wart mal, was? Wie konntest du das hören? Bist du uns nach draußen gefolgt?«

»Ja, ich bin euch gefolgt«, gebe ich zu und strauchle hier ein wenig, weil ich weiß, dass das falsch von mir war. »Ich war sauer, weil du mich offensichtlich davon abhalten wolltest, mit Jackson zu verschwinden. Und ich wollte wissen, wieso.« Ich hole tief Luft. »Ich schätze mal, ich kann nicht ändern, wie du über mich denkst, und das ist… Ach, was soll's, das ist okay.

Aber ich habe keine Ahnung, warum du unbedingt losziehen und deine Meinung mit Jackson teilen musstest. Findest du mich denn wirklich so unattraktiv?«

Mit Schrecken stelle ich fest, dass meine Unterlippe zu zittern beginnt. Ich will jetzt nicht weinen, aber ich kann die Tränen nicht länger zurückhalten.

»Nein… Mist, das ist nicht, was…« Nates Augen weiten sich, als mir eine Träne über die Wange läuft. Wütend wische ich sie weg. Nate tritt einen Schritt zurück und fährt sich mit der Hand durchs wellige Haar. »Es ist nicht so, dass ich nicht will, dass Jackson mit dir ausgeht, ich will nur nicht, dass du mit Jackson ausgehst.«

»Was? Das ist doch totaler Quatsch«, antworte ich und versuche meine Tränen einzudämmen, während ich an meinen Haaren zupfe.

»Jacksons Bilanz mit Frauen ist ziemlich schlecht. Sie sind nur Eroberungen für ihn.«

Ich verschränke die Arme vor der Brust und sehe ihn stirnrunzelnd an. »Das hört sich ziemlich scheinheilig an. Als wir uns zum ersten Mal getroffen haben, hast du mich gefragt, ob ich einen Dreier mit dir haben wollte, und du wusstest noch nicht mal, wie ich heiße.«

Ein Lächeln zupft an seinem Mundwinkel. »Okay, okay. Nur um das klarzustellen: Du hast einfach so schockiert und unschuldig ausgesehen, da konnte ich nicht widerstehen. Du hast recht, meine Bilanz ist auch nicht grade super. Ich schätze, in meinen Augen ist der Unterschied der, dass ich geradeheraus damit bin. Ich habe noch nie einer Frau eine Beziehung versprochen. Die Mädels, mit denen ich schlafe, wissen, dass das nirgendwo hinführt, weil ich es ihnen sage. Jackson angelt sie sich, indem er ihnen eine gemeinsame Zukunft verspricht, und sobald er mit ihnen geschlafen hat, tut er so, als würden sie nicht existieren.«

»Aber ihr seid befreundet...«, wende ich ein.

»Na ja, er ist ein guter Freund. Loyal, witzig...«

»Aber er hört sich wie ein schlechter Mensch an. Ich... ich weiß nicht, wieso man mit so einem Menschen befreundet sein wollte. Tut mir leid, vielleicht bin ich nur...« Ich schüttle den Kopf und versuche, die neue Version der Ereignisse zu verarbeiten. »Er hat... Was du eben über ihn erzählt hast, passt mit ein paar von den Dingen zusammen, die er zu mir gesagt hat. Mein Gott, ich kann nicht glauben, dass ich darauf reingefallen bin.«

»Er war nicht immer so«, sagt Nate leise und macht eine vage Geste zu einem gerahmten Foto auf seinem Schreibtisch. Ich werfe einen Blick darauf und gehe dann hinüber, um es mir genauer anzusehen.

»Oh mein Gott, bist du das?«, frage ich und nehme das Foto in die Hand. Es ist ein Klassenfoto aus der Grundschule mit drei Reihen lächelnder Kinder und ihrem Lehrer. Nate ist leicht zu erkennen. »Du siehst so ernst aus, als hätte man dich ins Büro des Schulleiters zitiert oder so.«

Nate schaut über meine Schulter hinweg auf das Foto, und sein Gesicht hat exakt denselben Ausdruck wie sein jüngeres Ich. »Das war das Jahr, in dem meine Mutter gegangen ist.«

»Oh! Oh, tut mir leid. Seht ihr euch noch?«

»Nein. Sie hat ihre Wahl getroffen.« Er schweigt einen Moment lang. »Das hier ist Jackson.« Er zeigt auf einen grinsenden flachsblonden Jungen. Ich schnaube. Sogar damals hatte er schon ein kokettes Lächeln. »Tut mir leid, dass du gehört hast, was ich gesagt habe. Jackson ist einer von den Typen, die etwas umso mehr haben wollen, wenn man ihnen sagt, dass sie es nicht haben dürfen. Er hat immer alles bekommen, was er haben wollte. Also dachte ich, es wäre besser, wenn ich ihn davon überzeuge, dass er dich eigentlich gar nicht haben wollte.«

Ich fummle am Rahmen und drehe mich dann zu Nate um. Er steht näher bei mir, als ich gedacht hatte. »Also ... ist das nicht das, was du von mir denkst?«, flüstere ich und fühle mich plötzlich verletzlich.

»Nein, eigentlich genau das Gegenteil davon«, antwortet er ebenso leise. »Brynn, du bist umwerfend.«

Einen Moment lang knistert es zwischen uns. Ich kann meinen Blick nicht von seinen Augen lösen und merke, dass er sich wie in Zeitlupe vorwärtsbewegt. Meine Lippen öffnen sich automatisch, mein Körper übernimmt die Kontrolle. Jeder Zentimeter meiner Haut prickelt, und plötzlich fühle ich mich furchtlos – eine komplett andere Reaktion im Vergleich zu dem, was ich gespürt habe, als ich Jackson so nah war.

Kurz bevor sich sein Mund auf meinen senkt, schließe ich die Augen. Unsere Lippen berühren sich, und ein herrliches Gefühl durchströmt mich, anders als alles, was ich je zuvor empfunden habe. Seine Lippen streichen über meine hinweg, kehren dann etwas fester zurück und lenken mich in einen Kuss. Über die Jahre bin ich von einer Handvoll Typen geküsst worden, doch dieser Kuss ist etwas völlig Außergewöhnliches. Nate ist außergewöhnlich.

Seine Hände legen sich um meine Taille und gleiten auf meinen unteren Rücken, während er seine Lippen auf meine presst. All meine Gedanken, all meine Sorgen und Unsicherheiten lösen sich in Luft auf. Vielleicht liegt es daran, dass ich weiß, dass er genau weiß, was er tut und ich deshalb loslassen, mich seinen Händen anvertrauen kann. Er neckt mich leicht mit der Nase, und seine Unterlippe fährt über meine. Ich keuche beinahe, als seine Zunge sanft in meinen Mund gleitet. Ich bin wie elektrisiert.

Ich presse meine Zunge an seine, während meine Hände wie von allein zu seiner Brust hochgleiten. Ich lege meine Handflächen auf seine sich schnell hebende und senkende

Brust und spüre seinen rasenden Herzschlag unter den Muskeln. Das ist der erste Hinweis darauf, dass sich hinter seinem völlig selbstsicheren Äußeren noch etwas anderes verbirgt.

Seine Zunge dringt tiefer in meinen Mund, und seine Hände ziehen mich enger an sich. Ich lege ihm die Arme um den Hals und fahre ihm mit den Fingern durch das bis auf den Kragen seines Poloshirts fallende Haar. Er streicht mir mit einer Hand über den Po, und ich spüre, wie seine Erektion gegen meinen Bauch drückt. Alles, was ich will, ist, mir die Kleider vom Leib zu reißen, auf sein Bett zu springen und von ihm genommen zu werden ... seinen Mund überall auf meinem Körper zu spüren ... in mir ...

Plötzlich reißt er sich los. Vor Schreck falle ich beinahe vornüber und öffne blinzelnd die Augen.

»Das hätte ich nicht tun sollen«, murmelt er.

»Wieso?«, flüstere ich und falle ungebremst von meiner Wolke.

»Das ist falsch ... du bist meine Stiefschwester. Vielleicht ist es am besten, wenn wir uns voneinander fernhalten.«

»Ja, du hast recht ...«, antworte ich und habe das Gefühl, als hätte er mir soeben eine Ohrfeige verpasst. Ich gehe schnell zur Tür. Kurz bevor ich sie öffne, halte ich einen Moment inne und wünsche mir, ich könnte in Worten ausdrücken, was ich fühle, aber ich kann es nicht. Ich öffne die Tür und schließe sie leise hinter mir, bevor ich in mein Zimmer stürme.

Während ich mich unter der Bettdecke zusammenrolle, versuche ich, all die unerwarteten Wendungen zu verarbeiten, die dieser Abend genommen hatte. Kaum zu glauben, dass Nate und ich uns eben geküsst haben. Davon habe ich geträumt, seit ich ihn zum ersten Mal gesehen habe. Meine Erfahrung ist, dass die meisten Dinge im Leben nicht an die Vorstellung heranreichen, die ich mir in Gedanken davon gemacht habe, doch dieser Kuss hat jede Fantasie weit übertroffen. Ich kann spüren, wie mein Körper auch nur bei dem Gedanken daran, wie seine Lippen wieder meine berühren, sofort reagiert.

Aber hat er recht? War es falsch von uns, das zu tun? Als ich es endlich schaffe, einzuschlafen, dringt bereits Licht seitlich an den Vorhängen herein, und mir ist es immer noch nicht gelungen, eine Antwort zu finden.

KAPITEL 12

Die nächsten paar Wochen verbringen Nate
und ich so, als würde jeden von uns ein unsichtbares Kraftfeld
umgeben. Wann immer einer von uns den Raum betritt, dann
drückt es den anderen hinaus. Nur wenn wir abends als Familie zusammen essen, werden wir näher aneinander gezwungen.
Und mit der Absicht, uns alle einander näherzubringen, hat
uns das meine Mutter ziemlich oft aufgedrängt.

Wenn sie nur wüsste!

Heute findet jedoch eine Veranstaltung statt, bei der
sowohl meine als auch Nates Anwesenheit erwartet wird: die
jährliche Party der Thornhills zum 4. Juli. Sie wird in unserem
Hausgarten vonstattengehen, beginnt am Nachmittag mit
einem Krabbenkochen und zieht sich über den Abend bis zum
Feuerwerk hin. Angeblich werden wir eine gute Aussicht auf
das alljährliche Feuerwerk des Country Club haben, der sich
nur ein kleines Stück flussabwärts befindet.

Meine Mutter hat absolut darauf bestanden, mir für den
Anlass ein neues Kleid zu kaufen, und war sogar mit in der
Ankleidekabine, um sicherzustellen, dass es mir ordentlich
passt. Das Shiftkleid ist nicht wirklich mein Ding, aber an der
Uni haben es Unmengen von Mädels getragen. Ich befürchte
nur, dass ich mir Remoulade auf den blendend weißen Stoff
kleckern werde. Ich ziehe mir das neue Paar Schuhe mit Keil-
absatz an und gehe hinunter, um nachzusehen, ob meine Mutter noch Hilfe braucht.

Unten angekommen, bin ich ganz verblüfft von der hektischen Betriebsamkeit. Ich gehe in den Garten, und mir wird klar, dass ich die Größe dieser Party unterschätzt habe. Beim Stichwort »Krabbenkochen« hatte ich mir ein paar Biertische mit rot-weiß karierten Tischdecken vorgestellt. Das hier ist jedoch eindeutig eine schicke Angelegenheit. Elegante runde Tische mit fließenden Leinentischdecken und extravaganten Tischgestecken in der Mitte sind aufgestellt worden. Das Essen wird auf silbernen Tabletts präsentiert, und Girlanden schmücken den Tischrand. Ich entdecke meine Mutter, die in leisem, eindringlichem Ton mit einem der Caterer spricht, und gehe zu ihr.

»Oh, Brynn, du siehst wundervoll aus! Das Kleid steht dir wirklich gut«, schwärmt sie.

»Danke schön … brauchst du noch Hilfe?«

»Mmm, nein, ich glaube, alles ist okay. In etwa zehn Minuten sollten die ersten Gäste eintreffen. Oh, geh mal rüber zur Bar und probier den Freiheitsmartini. Sag mir dann, wie er dir gefällt. Ich mache mir Sorgen, dass er ein bisschen zu süß ist.«

»Den Freiheitsmartini?«

»Der Spezialcocktail, den wir für diese Party kreiert haben«, wirft die Frau vom Catering mit munterem Grinsen ein.

»Ah, na gerne«, antworte ich und gehe zur Bar. Der Barkeeper serviert mir einen blass rosafarbenen Cocktail, und ich nippe daran. Nicht zu süß – er ist köstlich, leicht und erfrischend. Zum Glück ist es heute nicht sehr heiß. Die Temperatur hat es geschafft, zur Party unter dreißig Grad zu bleiben.

Während um mich herum alles aufgebaut wird, bekomme ich das Gefühl, im Weg zu stehen, und beschließe, zum Fluss hinunterzugehen. Ich überquere den unteren Rasen und laufe dann die Stufen hinab. Am Ufer angekommen, setze ich meine Schritte aufgrund der Absatzschuhe besonders vorsichtig auf dem steinigen Sand. Ein Aufspritzen auf der anderen Seite des großen Felsbrockens erregt meine Aufmerksamkeit. Ich gehe darauf zu und spähe um die Kante. Dort steht Nate und lässt mit flüssigen Armbewegungen Steine übers Wasser hüpfen. Ich halte inne und bewundere seine Gestalt, entscheide jedoch, dass ich am besten wieder raufgehe, bevor er mich bemerkt. Er hat klargemacht, dass er nicht mit mir sprechen will.

Ich kehre um, und im Gehen bleibt mein Absatz an einem Stein hängen. Als ich seitlich wegrutsche, hole ich erschrocken Luft und spüre plötzlich zwei starke Hände, die mich unter den Armen packen und vor dem Fallen bewahren.

»Hey, hey, vorsichtig«, warnt er und stellt mich wieder aufrecht hin.

»Danke«, sage ich, wende mich zu ihm und streiche mir die Haare hinter die Ohren. »Bist du auch auf der Flucht vor dem Getümmel?«

»Ja, ich bin kein großer Fan von diesen Dingen.«

»Echt? Du bist so …« Ich beende den Satz nicht.

»Was?«, fragt er grinsend.

Ich stöhne auf. »Na gut. Ich wollte ›charmant‹ sagen, okay?«

»Ich wusste es«, erwidert er scherzend. »Tja, welchen Charme auch immer du zu bemerken scheinst, er wurde durch jahrelanges Training entwickelt. Mein Vater schleift mich seit Jahren zu solchen Veranstaltungen. Ich weiß, wie die ablaufen. Lächeln, Hände schütteln, die Art Witze erzählen, bei denen niemand zu sehr nachdenken muss.«

»Hört sich … schlimm an. Aber zumindest gibt's 'ne Menge Essen umsonst.« Er wirft mir einen amüsierten Blick zu. »Du hast recht. Manchmal vergesse ich, dass ich mich um so was nicht mehr sorgen muss.«

»Ihr wart … ähm … nicht grade gutgestellt, bevor unsere Eltern …« Er senkt den Blick.

»Ich würde sagen, wir haben uns durchgeschlagen. Aber so bin ich eben einfach aufgewachsen. Mir hat es nie an etwas

Wichtigem gemangelt, obwohl wir oft genug die Wohlfahrt besucht haben. Aber ich will nicht, dass du denkst ... ich meine, meine Mutter, Pierce ist ihr wirklich wichtig.«

»Entspann dich ... ich glaube nicht, dass deine Mutter nur aufs Geld aus ist. Solche hat's immer wieder mal gegeben, und inzwischen kann ich sie schon praktisch am Geruch erkennen. Anfangs hab ich mir vielleicht Gedanken gemacht, aber jetzt nicht mehr.«

»War deine Mutter ...«, beginne ich mutig.

»Ich rede nicht gerne über sie«, schneidet er mir das Wort ab und wirft einen weiteren Stein aufs Wasser hinaus. Mit einem Plumps trifft er auf und versinkt.

»Tut mir leid«, flüstere ich. »Wie geht es deiner Schulter?«

»Tut weh«, gibt er zurück.

»Ich sehe dich dann oben«, sage ich einen Moment später, da die Unterhaltung für ihn eindeutig beendet ist.

»Hey!«, ruft er mir nach, während ich die Stufen nach oben gehe. »Jackson und seine Eltern kommen auch. Sind Freunde der Familie und stehen jedes Jahr auf der Gästeliste.«

»Verstehe, danke«, antworte ich, bevor ich den Rest der Stufen erklimme. Das war rücksichtsvoll von ihm, und es hört sich so an, als würde er mir sagen wollen, dass er Jackson nicht von sich aus eingeladen hat.

Ich laufe über den Rasen und sehe die ersten Gäste eintreffen. Da ich jetzt Pierces Stieftochter bin, frage ich mich, ob von mir nun erwartet wird, dass ich die gleiche Show aufführe wie Nate. Wenn ich normalerweise zu einer Party gehen muss, wie zum Beispiel zur Weihnachtsfeier meiner Tante, dann hänge ich eine Weile dort ab und verschwinde später irgendwohin, wo ich ein Buch lesen kann.

Meine Befürchtung wird wahr, als meine Mutter mich zu sich und Pierce und zwei Gästen heranwinkt. Ich werde dem

Paar vorgestellt, das sich als hochrangig im Innenministerium angesiedelt herausstellt. Meine Errungenschaften werden ausgebreitet, während die beiden anerkennend brummen. Dabei muss ich mich fragen, ob irgendjemand ernsthaft an solch eigennützigem Geschwätz interessiert sein kann. Während wir uns unterhalten, entschuldigt sich meine Mutter und geht los, um die nun in Scharen eintreffenden Gäste zu begrüßen. Pierce plaudert weiter, und ich höre höflich zu, bin beeindruckt von seinem Witz und Charme. Nate hat das eindeutig von seinem Vater, auch wenn er darauf besteht, dass es eine erlernte Fähigkeit ist.

Ich schaffe es, mich davonzustehlen, und gehe zum Büfett hinüber. Wie für alle guten Mädchen aus Maryland sind Krabben mein absolutes Lieblingsessen. Ich schaufele mir gerade den Teller damit voll, als ich am unteren Rücken eine Hand spüre. Ich drehe mich um, und Jackson grinst mich an. Angesichts seines offenen, freundlichen Gesichts fällt es mir schwer, mich daran zu erinnern, was Nate mir über ihn erzählt hat und was ich selbst erlebt habe.

»Hallo, Brynn!«, begrüßt er mich und haucht mir einen Kuss auf die Wange.

»Jackson, schön, dich zu sehen«, antworte ich höflich.

»Das letzte Mal, als wir uns gesehen haben, bist du so schnell verschwunden! Ich hab mir Sorgen gemacht«, sagt er.

»Das tut mir leid«, entschuldige ich mich und frage mich, ob Nate ihm einen Grund gegeben hatte, warum.

»Gehen wir irgendwann noch mal zusammen aus?«

Allison kommt auf die Terrasse, und ihre Ankunft rettet mich. »Entschuldige mich für einen Augenblick. Meine beste Freundin ist gerade gekommen, und sie kennt sonst niemanden hier«, erkläre ich und verdrücke mich. Ich winke ihr zu, während ich auf sie zugehe, doch sie schaut sich nervös um und bemerkt mich nicht.

»Allison!«, rufe ich nicht einmal drei Meter von ihr entfernt.

»Oh! Du meine Güte, ich hab dich gar nicht erkannt«, sagt sie, und ich umarme sie, als ich sie erreiche. »Das ist ja 'ne echt schicke Party! Und das Haus! Du hast zwar gesagt, es ist groß, aber ich hätte nicht gedacht, dass es so groß ist.«

»Ich weiß«, stöhne ich. »Wenn du ein paar Stunden Zeit hast, dann führe ich dich später mal rum«, füge ich trocken hinzu. »Komm, wir holen uns was zu essen. Ich war gerade dabei, mir den Teller vollzuladen. Ich bin so froh, dass du da bist. Ich kenne hier so gut wie niemanden, und bis jetzt ist noch keiner der anderen Praktikanten aufgetaucht.«

»Die Praktikanten?«, fragt Allison, als wir zum Büfett zurückgehen, wo ich meinen abgestellten Teller wieder in die Hand nehme.

»Ja, Pierce hat alle Praktikanten aus dem Büro eingeladen.«

»Oh, das ist aber nett von ihm«, stellt Allison fest und nimmt sich einen Teller. »Wow, ich glaube, der Typ dort ist ein Senator … der im blauen Seersuckerjackett.«

Ich werfe einen Blick auf ihn. »Aus Georgia, stimmt«, bestätige ich. »Ich glaube, dass er zur selben Zeit Kongressabgeordneter war wie Pierce.« Ich fange an zu kichern, und Allison schaut mich mit einem fragenden Lächeln an. »Tut mir leid, ich kann nur nicht glauben, dass ich darüber spreche, dass mein Stiefvater Kongressabgeordneter war.«

»Das ist jetzt dein Leben!«, erwidert Allison lachend. »Was glaubst du, wann es endgültig durchsickert?«

»Keine Ahnung!«, gebe ich zurück, und wir gehen zu ein paar freien Stühlen an einem der Tische.

»Deine Mutter sieht richtig glücklich aus«, bemerkt Allison, als wir uns hinsetzen. Ich beobachte sie einen Moment lang; sie flitzt von einer Unterhaltung zur nächsten – so schön und lebhaft.

»Ich glaube, das ist sie auch. Und außerdem kann sie auch so richtig gut Cocktailparty-typische Unterhaltungen führen. Nate auch, obwohl er behauptet, dass es ihm nicht leichtfällt.«

»Brynn…« Allison hebt eine Augenbraue.

»Nein, ich meine, ich bin nur, weißt du…«, entgegne ich und verliere den Faden. Das ist garantiert nicht der richtige Moment dafür, um Allison zu erzählen, dass Nate und ich uns geküsst haben – obwohl ich bezweifle, dass er jemals kommen wird. Ich liebe Allison, aber das Denken in Grauzonen ist nicht ihre Stärke.

»Dachte, ihr beiden könntet was zu trinken gebrauchen.«

Ich blicke auf und sehe Greg neben uns stehen, den süßen blonden Praktikanten. Mit seinen langen Fingern balanciert er vorsichtig drei Martinigläser.

»Greg, hallo! Super, dass du kommen konntest.« Ich deute auf einen Stuhl neben uns und helfe ihm, die Gläser so abzustellen, dass vom Inhalt nichts verschüttet wird. »Greg, das ist meine Freundin Allison. Wir gehen zusammen zur Uni.«

»Freut mich«, sagt Allison.

»Mich auch. Hoffe, die Cocktails sind okay für euch. Ich vergesse ständig, wie der Barkeeper sie nennt…«

»Freiheitsmartini«, helfe ich aus und verdrehe die Augen. »Der Name ist doof, aber er schmeckt richtig gut.«

»Und, wo kommst du ursprünglich her, Greg?«, will Allison wissen.

»Aus Raleigh, aber ich hoffe, ich kann nach dem Abschluss nach D.C. ziehen.«

Während Allison und Greg sich über mich hinweg unterhalten, blende ich mich ein wenig aus. Soeben habe ich beobachtet, wie Nate von einer Gruppe zur nächsten wechselt, und er scheint sich mühelos unterhalten zu können. Ich schaue mich um, ob er jemanden im Schlepptau hat, aber ich entdecke niemanden. Das könnte das erste Mal sein, dass ich ihn bei einer Zusammenkunft ohne weibliche Begleitung sehe. Mir kommt der Gedanke, dass ich der Grund dafür sein könnte, doch das vergesse ich lieber schnell wieder. Ich kann nicht zulassen, dass ich so denke. Diese Art Beziehung will Nate nicht mit mir haben, wahrscheinlich nicht mal, wenn ich nicht seine Stiefschwester wäre. Ich wette, seine Verabredung hat im letzten Moment Schnupfen oder Ähnliches bekommen.

»Bin gleich wieder da«, sagt Allison. »Ich muss mir Nachschlag holen.«

Meine Aufmerksamkeit richtet sich wieder auf Greg, der aufsteht und offenbar gehen will. Er kratzt sich an der Wange und räuspert sich. Ich lächle, als seine sommersprossige Haut rot wird.

»Du siehst … ähm, das Kleid ist schön«, sagt er schließlich.

»Danke.« Ich lächle und stelle sicher, dass wir uns nicht länger bei dem Thema aufhalten werden. »Und, kannst du dir vorstellen, nach dem Uniabschluss in die Politik zu gehen?«

»Na ja, in die Verwaltung«, antwortet er lächelnd. »Obwohl mir klar wird, dass anscheinend das eine nicht ohne das andere existiert. Ich schätze, ich muss an dem Ganzen noch arbeiten … du weißt schon …« Er hebt vage die Hände.

»Das Babys-die-Köpfe-küssen-Ding?«

»Genau«, sagt er lächelnd. »Also, ähm, ich hab mich gefragt …«

Beim Haus sehe ich meine Mutter und Pierce miteinander reden und bin wieder etwas von Greg abgelenkt. Meine Mutter schlägt die Hände vors Gesicht, und Pierce geht wieder zur Party zurück, wobei sich sein finsterer Blick wie durch Zauberei in ein Lächeln verwandelt.

»Tut mir leid, Greg, entschuldige ganz kurz. Ich glaube, meine Mutter braucht mich.«

»Oh, natürlich«, antwortet er freundlich, und ich laufe auf die Tür zum Arbeitszimmer zu.

Während ich durch das Arbeitszimmer und die Treppe hinaufeile, spiele ich in Gedanken die möglichen Szenarien durch. Auf der Treppe hinauf in den dritten Stock zu den Hauptzimmern bin ich mir sicher, dass es sich um meinen Vater handeln muss. Das letzte Mal habe ich meine Mutter derart bestürzt gesehen, als mein Vater wieder in der Stadt aufgetaucht war und sie wegen Geld unter Druck gesetzt hat.

Ich klopfe sacht an der geschlossenen Flügeltür ihres Schlafzimmers. »Mom?«, flüstere ich, als ich eintrete. Sie liegt wie eine kaputte Puppe zusammengerollt auf dem Bett. »Was ist passiert?«, frage ich erschrocken und trete zu ihr.

»Es ist wegen Pierce«, murmelt sie, ohne sich zu rühren. »Sein Anwalt hat eben angerufen. Eine Frau hat sich gemeldet und beschuldigt ihn der sexuellen Belästigung. Es wird morgen in den Nachrichten kommen.«

KAPITEL 13

»Oh nein«, flüstere ich und setze mich neben sie aufs Bett. »Das tut mir so leid, Mom.«

»Liegt es … liegt es an mir?«, fragt sie und wendet sich ab, als ihr eine Träne über die Wange rollt.

»Was? Wie meinst du das?«

»Vielleicht liegt's an mir … vielleicht ist es meine Schuld. Ich bin wie ein Fluch.«

»Nein, Mom, nein«, beruhige ich sie und streiche ihr das Haar aus dem Gesicht. »Das passiert nicht deinetwegen. Wann soll das überhaupt gewesen sein? Die, du weißt schon, die …«, erwidere ich und bin nicht in der Lage, die hässlichen Worte zu wiederholen: sexuelle Belästigung.

»Vor mehreren Jahren«, antwortet sie.

»Lange bevor er dich überhaupt kennengelernt hat«, mache ich ihr deutlich. »Und nun? Gibt die Frau jetzt ein Interview im Fernsehen?«

Meine Mutter nickt. »Eine dieser Enthüllungssendungen bringt eine Reportage über sexuelle Belästigung in der Politik, und sie wird interviewt.«

»Was werdet ihr tun?«

»Na ja, wir werden uns wohl auf was gefasst machen müssen. Wahrscheinlich werden wir ein paar Tage lang zu Hause bleiben müssen, aber zum Glück ist morgen sowieso Samstag.«

»Nein, das habe ich nicht gemeint. Ich meinte, wenn Pierce eine Frau sexuell belästigt hat …«

»Darüber will ich nicht nachdenken.«

»Mom, das musst du aber.« Ich seufze. In unserer Beziehung benimmt sie sich immer wie das Kind. Ich habe diese Dynamik satt, aber ich weiß nicht, wie ich diese Gewohnheit durchbrechen kann, ohne dass unsere Beziehung insgesamt in die Brüche geht. »Wenn Pierce es getan hat, dann musst du vielleicht...«

»Sprich es nicht aus! Pierce und ich, wir bleiben zusammen. Das steht außer Frage. Und sogar wenn er es getan hat, bin ich mir sicher, dass es nur ein schwacher Moment war. Das ist einfach etwas, das vor langer Zeit passiert ist, und er hat sich geändert.«

Ich zucke mit den Schultern und fühle mich hilflos. »Ich wünsche mir, dass das stimmt, Mom. Ganz im Ernst. Nicht um seinetwillen, sondern um deinetwillen. Aber im Büro habe ich ein Gerücht gehört«, füge ich zögerlich hinzu.

»Was soll das heißen? Was für ein Gerücht?«

»Dass... Pierce hat einen gewissen Ruf.«

»Warum hast du mir nichts davon erzählt?«

Der Grund ist, weil sie so verletzlich ist – das würde ich ihr gern sagen, aber stattdessen sage ich einfach: »Weil es ein Gerücht ist, das ich nur von einer Person gehört habe. Es gab keine Möglichkeit herauszufinden, ob es wahr ist.«

»Also, bis es einen Beweis oder dergleichen gibt, glaube ich Pierce. Er hat gesagt, dass sie eine Kollegin im Büro war, die eine Beförderung haben wollte und sie nicht bekommen hat. Jetzt bringt sie eine Schmucklinie auf den Markt und hat sich gedacht, sie könnte all ihrer Verbitterung was Gutes abgewinnen und ein wenig PR für sich machen.«

»Das könnte eventuell möglich sein«, stimme ich nicht wirklich überzeugt zu.

Meine Mutter nickt. »Ich glaube, ich möchte jetzt einfach eine Weile allein sein. Meinst du, du könntest wieder zur

Party runtergehen und für mich als Gastgeberin einspringen? Du weißt schon, dafür sorgen, dass sich alle gut amüsieren und so weiter? Wenn jemand nach mir fragt, dann sag einfach, dass ich Kopfschmerzen habe.«

»Ähm, okay«, antworte ich, weil ich nicht weiß, was ich sonst sagen soll.

»Danke, Süße.« Meine Mutter sinkt wieder in die Kissen. Ich stehe auf und gehe zur Tür. »Ich kann es einfach nicht glauben«, höre ich sie murmeln, als ich die Tür hinter mir schließe. Ich wünschte, ich würde es auch nicht glauben, aber ich habe so ein verräterisches Gefühl im Bauch, das mir sagt, dass es wahr ist.

Auf dem Weg zurück zur Party gehe ich langsam die Treppe hinunter. Im Moment würde ich lieber so gut wie alles andere machen, als mir ein Lächeln ins Gesicht zu pflanzen und so zu tun, als wäre alles in Ordnung. Aber ich weiß, dass meine Mutter recht hat – es würde seltsam aussehen, wenn wir alle beide von der Party verschwinden. Ich hole tief Luft und laufe zu Greg und Allison hinüber.

»Tut mir leid, meine Mutter hat Kopfschmerzen, und ich wollte nur mal nach ihr sehen«, gebe ich pflichtbewusst weiter. Greg und Allison brummeln mitfühlend. Mit halbem Ohr bei ihrer Unterhaltung zuhörend, verputze ich zügig den Rest meines Essens und stehe dann mit meinem Glas in der Hand auf. Ich entschuldige mich und mische mich unter die Leute, versuche, die Runde zu machen und die Rolle der Gastgeberin zu spielen, wie meine Mutter mich gebeten hat.

Ungeduldig warte ich darauf, dass es dunkel wird, versuche, die Sonne meinem Willen zu unterwerfen, damit sie so schnell wie möglich untergeht und diese Party endlich zu Ende ist. Die muntere Partyplanerin, die ich vorhin getroffen habe, taucht lautlos an meiner Seite auf, als ich gezwungen über den Witz eines Partygasts lache.

»Haben Sie Mrs Thornhill gesehen?«

Es bringt mich immer noch aus dem Konzept, wenn jemand meine Mutter so nennt. »Sie fühlt sich unwohl. Kann ich Ihnen weiterhelfen?«

»Möchten Sie, dass die Laternen jetzt angezündet werden, oder sollen wir noch damit warten?«

Ich sehe mich im dämmriger werdenden Licht um. »Jetzt wäre gut, danke.« Sie eilt davon, und ich entdecke Nate, der mich von der anderen Seite der Party aus finster anschaut. Schnell senke ich den Blick. Falls sein Vater ihm noch nicht gesagt hat, was los ist, dann will ich nicht diejenige sein, der diese Aufgabe zufällt. Ich sehe, dass er sich den Weg herüberbahnt, und entschuldige mich von der Unterhaltung, die ich führe, um in einer größeren Gruppe Menschen unterzutauchen. Nur noch etwa eine Stunde, dann wird das Feuerwerk vorbei sein, und alle werden gehen.

Die Caterer sind überall in der Party unterwegs und zünden die Kerzen auf den Tischen sowie in den Bäumen hängende kleine chinesische Laternen an. Ich nehme mir einen Moment lang Zeit und bewundere den Anblick: die wunderschönen weißen Lichter, die gut gekleidete Menge, das Gemurmel der leichten Unterhaltung. Meine Mutter weiß, wie man eine gute Party schmeißt. Als die Dämmerung zur Nacht wird, schnappe ich mir noch einen Drink, und die Gäste setzen sich in Richtung des unteren Rasens in Bewegung, um einen besseren Blick auf das Feuerwerk zu haben.

Mit einem plötzlichen Knall beginnt das Schauspiel. Ein paar begeisterte Ausrufe ertönen, einige Leute klatschen, während sich die Menge zusammenfindet, um flussabwärts die Explosion der Farben zu bestaunen. Ich will mich gerade hinter die Menge stellen, als ich eine Hand auf dem Rücken spüre. Noch bevor ich mich umdrehe, weiß ich, dass es Nate ist.

»Was ist los?«, fragt er leise, als ich mich zu ihm umdrehe.

»Nichts. Meine Mutter fühlt sich einfach nicht ganz wohl«, antworte ich.

»Du zupfst an deinen Haaren«, wendet er ein, und ertappt lasse ich die Hand sinken. Die Menge jubelt, als über uns eine besonders farbenfrohe Rakete explodiert.

»Na und?«

Er beugt sich zu mir. »Du kannst mir nichts vormachen, Brynn.« Ich kann seinen Atem an meiner Wange spüren und mache nervös einen Schritt zurück.

»Da gibt's was, das dein Vater dir erzählen sollte«, sage ich und drehe mich zum Feuerwerk um, doch ich spüre Nates Hand an meinem Ellbogen.

»Würdest du's mir bitte einfach sagen? Du und mein Vater, ihr benehmt euch eigenartig, und jetzt verschwindet deine Mutter … ich will es einfach wissen.«

»Und dabei dachte ich, dass ich das ganz gut vertuscht habe«, entgegne ich und schinde Zeit.

»Vielleicht in den Augen anderer Leute, nicht in meinen.«

Einen Augenblick lang starre ich ihn an, während sein Gesicht durch das Licht eines meiner liebsten, kugelförmigen Feuerwerke erleuchtet wird.

»Da gibt's eine Frau … sie wird morgen in einer Nachrichtensendung zu Gast sein und behaupten, dass dein Vater sie sexuell belästigt hat.«

»Blödsinn!«, faucht er mich an.

»Ich bin nur der Überbringer der Nachricht. Du hast darauf bestanden, dass ich's dir sage …«, stammle ich, erschrocken über seinen Ton.

»Mein Vater ist ein großer Mann, eine Stütze der Gesellschaft …«

»Eine Stütze der Gesellschaft?«

»Was? Natürlich!«

»Es ist nur, wie du manchmal über ihn redest... er ist nicht perfekt, Nate.«

»Du weißt überhaupt nichts über ihn. Als meine Mutter uns verlassen hat, hat er sich ganz alleine um mich gekümmert. Er war immer für mich da.«

»Okay, ich sage ja nur...«

Doch Nate stürmt los, zurück zum Haus. Einen Augenblick lang stehe ich schockiert da. Ich wusste, dass diese Unterhaltung nicht witzig werden würde. Aber ich hätte nicht gedacht, dass er mich derart anfahren würde, so als würde ich Pierce angreifen oder Ähnliches.

Gerade als das Finale beginnt und der Himmel hell erleuchtet ist, drehe ich mich zurück zur Menschenmenge. Ich betrachte die mich umgebenden Menschen. Ihre Gesichter sind nach oben gerichtet, und in ihnen spiegelt sich Freude wider. Vielleicht war es dumm von mir, mich darauf zu freuen, dass alle bald gehen werden. Denn jetzt wird mir klar, dass morgen wieder nur wir vier im Haus sein werden – allein und ohne Pufferzone.

Mein Blick fällt auf Pierce, und ich stelle fest, dass er mich anstarrt. Als er merkt, dass ich ihn ansehe, lächelt er schnell und fängt als Erster an zu klatschen, als das Feuerwerk verlischt.

KAPITEL 14

Ich hatte schon halb befürchtet, unsere Eltern hätten vor, sich die TV-Sendung gemeinsam anzusehen, aber zum Glück hatte niemand solche Erwartungen. Oder zumindest hatte mir niemand etwas davon gesagt. Zum ersten Mal seit Langem hat meine Mutter nicht auf ein gemeinsames Abendessen bestanden. Den Großteil des Tages hatte sie sich in ihrem Zimmer verkrochen, während Pierce die Anrufe seiner Anwälte im Arbeitszimmer entgegennahm.

Ich beschließe, mir ein wenig von der übrig gebliebenen Pasta aus dem Kühlschrank zu holen und sie in meinem Zimmer zu essen. Ich schiele in Nates Zimmer, als ich daran vorbeigehe. Kein Zeichen von ihm.

Wieder zurück in meinem Zimmer, schalte ich den Computer an, um mir die Online-Berichterstattung anzusehen. Mir wird schlecht, als ich die Anschuldigungen der Frau lese, doch ich bin auch ein wenig erleichtert, dass sie Pierce nicht irgendwelcher Gewalttätigkeiten beschuldigt. Zumeist spricht sie über länger anhaltende Berührungen, Schultermassagen und davon, vom Management abgeblockt worden zu sein, als sie sich beschwert hat.

Ich esse auf und surfe eine Weile lang rastlos im Internet herum. Als ich die Langeweile nicht länger aushalte, schnappe ich mir meinen Teller, gehe wieder in die Küche und stelle ihn in die Spüle. Als ich am Telefon auf der Anrichte vorbeigehe, klingelt es. Einen Moment lang halte ich inne und warte, ob jemand anderer im Haus drangeht. Was, wenn es ein Reporter ist? Sage ich einfach »kein Kommentar«, so wie im Fernsehen?

Beim dritten Klingeln entschließe ich mich, in den sauren Apfel zu beißen. »Hallo?«

»Hallo, ist Nate da?«, fragt eine weibliche Stimme etwas außer Atem. Ah, eine weitere Verehrerin.

»Tut mir leid, ich glaube nicht«, antworte ich wahrheitsgemäß. »Kann ich was ausrichten?«

Kurz herrscht Stille. »Spricht da Holly?«

»Nein, ihre Tochter, Brynn. Wer spricht denn da?« Wieder herrscht Stille, und langsam wird mir mulmig.

»Eileen ... Nates Mutter.«

Vor Überraschung lasse ich beinahe den Hörer fallen. »Oh, ähm, ich kann nicht ...«

»Warten Sie! Bitte, bitte legen Sie nicht auf. Ich habe soeben die Nachrichten gesehen und dachte, dass Nate jetzt vielleicht mit mir würde sprechen wollen.«

»Ich verstehe nicht.«

»Weil er jetzt die Wahrheit über Pierce kennt und dann vielleicht nicht mehr glaubt, was auch immer er über mich behauptet.«

»Tut mir leid. Ich glaube, ich sollte mich da nicht einmischen.« Was auch immer das ist.

»Bitte, bitte ...« Ich höre ihr Schluchzen, sie weint ganz eindeutig. »Ich habe schon so lange nicht mehr mit Nate gesprochen ... er ist doch mein Sohn, er ist mein Sohn.«

»Aber es war doch Ihre eigene Entscheidung, ihn zu verlassen ...«

»Hat Pierce Ihnen das erzählt?«

»Nein, Nate.«

»Das hat er von Pierce. Ich habe Pierce verlassen, weil er mich betrogen hat. Aber Pierce ist es gewohnt, dass alles nach seinem Willen geht, und er war außer sich vor Wut. Als wir geheiratet haben, war er derjenige mit dem Geld. Ich hatte nichts und habe einen Ehevertrag unterschrieben. Damals habe ich kaum einen Blick darauf geworfen, dachte, wir würden für immer zusammenbleiben. Er hatte einen teuren Anwalt, der es bei der Scheidung dann auch geschafft hat, das alleinige Sorgerecht für Nate zu bekommen. Ich hatte nie eine Chance. Seit Jahren versuche ich, mit Nate Kontakt aufzunehmen und ihm die Wahrheit zu sagen... ich habe Pierce verlassen, nicht aber Nate. Ich würde niemals meinen Sohn verlassen. Hätte ich gewusst, dass ich meinen Sohn nie wiedersehen würde, dann hätte ich mich niemals von Pierce scheiden lassen, auch wenn er mich betrogen hat. Ich dachte, wenn Nate die Frau im Fernsehen gesehen hat, dann würde er mir vielleicht glauben...« Sie schluchzt nur noch.

»Eileen, ist schon okay«, sage ich leise, und mir wird schlecht. Irgendwie hört sich das, was sie erzählt, wie die Wahrheit an. Das sagt mir mein Bauchgefühl. »Ich möchte Ihnen gerne helfen, aber... Nate ist wirklich empfindlich, was seinen Vater betrifft. Ich weiß nicht, was ich tun kann.«

»Ich weiß, und es tut mir leid, dass ich Ihnen das auflade. Ab und zu rufe ich auf dem Hausanschluss an und versuche, Nate zu erwischen. Und ich hatte einfach gehofft, dass er heute Abend rangeht und nicht gleich wieder auflegt.«

Hinter mir ist ein Geräusch zu hören, und ich wirble herum.

Pierce steht in der Tür zum Esszimmer. »Alles okay?«, fragt er.

»Jepp, alles in Ordnung, Pierce«, antworte ich so, dass Eileen es ebenfalls hört.

»Schreiben Sie bitte einfach meine Nummer auf, okay?«, bittet Eileen leise. »Bitte, erzählen Sie ihm einfach, was ich Ihnen erzählt habe.« Wohl wissend, dass Pierce mich beobachtet, notiere ich die Nummer auf einem kleinen Notizblock auf der Anrichte.

»Ich hab's, danke. Bis später dann.« Ich lege auf.

»Kein Reporter, hoffe ich«, sagt Pierce mit einem traurigen Lächeln.

»Nein, nur eine Freundin«, antworte ich so lässig wie möglich, reiße das Blatt vom Block und stecke es in meine Tasche.

»Gott, das war der längste Tag meines Lebens«, erklärt er seufzend und fährt sich mit der Hand durchs Haar. »Ich hoffe, dass du und deine Mutter nicht in irgendwas mit reingezogen werdet. Morgen könnten ein paar Reporter am Tor herumlungern. Am besten ist es wahrscheinlich, denen einfach aus dem Weg zu gehen.«

»Na klar, kein Problem.« Er sieht sehr erschöpft aus, und ich merke, wie er mir plötzlich leidtut. In diesem Augenblick wirkt er so aufrichtig, dass es schwerfällt, zu glauben, was Eileen und die andere Frau über ihn sagen. Der Mann vor mir gibt ein ganz anderes Bild ab.

»Aber andererseits bin ich froh, dass du und deine Mutter jetzt hier seid. Vielleicht ist das egoistisch von mir. Doch ich glaube, ohne sie könnte ich das alles nicht durchmachen. Sie hat wieder Freude in mein Leben gebracht.«

»Sie ist … ja, sie ist toll«, erwidere ich betreten.

»Macht dir das Praktikum Spaß? Nicht zu viel Beschäftigungstherapie, hoffe ich?«

»Nein, überhaupt nicht, Pierce. Es ist super, danke.«

Er nickt. »Na gut, ich mache mich besser wieder an die Arbeit. Man möchte meinen, ich hätte bei der Zeit, die ich hier verbracht habe, eine Menge erledigt, aber ich habe nur die Wand angestarrt.«

»Oh, tja, dann sehen wir uns morgen.«

»Nacht.«

»Gute Nacht.« Ich gehe wieder die Treppe hinauf, und die Telefonnummer brennt mir ein Loch in die Tasche. Es ist faszinierend, wie ich im Verlauf einer kurzen Unterhaltung mit ihm von einer fast völligen Sicherheit darüber, dass Pierce lügt, nun das Gefühl habe, ich hätte sein Vertrauen missbraucht. Sagt er die Wahrheit, oder hat er einfach nur die Fähigkeit eines perfekten Politikers, die Geschichte zum eigenen Vorteil umzudeuten?

Langsam mache ich mich bettfertig, und die Gedanken wirbeln mir unkontrolliert durch den Kopf. Vor diesem Sommer habe ich mich meines Lebens sicher gefühlt. Sicher, was meine Ideen und Meinungen betraf. Sicher, dass ich richtig lag. Doch je länger ich in diesem Haus wohne, desto weniger fühle ich mich meiner selbst sicher.

Gerade als ich mit Zähneputzen fertig bin, höre ich einen Rums im Korridor und dann ein Stöhnen. Das hört sich fast wie Nate an. Mit gerunzelter Stirn öffne ich die Tür. Und tatsächlich, es ist Nate. Er liegt vor seiner Tür auf dem Teppich. Ich zögere, weil mir bewusst wird, dass ich mein kleines Nachthemd trage. Denke dann aber, dass er mich bereits darin gesehen hat.

»Nate? Geht's dir gut? Was ist passiert?«, frage ich leise und knie mich schnell neben ihn. Seine Alkoholfahne verrät es, bevor er irgendetwas sagt.

»Bin total betrunken, Brynn.« Er fängt an zu lachen.

»Pst, du weckst noch unsere Eltern auf«, warne ich ihn. »Warum liegst du auf dem Boden?«

»Gestolpert. Über meine eigenen Füße«, antwortet er seufzend.

»Los, komm, steh auf!«, befehle ich und schiebe eine Hand unter seinen Rücken, um ihn hochzuziehen. Langsam gehorcht er, stellt sich hin und schwankt gefährlich. »Okay, und jetzt hier rein.« Ich stoße die Tür mit dem Fuß auf und lege ihm einen Arm um die Taille, um ihn zu stützen. Ich spüre, wie seine Muskeln unter dem T-Shirt arbeiten, während wir gehen.

Das ist nicht die Zeit für so was, Brynn. »Schuhe aus!«, fordere ich ihn auf, als wir das Bett erreichen.

»Hmm«, brummt er und tritt sie sich von den Füßen.

»Ich hol dir was zu trinken. Rühr dich nicht!« Ich laufe schnell in mein Zimmer und hole das Wasserglas vom Nachttisch, fülle es in meinem Bad mit Leitungswasser und gehe zurück in sein Zimmer. Ich schließe die Tür hinter mir, damit der Krach nicht im ganzen Haus zu hören ist. Als ich sehe, dass Nate bis auf die Boxershorts alles ausgezogen hat und am Fußende des Bettes steht, halte ich überrascht inne.

»Danke«, lallt er, als ich zögerlich weitergehe und ihm das Wasser reiche. Ich sehe zu, wie er das ganze Glas auf einmal leert, während sein muskulöser Oberkörper vom grauen Mondlicht erhellt wird. Er stellt das Glas auf dem Schreibtisch ab und wischt sich leicht schwankend mit dem Handrücken über den Mund.

»Ist alles okay?«, frage ich besorgt. »Ich habe dich noch nie betrunken gesehen.«

»Trinke nich wirklich. Keine Zeit. Studieren, Training, Studieren, Wettkampf.«

»Und ich dachte, ich bin der Streber hier«, necke ich ihn.

»Du bist witzig«, meint er, legt den Kopf leicht zur Seite und macht dann einen Schritt auf mich zu.

»Nate …«, sage ich, und mein Herz scheint sich zu verkrampfen.

»Ja, Brynn?«, fragt er unschuldig.

»Du hast gesagt, dass das nicht richtig ist. Das waren deine Worte«, ermahne ich ihn.

»Glaubst du, dass es falsch ist?« Er macht noch einen Schritt auf mich zu und blickt mich an.

»Ich …«

Sein Arm legt sich um meine Taille. »Fühlt sich das falsch an?«

»Ja… Nein«, hauche ich. Ich habe kaum Zeit, Luft zu holen, und sein Mund senkt sich auf meinen. Er schmeckt nach Whisky, aber das ist mir egal. Ich schlinge ihm die Arme um den Hals, und er umfasst mit beiden Händen meinen Po. Wir setzen den Kuss dort fort, wo wir letztes Mal aufgehört haben. Als wir unsere Münder füreinander öffnen, vergrabe ich meine Finger in seinen Haaren. Er reißt mich grob an sich, und als unsere Körper aufeinanderstoßen, stöhnt er kehlig auf. Plötzlich stolpert er rückwärts und hält sich an meinen Schultern fest.

»Tut mir leid«, flüstert er und schüttelt den Kopf, als wollte er ihn klar bekommen. »Kannst du einfach eine Weile bei mir bleiben?«

»Ja, na klar«, antworte ich, ohne zu zögern, doch seine Bitte verblüfft mich. Ich schaue zu, wie er sich zum Bett dreht, zu seinem Kissen kriecht und sich dann mit einem erwartungsvollen Blick zu mir auf der Seite liegend zusammenrollt. Ich warte kurz und folge ihm dann; krieche über die Bettdecke und schmiege mich an seinen Rücken. Ich vergrabe mein Gesicht zwischen seinen Schulterblättern, lege dann den Arm über seine Taille. Er nimmt meine Hand in seine und zieht mich enger an sich.

Ich liege so still wie möglich da, atme kaum und kann nicht fassen, dass er sich auf diese Art von mir berühren lässt. Okay, er ist sturzbetrunken, aber dennoch. Ich hätte nie geglaubt, dass er sich bei mir so verletzlich zeigen würde. Ich höre, wie seine Atemzüge tiefer werden.

»Ich hab immer zu ihm aufgeschaut«, murmelt er, und ich erschrecke.

»Ich weiß«, flüstere ich und weiß, dass er von seinen Vater spricht.

»Ich weiß nicht, was ich tun soll, wenn er…«

»Ich weiß«, sage ich leise und küsse sanft seinen Nacken.

Er wird ruhig auf seinem Kissen, und sein Atem wird wieder tiefer.

Eine Weile lang bleibe ich bei ihm, bis ich sicher bin, dass er schläft. Erst muss ich verstehen, wie Nate über seine Mutter denkt, bevor ich ihm erzähle, was sie mir gesagt hat. Seine Welt fängt bereits an zusammenzubrechen, und ich will das nicht noch beschleunigen. Ich seufze. Wahrscheinlich wäre es besser, wenn ich wieder in mein Zimmer gehe.

* * *

Ich drehe mich seufzend um und runzle die Stirn. Meine Bettlaken fühlen sich anders als sonst an, und das Licht, das durchs Fenster fällt, ist viel zu hell. Blinzelnd öffne ich die Augen und setze mich erschrocken auf.

Ich bin in Nates Zimmer.

»Keine Sorge.« Ich blicke auf und sehe Nate mit einem Glas Wasser am Schreibtisch sitzen. Das zerzauste Haar steht ihm in alle Richtungen ab. »Die beiden sind heute Morgen schon früh fort, zu Terminen. Deine Tür ist zu, da haben sie angenommen, dass du noch schläfst.«

»Oh, gut«, antworte ich und merke, dass mir das Nachthemd gefährlich hoch über die Oberschenkel gerutscht ist. Befangen ziehe ich die Bettdecke hoch.

»Kaffee?« Nate zeigt auf den Nachttisch neben mir. Ich werfe einen Blick darauf und sehe eine dampfende Tasse. »Milch und ein Stück Zucker, richtig?«

»Ja, danke.« Ich strecke die Hand danach aus.

»Tut mir leid wegen letzter Nacht. Ich kann mich nur daran erinnern, wie ich nach Hause gekommen bin, und danach an nichts mehr.«

Ich lächle, auch wenn ich enttäuscht bin, dass er sich nicht an den Kuss erinnert. »Du warst betrunken und hast mich nur gebeten, ein wenig hierzubleiben. Ich hatte nicht vorgehabt, hier einzuschlafen.« Ich schaue auf die Uhr. »Mist, es ist fast elf? Ich schlafe nie so lange.«

»Ich bin erst um neun aufgewacht … das ist spät für mich.« Meine Gedanken kehren schnell zu den Bedenken von letzter Nacht zurück. »Ich … ich weiß, dass du nicht gerne darüber sprichst, aber deine Mutter …«

»Was soll mit ihr sein?«, fragt er und klingt bereits abwehrend.

Ich muss vorsichtig vorgehen. »Ich weiß, dass es wehtut, darüber zu sprechen, aber ich wollte nur wissen, wieso sie gegangen ist.«

Nate verschränkt die Arme vor der Brust. »Eileen ist gegangen, weil sie nicht damit klarkam, Mutter zu sein.«

»Was heißt das? Wie genau?«

»Als Kind war ich ziemlich unbeherrscht, und sie konnte nicht damit umgehen … konnte nicht mit mir umgehen.«

»Das hat dein Vater dir erzählt.«

»Das ist passiert«, erwidert Nate und schaut mich finster an. »Ich kann mich immer noch an die Nacht erinnern, in der sie fort ist. Sie waren zum Abendessen ausgegangen, und ich bin mit einem Babysitter zu Hause geblieben. Einem von vielen. Ich habe sie ständig vergrault, und an dem Abend hatte ich mich wieder danebenbenommen. Ich hatte einen Wutanfall, hab ein Glas zerschmissen … Ich bin mir ziemlich sicher, dass der Babysitter gekündigt hat, sobald meine Eltern nach Hause gekommen sind. Wie auch immer, sie hatten einen Riesenstreit – ich konnte sie bis in mein Zimmer hören –, und am nächsten Tag war sie weg.«

»Und du hast sie nie wiedergesehen?«

»Ein paarmal vor Gericht. Aber danach war sie nicht wirklich daran interessiert, mich zu sehen. Manchmal ruft sie hier an, vielleicht hat sie Schuldgefühle. Ständig versucht sie, meinem Vater die Schuld an dem zu geben, was passiert ist«, fügt er verbittert hinzu.

»Hast du geglaubt, dass sie nicht fortgegangen wäre, wenn... wenn du dich besser benommen hättest?«

Er zuckt mit den Schultern. »Ist jetzt auch egal. Warum willst du das alles wissen? Hab ich davon gesprochen, als ich betrunken war oder so?«

»Nein, nein.« Ich stelle den Kaffee auf dem Nachttisch ab. »Sie hat gestern Abend hier angerufen.«

»Eileen? Du hast mit ihr gesprochen?«

»Na ja, schon, sie war ganz aufgelöst.«

»Scheiße, Brynn!«, flucht er und steht auf. »Warum hast du das getan? Das geht dich nichts an.«

»Ich wollte nur helfen...«

»Ich brauch deine Hilfe nicht«, herrscht er mich an.

»Würdest du mir mal eine Sekunde lang zuhören?! Sie hat angerufen, weil sie gedacht hat, dass du vielleicht nach dem, was diese Frau im Fernsehen behauptet hat, hören willst, was sie zu sagen hat...«

»Wovon redest du da?«, knurrt er.

»Sie hat gesagt, dass dein Vater fremdgegangen ist und sie ihn deshalb verlassen hat. Nicht deinetwegen.«

»Scher dich raus!«, verlangt er mit gehobener Stimme und zeigt auf die Tür.

»Nate, mein Vater ist auch abgehauen, okay? Ich weiß, wie das ist. Aber sie hat sich dermaßen verloren angehört, sie will unbedingt mit dir sprechen. Ich würde alles dafür tun, meinen Vater so über mich reden zu hören.«

»Ach so, darum geht's hier also, deinen Vaterkomplex.«

»Nein! So hab ich das nicht gemeint«, wende ich ein, doch seine Worte treffen mich im Innersten.

»Hör mal, tut mir leid, dass dein Vater nicht für dich da ist. Aber deine ganze Situation hat nichts mit meiner zu tun!«

»Na schön!«, rufe ich getroffen aus. Ich werfe die Bettdecke zur Seite und stehe auf. »Ich hab ihr versprochen, dass ich es dir erzähle, also hab ich das auch getan. Ich versuche nie wieder, dir zu helfen.«

»Mehr will ich auch gar nicht!«, ruft er mir hinterher, während ich aus seinem Zimmer marschiere.

In meinem Zimmer knalle ich die Tür hinter mir zu und balle vor Wut die Hände zu Fäusten. Ich gehe schnurstracks zum Bett, schnappe mir ein Kissen und schlage damit, so fest ich kann, auf die Matratze ein. Ich – kann – nicht – glauben –, dass – ich – je – Gefühle – für – dieses – Arschloch – hatte. Sage ich mir, während ich das Kissen wieder und wieder auf die Matratze dresche, bis ich außer Atem bin.

Jetzt ist es offiziell an der Zeit, dass ich mit ihm abschließe.

KAPITEL 15

»Du siehst hübsch aus«, sagt meine Mutter
und zwinkert mir zu, als ich in die Küche komme.

»Mom ...«, erwidere ich und verdrehe die Augen.

»Na, es stimmt aber! Wo geht ihr beiden denn heute Abend hin?«

»*La Mirabelle.*«

»Französisch ... wie romantisch!«

»Das ist gerade mal die erste Verabredung, okay? Mach dir nicht zu viele Hoffnungen.« Als ich mich umdrehe, kommen Nate und Pierce aus dem Esszimmer.

»Ich habe einfach nur ein gutes Gefühl, was das betrifft, das ist alles«, fährt sie fort und gießt mir ein Glas Wasser ein. »Und er holt dich ab, richtig?«

»Oh, hast du ein Rendezvous heute Abend, Brynn?«, fragt Pierce und schaut meine Mutter mit bedeutungsvoll gehobenen Augenbrauen an.

»Ja«, stöhne ich auf, weil ich keine große Sache daraus machen will.

»Greg! Ein Praktikant aus deinem Büro«, erzählt ihm meine Mutter.

»So, so. Weißt du, ich kann mich erinnern, euch beide letzte Woche im Kopierraum gesehen und dabei gedacht zu haben, die beiden würden ein hübsches Paar abgeben.«

Ich werde rot, und meine Mutter lächelt begeistert. Es ist erstaunlich, wie schnell die Normalität wieder eingezogen ist, nachdem diese Frau im Fernsehen war. Etwa eine Woche lang hatte eine Handvoll Fotografen vor dem Tor herumgelungert, aber nachdem die Aufregung abgeflaut war, waren schließlich alle wieder verschwunden. Pierce hat uns gesagt, dass er Ermittler darauf angesetzt hat, die Behauptungen der Frau zu entkräften, und alles wieder normal sein würde. Was Nate und mich betrifft…

»Dann sind wir heute nur zu dritt beim Abendessen«, zwitschert meine Mutter.

»Eigentlich nur zu zweit. Ich gehe heute Abend auch aus«, sagt Nate beiläufig. Ich schaffe es, dem Drang zu widerstehen, zu ihm hinzusehen.

»Ach ja?«, fragt meine Mutter.

»Nate, du hättest Holly erzählen sollen, dass du Pläne hast. Wie oft muss ich dir das noch sagen? Verantwortung, Verantwortung, Verantwortung«, doziert Pierce, während er durch die Küche zum Kühlschrank geht. Ich werfe meiner Mutter einen Blick zu, sie schaut jedoch auf das Schneidebrett.

»Entschuldige, Holly«, sagt Nate pflichtbewusst.

»Das ist okay, wirklich«, erwidert meine Mutter leise. Zum Glück klingelt es an der Tür, und ich kann mich verabschieden. So sauer ich auch auf Nate bin, ich mag es trotzdem nicht, wenn sein Vater auf so eine herablassende Art und Weise mit ihm spricht.

Ich gehe den Korridor entlang ins Foyer und höre, dass mir meine Mutter und Pierce folgen. Ich zucke zusammen. Ich hatte gehofft, dass ich zur Tür herauskomme, ohne dass sich alle begegnen – ganz eindeutig Wunschdenken. Ich öffne die Tür und lächle Greg an. Er trägt einen dunkelblauen Blazer und Kakihosen und sieht ein bisschen nervös aus.

»Hallo, Greg«, begrüße ich ihn.

»Greg! Schön, dich kennenzulernen«, sagt meine Mutter hinter mir und zwingt mich, die Tür ganz zu öffnen.

»Schön, Sie zu sehen«, kommt es von Pierce, und er schüttelt Greg die Hand.

»Mr Thornhill«, erwidert Greg förmlich. Ich sehe Nate am Eingang zum Wohnzimmer auftauchen und sich lässig an den Türrahmen lehnen, ohne etwas zu sagen. Unsere Blicke kreuzen sich, und er lächelt mich an. Ich runzle die Stirn und schaue weg.

»Sie sollte um zehn wieder zu Hause sein«, verlangt Pierce von Greg.

»Ja, Sir«, antwortet Greg.

Gerade als ich protestieren will, klopft Pierce Greg auf den Rücken. »Keine Sorge, Greg. Ich mache nur Spaß.«

»Oh, eine Sekunde lang dachte ich, Sie meinen das ernst«, gesteht Greg und atmet erleichtert auf.

»Tja, wir sollten los«, sage ich schnell, damit Pierce keine Chance hat, noch mehr solcher umwerfenden Scherze zu machen. »Bis später!«, rufe ich und ziehe die Tür hinter mir zu. Bevor sie ganz zu ist, erhasche ich noch einen Blick auf Nates grinsendes Gesicht.

»Alles okay?«, fragt Greg, als wir zu seinem Auto gehen.

Ich erzwinge ein Lächeln und nicke. »Ja, tut mir leid! Ich war kurz in Gedanken. Und, warst du schon mal in dem Restaurant?«

* * *

Greg hat ein sehr schönes französisches Restaurant für unsere Verabredung ausgewählt – ein gemütliches, sanft beleuchtetes Lokal in den Hügeln des Potomac. Der Bedienung liegt das Essen ganz eindeutig am Herzen, und sie sind begeistert darüber, ein junges Paar da zu haben, das sie umsorgen können.

»Und, wie ist es, für den eigenen Stiefvater zu arbeiten?«, fragt Greg grinsend.

»Weißt du, es ist gar nicht so schlecht. Eigentlich denke ich kaum darüber nach. Er sitzt ganz oben im Unternehmen und ich ganz unten, also haben wir im Alltag selten miteinander zu tun.«

»Weil wir gerade von ganz unten sprechen: Roderick hat mich gestern Steven genannt«, erzählt Greg und meint Pierces Geschäftspartner.

Ich lache. »Was?! Arbeitet dort überhaupt jemand, der Steven heißt?«

»Nö! Und das ist das Schlimmste daran. Wer weiß, an wen er gedacht hat…« Er schüttelt in gespielter Entrüstung den Kopf. »Wieso arbeitet eigentlich Pierces Sohn nicht bei Thornhill & Co.? Wollte er nicht für seinen Vater arbeiten?«

»Ähm, eigentlich genau im Gegenteil. Pierce geht ziemlich hart mit Nate um… Ich habe irgendwie ein schlechtes Gewissen, was das alles betrifft, weil ich glaube, dass Nate das Praktikum gern haben wollte. Doch dann hat Pierce es mir angeboten, um Nate zu bestrafen. Ich habe versucht, es abzulehnen, aber Pierce hat darauf bestanden, und wir hatten uns eben erst kennengelernt, weißt du? Ich wollte nicht unhöflich sein. Ganz davon abgesehen, dass meine Mutter und Pierce sich noch nicht so lange kannten und ich deshalb etwas verblüfft darüber gewesen war, dass sie so schnell geheiratet haben…« Ich beiße mir auf die Lippe. »Tut mir leid, wow! Ich schweife total ab.«

»Das ist okay. Ich verstehe schon. Meine Eltern sind auch geschieden.«

»Tja, meine sind nicht wirklich geschieden. Sie haben gar nicht erst geheiratet«, stelle ich klar. Doch Greg hört nicht mehr zu, er schaut mit zusammengekniffenen Augen zum Eingang des Restaurants.

»Apropos… ist das nicht Nate dort drüben? Hast du ihm erzählt, dass wir hierhergehen?«

»Nein… was? Das kann er unmöglich sein«, antworte ich

und drehe mich um, um selbst nachzusehen. Aber Tatsache, er ist es – und er hat eine umwerfende Brünette am Arm. So ein Arsch! Nie im Leben ist das Zufall. Er muss gehört haben, wie ich meiner Mutter erzählt habe, dass Greg mich hierher ausführt.

»Brynn!«, sagt Nate lächelnd und kommt mit seiner Verabredung zu uns herüber, während die Empfangsdame ihnen hinterherläuft. »Ich wusste nicht, dass ihr beiden auch hierherkommen wolltet. Greg, richtig? Ich bin Nate.«

»Freut mich.« Greg schüttelt die ausgestreckte Hand.

»Und das ist Sophie.« Nate deutet auf seine Verabredung.

»Hallo«, grüßt sie und blickt einen Moment lang vom Handy in ihrer Hand auf.

»Möchten Sie alle zusammen sitzen?«, erkundigt sich die Empfangsdame. »Wir könnten einen weiteren Tisch heranziehen.«

Dafür könnte ich sie umbringen.

»Was meinst du?«, fragt Nate Greg und schaut ihn mit einem Tausend-Watt-Grinsen an.

»Ähm, ja, sicher, warum nicht?«, fügt sich Greg. Ich stehe schnell auf und gehe auf Gregs Seite hinüber, während ein Kellner der Empfangsdame dabei hilft, einen kleinen zusätzlichen Tisch heranzuziehen. Auf keinen Fall werde ich neben Nate sitzen und eine Wiederholung des Hand-auf-dem-Oberschenkel-Zwischenfalls riskieren.

»Ich lasse euch beide nebeneinander sitzen«, erkläre ich mit zuckersüßem Lächeln, während ich neben Greg Platz nehme.

»Wir haben gerade erst bestellt, sind euch also nicht zu weit voraus«, fügt Greg hinzu, als die Empfangsdame Nate und Sophie die Speisekarten reicht.

»Können wir eine Flasche Dom Pérignon für den Tisch haben?«, fragt Nate den Kellner, der hocherfreut nickt und davonhuscht.

»Oh, das muss nicht …«, setzt Greg an.

»Nein, ich bestehe darauf. Wir unterbrechen hier schließlich euer Date«, erwidert Nate großmütig.

»Ich liebe Champagner«, flötet Sophie und steckt endlich ihr Handy weg. Ich sehe Nate mit schmalen Augen an, doch er meidet absichtlich meinen Blick.

»Und, worüber habt ihr zwei Turteltauben gesprochen, bevor wir gekommen sind?«, will Nate von Greg wissen.

»Nichts Besonderes«, antwortet Greg und wirft mir einen Blick zu.

»Wisst ihr, mit euren hellen Haaren könntet ihr beide glatt miteinander verwandt sein. Cousins vielleicht«, stellt Nate fest und lehnt sich auf seinem Stuhl zurück. Sofort verpasse ich ihm unterm Tisch einen Tritt ans Schienbein. Ich sehe, wie sich seine Kiefermuskeln anspannen, aber er gibt keinen einzigen Laut von sich.

»Oh Gott, ja, total!«, stimmt Sophie zu. »Ich hab mal mit meinem Cousin rumgemacht, aber da wusste ich nicht, dass er mein Cousin ist. Aber dann ist's noch mal passiert …«

Während Sophie in ihre Geschichte eintaucht, funkle ich Nate wütend an, und er lächelt zurück. Das wird ein langer Abend werden.

KAPITEL 16

Nate schließt seine Zimmertür, und ich drehe mich, in seinem Schreibtischstuhl sitzend, zu ihm um. Greg hat mich vor zwanzig Minuten nach Hause gebracht. Seitdem habe ich hier gewartet und bin nun auf hundertachtzig.

»Scheiße!«, ruft Nate und fragt dann ehrlich überrascht: »Was soll das denn werden? Machst du einen auf James-Bond-Bösewicht?«

»Was hast du dir dabei gedacht?! Ich weiß, dass du das mit Absicht gemacht hast. Du wolltest mein Date ruinieren, du Arsch!«

Nate zuckt mit den Schultern. »Komm schon, willst du mir wirklich erzählen, dass du dich gut amüsiert hast, bevor ich aufgetaucht bin?«

»Oh, dann hast du mir also einfach nur geholfen, ist es das? Greg fand die ganze Sache völlig daneben.«

»Sophie hat's gut gefallen.«

»Sophie … ich bitte dich! Wo hast du die denn aufgegabelt? Bei einer Schuldisco?«

»Ich mag sie«, sagt er mit einem selbstgefälligen Grinsen und setzt sich aufs Bett.

»Ach, wirklich? Warum bist du dann jetzt nicht bei ihr? Konntest du sie etwa nicht klarmachen?«

Sein Lächeln wird etwas schmaler. »Vielleicht war mir nicht danach.«

»Tja, mir scheint, es gibt für alles ein erstes Mal. Halt dich einfach aus meinem Leben raus, okay?«, sage ich und gehe mit steifen Schritten zur Tür.

»Ich halte mich aus deinem raus, wenn du dich aus meinem raushältst«, kontert er.

Ich drehe mich zu ihm um. »Geht's hier etwa darum? Du bist sauer, weil ich dir gesagt habe, dass deine Mutter angerufen hat. Und deshalb ruinierst du mir das Date?« Ich hebe entgeistert die Hände.

»Nein, das ist es nicht.«

»Was dann? Ich hab nicht die Zeit, um mit 'nem durchgeknallten Riesenbaby Spielchen zu spielen.«

»Tut mir leid, okay? Ich fand's einfach nicht cool, dich mit dem Typen zu sehen … irgendwas an seinem Gesicht ist einfach so zum Rein…schlagen.« Er steht auf und kommt auf mich zu.

»Wieso? Das ist das zweite Mal, dass du dich zwischen mich und einen Typen stellst.« Ich hebe die Hand, um seinen Protest abzuwürgen. »Und ja, ich weiß, Jackson war keine gute Wahl, aber das ist nicht der Fall mit Greg, okay? Er ist ein netter Typ. Also, warum kümmert's dich?«, fordere ich ihn heraus, während er auf mich herunterschaut. Eine lange Pause entsteht, und seine Pupillen weiten sich. Ich kann praktisch spüren, wie er mit der Wahrheit ringt, aber ich weigere mich, mich zu rühren, bis er es zugibt.

»Du weißt, warum«, sagt er mit tiefer, rauer Stimme und schaut mir in die Augen. Bevor ich weiß, wie mir geschieht, hat er die Arme um mich gelegt und zieht mich derart heftig an sich, dass es mir den Atem verschlägt. Seine Finger rutschen unter mein Top, greifen nach meinen BH-Seitenteilen und lösen geschickt den Verschluss. Sein Mund verschlingt meinen, während er die Arme wieder um meine Taille legt und mich mühelos hochhebt, um mich zum Bett zu tragen. Als Nate mich wieder herunterlässt, merke ich, wie die BH-Seitenteile lose auf meinem Rücken hängen. Er löst sich von meinen Lippen, um mir das Top über den Kopf zu ziehen. Einen Moment lang hält er inne und starrt auf meine aus dem losen BH quellenden Brüste, bevor er sich auf meinen Hals stürzt. »Oh Gott, Brynn, ich muss dich haben!«, stöhnt er.

Ich keuche auf, als er die Zähne in meine Haut senkt und dann hinauf zum Ohr die Zunge über meine gespannten Halsmuskeln schnellen lässt. Mir zittern die Knie, als sich seine Zunge in mein Ohr presst, und ich suche an seinem Hals nach Halt. Mein Verstand kann mit dem, was passiert, nicht mithalten, alle Gedanken sind verschwommen, doch mein Körper treibt mich an, mit aller Macht.

Er saugt an meinem Ohrläppchen, und ich gleite mit den Händen unter sein T-Shirt, berühre endlich den Körper, nach dem es mich so lange verlangt hat. Seine Bauchmuskeln sind sogar noch fester, als ich es mir vorgestellt hatte, und unter meinen sanft tastenden Fingerspitzen spannen sie sich an. Ich fahre mit den Händen immer höher, spüre, wie seine Brustwarzen unter meinen Handflächen hart werden und wie die größer werdende Wölbung seiner Erektion gegen meinen Schenkel drückt ...

Nate Thornhill ist von mir angetörnt. Du heilige Scheiße!

Der Gedanke macht mich fast wahnsinnig. Mein Körper wird von verbotener, sündhafter Lust überwältigt, und ich merke, wie ich vor Verlangen augenblicklich feucht werde. Noch nie hat ein Mann so ein Gefühl in mir hervorgerufen.

Einen Moment lang löst er sich von mir, zieht sich das T-Shirt aus, wirft es achtlos zu Boden und entblößt seinen unglaublichen Körper in all seiner Pracht. Tausende von mühsamen Stunden im Fitnessstudio, auf dem Wasser und auf dem Spielfeld haben seine Muskeln zu einem gottverdammten Meisterwerk für die Frauenwelt geformt. Langsam hebt er die Hände und schiebt seine geschickten Finger unter die BH-Träger, streift sie mir über die Arme und wirft den BH auf den Klamottenhaufen am Boden. Ein unkontrolliertes Zittern überkommt mich, als er auf meinen nackten Oberkörper schaut und leise ausatmet. Er sinkt vor mir auf die Knie und küsst mich sanft auf den Bauch. Er bewegt sich aufwärts, und ich lege ihm die Hände auf die Schultern. Mit der Zunge fährt er unterhalb meiner Brust entlang. Ich schreie auf, als er meine rechte Brustwarze in den Mund nimmt und heftig daran saugt. Seine Hand umfasst meine linke Brust und massiert sie. Ich lege den Kopf in den Nacken, und ein erregendes Gefühl wächst in mir an, wie ich es noch nie zuvor erlebt habe.

Ich spüre, wie sich seine Finger in den Bund meines Rockes schieben und ihn langsam herunterziehen, während er zart an meiner linken Brust knabbert, bevor er mit der Zunge über die Brustwarze kreist. Ich höre den Rock zu Boden fallen. Die Daumen in die Innenseite meiner Schenkel gepresst, gleiten seine Hände von den Knien nach oben. Er küsst mich ganz sanft knapp über dem Saum meiner Unterwäsche.

»Ich habe mir vorgestellt, wie süß du schmeckst«, flüstert er kaum hörbar. Dann zieht er meinen Slip ein klein wenig tiefer und gleitet mit der Zunge über die jetzt entblößte Haut. Als er mir den Slip dann bis zu den Knöcheln herunterzieht, beginne ich zu zittern – eine Mischung aus entfesselter Begierde und Nervosität.

Kurz bevor er den Mund auf mich senkt, spüre ich seinen warmen Atem auf meiner Haut und dann, wie er meine intimste Stelle küsst und leckt. Bei dem Gefühl stöhne ich unkontrolliert auf. Das alles ist vollkommen neu für mich und fühlt sich besser an, als ich es mir je hätte träumen lassen. Seine Zunge wirbelt über meinen erregten Kitzler, und jede Faser meines Körpers ist wie elektrisiert. Mit einer Hand halte ich mich an seiner muskulösen Schulter fest und grabe die Finger der anderen Hand in sein Haar. Total hin und weg, werfe ich den Kopf in den Nacken, während er mich langsam und mit fester Zunge leckt.

»Oh Gott, Nate…«, höre ich mich wie aus weiter Ferne stöhnen, als mich das heiße Gefühl wellenartig durchflutet. Bevor ich weiß, wie mir geschieht, verkrampft sich mein gesamter Körper, und ich merke, wie Nate meinen Po packt, um mich in aufrechter Position und an seinen geschickten Mund gepresst zu halten.

Während ich langsam wieder runterkomme, wird auch seine Zunge sanfter. Er legt mir die Finger an die Lippen. Instinktiv nehme ich einen in den Mund, lecke und sauge daran und stelle mir vor, wie unglaublich es sich anfühlen würde, das mit einem anderen Teil seines Körpers zu tun…

Er zieht den Finger aus meinem Mund und lässt ihn vorsichtig in meine enge Mitte gleiten. Langsam dreht er ihn in mir, und ich höre ihn angesichts meiner Feuchte befriedigt aufstöhnen. Träge öffne ich die Augen und sehe zu ihm hinunter. Unsere Blicke finden sich, er richtet sich auf und küsst mich, den Finger noch in mir. Als ich mich selbst auf seinen Lippen schmecke, weiten sich meine Augen, und seine Zunge dringt hemmungslos in mich ein.

»Ich werde dafür sorgen, dass du dich unglaublich gut fühlst«, verspricht er mit einem verschlagenen Lächeln, während er den Gürtel löst, den Reißverschluss seiner Hose öffnet und sie in einer flüssigen Bewegung zusammen mit den Boxershorts zu Boden gleiten lässt. Ich glotze den riesigen Penis an, der nun zum Vorschein kommt. Seine Größe macht mir schlagartig klar, was jetzt gleich passieren wird, und ich bin überwältigt von Angst und Adrenalin… aber ich kann meinen Blick nicht abwenden. Ich will ihn so unbedingt in mir spüren, doch ich glaube, da gibt's etwas, das ich ihm vorher sagen muss.

Er beißt sich auf die Lippe und schmiegt sich wieder an mich. Ich kann seinen pulsierenden, startklaren Schwanz am

Bauch spüren. Er legt die Arme um mich, hebt mich rücklings aufs Bett, legt sich auf mich und bedeckt meinen Hals mit Küssen.

»Nate... ich... ich muss dir was sagen...«, murmle ich, sein Mund lenkt mich völlig ab.

»Hm, egal, was es ist, das ist jetzt unwichtig«, erwidert er und beißt sanft in mein Ohrläppchen.

»Vielleicht aber auch nicht. Ich dachte nur, ich sollte es dir sagen oder dich vielleicht warnen, falls ich nicht sehr gut bin...«

»Das bezweifle ich...«

»Ich bin noch Jungfrau.«

Noch während ich die Worte ausspreche, merke ich, wie er erstarrt.

Er hebt den Kopf und schaut mir in die Augen. »Was? Nein. Nie im Leben!«

Ich nicke. »Aber das ist okay. Ich will es tun.«

»Wie... wie kann es sein, dass du noch Jungfrau bist?«

Du meine Güte! Das ist nicht die Art von Unterhaltung, die ich jetzt führen will. »Keine Ahnung, ich bin's eben. Es ist einfach noch nicht passiert, aber ich bin jetzt bereit dafür«, versichere ich ihm.

»Aber du hast... ein paar Sachen musst du schon gemacht haben...«, sagt er besorgt.

»Ja, klar, du weißt schon, küssen...«

»Und? Sekunde, war das das erste Mal, dass es dir jemand oral gemacht hat?«

Ich kann nur mit den Schultern zucken. »Ich hätte nicht gedacht, dass das so eine große Sache ist. Ich hab's dir nur erzählt, falls ich nicht so gut bin oder falls ich blute oder so.«

Er rollt von mir herunter und setzt sich hin. Mist!

»Brynn, das ist 'ne große Sache, für mich ist das eine richtig große Sache.«

»Ich verstehe nicht…«, gebe ich zurück, setze mich auf und ziehe die Bettdecke über meinen Körper. Plötzlich fühle ich mich sehr befangen.

»Es ist nur… dein erstes Mal… das wird dir 'ne Menge bedeuten.«

»Na und?«, frage ich verwirrt. Er legt die Handflächen auf die Oberschenkel, schweigt jedoch. Plötzlich habe ich das Gefühl, als würde in meinem Bauch ein Stein auf Grund sinken. »Oh… du willst damit sagen, dass es mir viel bedeuten wird, dir aber nicht.«

Ich starre geradeaus. Er dreht sich zu mir. »Brynn, du bist klug, umwerfend, witzig, ehrgeizig… du bist wundervoll. Aber wie ich dir bereits gesagt habe, ich lüge Frauen nicht an. Ich sage ihnen nicht, dass ich an mehr interessiert bin, wenn dem nicht so ist.«

»Sieht so aus, als hätte ich deine Regel vergessen«, antworte ich matt und fühle mich wie der größte Idiot auf Erden. Der größte nackte Idiot auf Erden. »Machst du… machst du bitte die Augen zu?«

»Brynn, ich habe dich…«

»Mach sie einfach zu, okay?« Ich werfe ihm einen Blick zu, um sicherzugehen, dass er gehorcht, stehe dann auf und beginne, meine Klamotten vom Boden aufzusammeln. So schnell wie möglich ziehe ich mir alles wieder an und schaue dann zu ihm.

Er sitzt nackt und absolut reglos mit geschlossenen Augen auf der Bettkante – und sieht perfekter aus als je zuvor, was wirklich etwas heißen will. Als ich die Tür hinter mir schließe, bricht mir ein klein wenig das Herz.

Ich husche den Korridor entlang in mein Zimmer, das sich jetzt kalt und leer anfühlt. Ohne mir die Mühe zu machen, mich auszuziehen, krabble ich ins Bett und decke mich mit der Tagesdecke zu. In Nate Thornhills Augen bin ich genau wie die anderen, mit denen er geschlafen hat, und das hätte ich wissen müssen. Blöd, blöd, blöd!

Ein sanftes Klopfen kommt von der Tür, und ich ziehe die Decke ein wenig höher, antworte jedoch nicht. Wenn es meine Mutter ist, dann will ich sie nicht sehen, und wenn es Nate ist, dann will ich ihn erst recht nicht sehen. Es klopft erneut, diesmal ein wenig lauter, und dann öffnet sich langsam die Tür. Im Mondlicht kann ich gerade so Nates Silhouette ausmachen. Er schließt die Tür hinter sich und durchquert das Zimmer. Zu meiner Überraschung umrundet er das Bett, kommt auf die andere Seite, hüpft dann aufs Bett und streckt sich neben mir auf der Tagesdecke aus.

»Es tut mir leid«, flüstert er und verschränkt die Hände über dem Bauch.

»Du musst dich nicht entschuldigen. Du warst einfach nur ehrlich.«

»Nein, ich glaube, ich muss. Und ich werde aufhören, mich bei dir einzumischen, wenn es um Typen geht.«

Ich räuspere mich, um den Schmerz zu verbergen. »Gut.«

»Ich habe eigentlich keine weiblichen Freunde…«, gibt er zu.

»Und Dana?«

»Dana und ich, na ja, wir sind eher Sexfreunde. Und das will sie auch so, also ist das okay.«

»Hm.«

»Aber mit dir würde ich gerne befreundet sein.«

»Wir sind doch schon Stiefgeschwister«, mache ich ihm deutlich.

Ich kann hören, wie er neben mir lächelt. »Stimmt! Aber das haben wir uns nicht ausgesucht.« Er macht eine Pause. »Ich mag dich. Natürlich kann ich nicht leugnen, dass ich mich zu dir hingezogen fühle, aber ich bin einfach nicht der Typ für Beziehungen. Ganz zu schweigen von den Problemen, die entstehen würden, wenn ich mit meiner eigenen Stiefschwester zusammen wäre.« Er seufzt. »Also, wollen wir Freunde sein?«

Ich überlege einen Augenblick lang. Wenn ich Nates einzige weibliche Freundin bin, dann bin ich wirklich etwas Besonderes für ihn. Vielleicht nicht auf eine Weise, wie ich es am liebsten gehabt hätte, aber immerhin ist das etwas.

»Okay. Dann also Freunde. Wart mal«, ich drehe mich auf die Seite und schaue ihn an, »bevor wir offiziell Freunde werden, muss ich dir noch ein paar außerfreundschaftliche Fragen stellen.«

»Okay …« Er dreht sich auch auf die Seite zu mir.

»War ich … bin ich … okay bei all dem Zeug? Du weißt schon …«

Er lacht. »Du meinst, was wir eben gemacht haben? Ja. Du bist mehr als okay darin.«

Ich lächle. »Wann hast du deine Jungfräulichkeit verloren?«

»Als ich vierzehn war.«

»Wow!«

»Sie war die ältere Schwester eines Freundes.«

»Wow!«

»Mit wie vielen Frauen hast du schon geschlafen?«

»Oh Gott, keine Ahnung …«

»Im Ernst? Du weißt es nicht mal?«

»Vielleicht Dutzende? Ich zähle nicht mit.«

»Jesses. Okay, noch eine Frage: Warum bist du nicht der Typ für Beziehungen?«

Er schweigt einen Augenblick lang. »Keine Ahnung«, gibt er leise zu. »Ich habe es ein paarmal probiert, aber diese Art von Nähe, da fühle ich mich einfach nicht wohl in der Haut. Mehr kann ich dazu nicht sagen.«

Ich nicke und ahne, dass er mir alles sagt, was er kann. Ich rolle wieder zurück auf den Rücken. Es fühlt sich gut an, hier mit ihm an meiner Seite zu liegen. Ich fühle mich wohler, als ich es je für möglich gehalten hätte. Langsam fallen mir die Augen zu, und ich werde vom Schlaf übermannt.

»Brynn... ich...«, kann ich Nate gerade so noch hören. »Eines Tages wirst du einen Mann sehr glücklich machen.«

KAPITEL 17

»Ich bin einfach nur froh, dass sich die ganze Sache erledigt hat«, sagt Greg, als wir vom Beltway abfahren. Ich nicke und schaue hinaus in die im Dunkeln vorbeihuschenden Bäume. Die Frau, die Pierce der sexuellen Belästigung beschuldigt hatte, musste ihre Behauptungen widerrufen, nachdem herausgekommen war, dass sie zwei weitere ehemalige Vorgesetzte derselben Sache beschuldigt hatte. »Mir kommt's nur so vor, als hätte in den letzten vier Wochen eine dunkle Wolke über dem Büro gehangen.«

»Ja«, sage ich unverbindlich.

Wir nähern uns dem Haus, und Greg räuspert sich. »Also, ich freue mich, dass wir noch mal miteinander ausgegangen sind.«

»Ich auch«, antworte ich lächelnd. Das ist unsere dritte Verabredung, und er hat immer noch nichts versucht. Ich frage mich, ob er das heute Abend tun wird.

Als wir durchs Tor und die Auffahrt hochfahren, entsteht eine nervöse Stille im Auto. Vor dem Haus hält er an und wendet sich dann mir zu. »Ich könnte dich noch zur Tür bringen«, schlägt er vor.

»Okay.« In meinem Bauch fangen ein paar Schmetterlinge an zu flattern. Wir schnallen uns ab, steigen aus, treffen uns an der Motorhaube und gehen zur Haustür. Ich werfe ihm aus den Augenwinkeln einen Blick zu und wünschte, ich könnte etwas Beruhigendes zu ihm sagen, denn er scheint um einiges nervöser zu sein als ich. Wir erreichen die Tür und drehen uns einander zu.

»Also dann, gute Nacht«, sagt er.

»Gute Nacht.« Er hält kurz inne, schaut mir in die Augen und beugt sich dann zu mir. Ich komme ihm entgegen und schließe die Augen. Seine Lippen berühren meine – und ich runzle leicht die Stirn. Ich meine, ich habe zwar kein Problem mit seinen Lippen, aber ich hätte gedacht, ich empfinde … mehr. Ein paar Sekunden lang hält er seinen Mund keusch auf meinen gedrückt, löst sich von mir und lächelt mich an.

»Gute Nacht, Brynn«, wiederholt er.

»Gute Nacht«, sage ich und drehe mich zur Tür. Nachdem ich sie hinter mir geschlossen habe, lehne ich mich enttäuscht dagegen. Ich verstehe mich gut mit Greg, und er ist ein echt netter Typ. Ich hatte gehofft, dass ich irgendwann romantische Gefühle für ihn entwickeln würde … aber dieser Kuss … war nicht besonders gut. Ich seufze und gehe durchs Foyer in die Küche.

»Hallo«, grüßt mich Nate.

Ich bleibe stehen. Allein sein Anblick löst bereits ein Kribbeln in mir aus. Das ist das Gefühl, das ich nicht hervorrufen kann, wenn ich mit Greg zusammen bin. »Hallo, warst du laufen?«, frage ich angesichts seiner verschwitzten Erscheinung.

»Ja, das heißt, nur auf der Tretmühle. Ist zu dunkel, um draußen zu laufen. Hattest du … hattest du einen schönen Abend?«

Ich mustere ihn. Er trinkt einen gewaltigen Schluck aus einer Gatorade-Flasche und stellt sie dann auf der Anrichte ab.

»Ähm, ja, war gut«, antworte ich.

»Ich will mir gleich einen Film in der TV-Höhle ansehen. Falls du Lust hast?«

»Okay, aber heute suche ich einen aus«, erwidere ich lächelnd. Wir haben uns beide dieser ganzen Wir-sind-Freunde-

Sache verschrieben, doch manchmal habe ich das Gefühl, als würde ich nur so tun. Ich weiß nicht, ob ich je in der Lage sein werde, den Teil von mir auszuschalten, der immer mehr von ihm haben will.

»Keine romantische Komödie«, sagt er und geht zur Tür. »Ich springe nur ganz fix unter die Dusche.« Das Telefon auf der Anrichte klingelt, er geht darauf zu, doch es verstummt nach nur einem Klingeln.

Als aus Pierces Arbeitszimmer eine gehobene Stimme ertönt, schauen wir beide in diese Richtung. Einen Moment später hören wir wütende Schritte in unsere Richtung kommen und tauschen mit gerunzelter Stirn besorgte Blicke aus. Pierce stürmt herein und geht zum Kühlschrank.

»Reporter?«, fragt Nate ruhig.

»Deine Mutter«, antwortet Pierce ebenso ruhig, obwohl ein Hauch Bosheit in seiner Stimme mitschwingt. Mein Blick huscht zu Nate. Ich hoffe, ich habe die Situation nicht verschlimmert, indem ich damals mit ihr gesprochen habe. Er fängt meinen Blick auf und schüttelt schnell den Kopf, als wollte er mich warnen, nichts zu sagen. »Ich weiß nicht, wie sie an die neue Nummer gekommen ist – die ist geheim. Die Schlampe will einfach nicht aufgeben.«

Mir fällt die Kinnlade herunter bei Pierces Wortwahl. Bis jetzt habe ich ihn noch kein einziges Mal fluchen hören, und was er gesagt hat, steht derart im Widerspruch zu seinem vornehmen Auftreten, dass es sogar noch schockierender ist, es aus seinem Mund zu hören.

»Wir wollen uns einen Film ansehen«, raune ich und will weg von ihm, wenn er in so einer Stimmung ist. Ich kann die Wut spüren, die er ausstrahlt. Doch Pierce wirbelt zu Nate herum und hält die Gatorade-Flasche in der Hand.

»Wie oft muss ich dir, verdammt noch mal, sagen, dass du aufräumen sollst?«, blafft er, und ich weiche zurück.

»Ich habe noch nicht ausgetrunken...«, setzt Nate an.

»Unterbrich mich nicht! Du glaubst wohl, dass der Rest der Welt dafür da ist, dir zu dienen? Dass alle anderen nur existieren, um dir dein angenehmes Leben ein wenig leichter zu machen? Du musstest dir nichts erarbeiten in deinem Leben. Das ist einfach nur armselig«, herrscht Pierce seinen Sohn an.

Erstarrt stehe ich an der Anrichte. Ich komme mir wie ein Feigling vor und weiß nicht, was ich sagen soll.

Ich sehe, wie Nate die Röte in die Wangen steigt, doch er erwidert nichts außer: »Ja, Sir.«

Bei diesen Worten knallt Pierce die Flasche zurück auf die Anrichte und geht wieder ins Arbeitszimmer, ohne mich auch nur eines Blickes zu würdigen. Nate rührt sich einen Moment lang nicht, nimmt sich dann die Flasche, trinkt den Rest aus und wirft sie in die Recyclingtonne.

»Tut mir leid, du hast nicht verdient...«, beginne ich, entsetzt über die Szene, die ich gerade mitbekommen habe.

»Willst du immer noch den Film sehen?«, fragt Nate, an mich gewandt, jedoch ohne meinen Blick zu erwidern.

»Ja«, flüstere ich und weiß nicht, was ich sonst noch tun oder sagen kann.

»Okay, in zehn Minuten in der TV-Höhle«, sagt Nate einfach und geht. Ich warte, bis ich höre, wie er die Treppe hochsteigt, bevor ich mich rühre. Noch nie habe ich erlebt, dass ein Vater so mit seinem Sohn spricht, und in unserer früheren Nachbarschaft lebten nicht gerade viele Vorzeigefamilien. Und die Art und Weise, wie Nate die Schultern hat sinken lassen, als Pierce ihn zurechtwies, erweckte den Eindruck, als würde er dem zustimmen, was sein Vater über ihn gesagt hat.

Ich gehe rauf in mein Zimmer und ziehe mir etwas Bequemeres an, bevor ich wieder hinuntergehe und Popcorn mache – mit etwas zum Essen fühle ich mich immer besser. Sobald es fertig ist, begebe ich mich in die TV-Höhle und warte auf Nate.

Sollte ich meiner Mutter erzählen, was Pierce soeben getan hatte? Würde sie mir überhaupt zuhören? Inzwischen scheint sie die rosarote Pierce-Brille schon zu lange aufzuhaben. Und da Pierce nun das Opfer falscher Beschuldigungen geworden war, wird es ihr sogar noch schwerer fallen, etwas Schlechtes über ihn zu glauben. Nate kommt herein, und ich schaue mit gerunzelter Stirn auf. Er setzt sich neben mich auf die Couch.

»Du siehst so aus, als würdest du reden wollen«, fängt er an. Ich lächle leicht, er kennt mich gut. »Aber die Sache mit meinen Eltern, die ist tabu, okay?«

Aber ich muss ihm sagen, dass das, was Pierce gesagt hat, nicht wahr ist. »Nur…«

»Nein, Brynn. Ich will wirklich, dass wir auch weiter zusammen abhängen können. Aber wenn du das immer wieder anschneidest…«

Ich seufze. »Na schön. Ich halte den Mund. Doch als Gegenleistung…« Ich gehe zu dem breiten Regal mit den DVDs.

»Keine romantische Komödie!«

»*Big Fish*«, sage ich und ziehe die DVD raus.

»Ist das eine romantische Komödie?«, fragt er mit misstrauisch verengten Augen.

»Na ja, nicht wirklich. Romantik ist zwar dabei, aber eigentlich geht's um eine Familie«, erkläre ich ihm und verschweige absichtlich das vordergründige Vater-Sohn-Thema. »Hey, in einer Freundschaft muss es auch Kompromisse geben«, schiebe ich lächelnd hinterher.

»Okay, na gut.« Er verdreht die Augen. Dann nimmt er sich eine Handvoll Popcorn und schmiegt sich in das eine Ende der Couch, während ich die DVD einlege. Als ich es mir am anderen Ende gemütlich mache, nimmt er die Decke von der Couchlehne und legt sie mir über die Füße, weil er weiß, dass sie schnell kalt werden.

Bei dieser kleinen Geste hüpft mein Herz kurz, aber ich versuche, das zu ignorieren. Er ist nicht romantisch, sondern nur aufmerksam. Als das Bild auf dem großen TV-Bildschirm erscheint, blicke ich auf. Momentan fühle ich mich mit Nate wohler als mit sonst jemandem, also muss ich mich damit zufriedengeben, dass wir Freunde sind. Wenn nicht, könnte ich ihn komplett verlieren.

KAPITEL 18

»Du machst dich schon mal mit Nate auf den Weg dorthin, damit unsere Buchung nicht verfällt!«, instruiert mich meine Mutter. Sie hat einen Familienausflug geplant, Rafting auf dem Potomac, doch obwohl es Sonntag ist, steckt Pierce im Büro in Meetings fest. »Ich hole ihn im Büro ab, und wir treffen uns dort.«

»Bist du sicher?«

»Ja, er hat gemeint, es würde nicht mehr lange dauern«, versichert sie mir.

»Okay«, erwidere ich schulterzuckend und gehe in den Vorraum zur Küche, wo Nate sich gerade seine Sneaker anzieht.

»Meine Mutter sagt, wir treffen uns alle dort«, informiere ich ihn.

»Scheiß drauf, wir geben jetzt 'nen bisschen Gas, Schwesterlein«, sagt er grinsend.

Und mit Nates ätzenden Metalsounds in den laut röhrenden Lautsprechern rasen wir in seinem Wrangler davon.

»Wie kannst du dir nur diesen Mist anhören? Das klingt, als würden es zwei Katzen in einem Alueimer miteinander treiben.« Ich schüttle den Kopf.

»Was? Das ist Slayer, der Thrash-Metal-Klassiker, da ist Respekt angebracht«, erklärt er ehrfürchtig. »Vor jedem Wettkampf oder Spiel höre ich mir immer das Album *Reign in Blood* an.«

»Ist ja entzückend.« Ich verziehe das Gesicht in gespieltem Grauen.

Die Gitarren setzen ein. Offenbar ist das sein Lieblingsteil in dem Song, denn er macht lauter und wippt enthusiastisch mit dem Kopf mit. Es ist seltsam, ihn so gelöst zu erleben, und obwohl ich seinen Musikgeschmack furchtbar finde, muss ich doch zugeben, dass ich es gern sehe, wenn er Spaß hat.

Zum Glück befindet sich das Bootshaus nur ein kurzes Stück den Potomac hinunter in Richtung Stadt, und ich muss Slayer nur ein paar Minuten länger ertragen. An diesem Augusttag ist es um die fünfunddreißig Grad warm, doch meine Mutter hatte auf einer Familienaktivität außer Haus bestanden. An einem alten Straßenschild, das den Weg weist, biegen wir von der Schotterstraße nach links ab, und mein Blick fällt auf einen leeren Parkplatz. Ich vermute, dass die meisten Leute den Tag klugerweise drinnen bei ihren Klimaanlagen verbringen.

Nachdem wir das Auto geparkt haben, geht Nate hinüber zum Holzverschlag, um uns ein Kajak zu sichern, und ich hole die Sonnencreme aus meiner Tasche. Ich mühe mich ab, sie auf dem Rücken zwischen den Trägern meines Sport-BHs zu verteilen, und als Nate zurückkommt, lächelt er mich bei dem Anblick an.

»Brauchst du Hilfe?«, fragt er.

»Ähm ... okay«, antworte ich, obwohl es das Letzte ist, was ich gebrauchen kann. Die Vorstellung von Nates Händen auf meiner Haut, wenn ich doch weiß, dass nichts weiter passieren wird, klingt wie Folter. Mir wäre vielleicht sogar ein Sonnenbrand ersten Grades lieber als das, doch er hat mir die Flasche bereits abgenommen und sich etwas Creme auf die Hand gegeben.

»Ähm, zieh einfach dein Top hinten hoch«, weist er mich an. Ich folge seiner Anweisung und ziehe es bis zum Haaransatz hoch. Ich spüre, wie seine eingecremten Hände unter die Träger meines Sport-BHs gleiten und bin froh, dass er nicht sehen kann, wie ich augenblicklich rot werde. Als seine Finger seitlich über meinen Brustkorb gleiten, hole ich tief Luft und versuche, meine verrückt spielenden Hormone zu zügeln.

»Und jetzt bin ich dran«, sagt er, und ich lasse mein Shirt los.

»Sagte sie zu ihm«, raune ich ihm zu.

»Ha!«, entfährt Nate ein kurzer, lachender Ausruf. »Ich hatte ja keine Ahnung, dass du witzig sein kannst, Brynn.« Er grinst mich breit an.

»Da gibt's 'ne ganze Menge, was du nicht über mich weißt.« Ich wage es, ihm einen kurzen Moment lang in die Augen zu schauen.

Dann räuspere ich mich, zwinge mich, meine Gedanken nicht anzüglich werden zu lassen, und nehme ihm die Sonnencreme aus der Hand. Er hält kurz inne, dreht sich dann um und zieht das T-Shirt aus. Beim Anblick des breiten, muskulösen Rückens stöhne ich innerlich auf.

Wo bleiben nur unsere Eltern? Ich brauche eine Art Puffer zwischen uns. Aber nichts deutet darauf hin, dass demnächst irgendwelche Autos auf den Parkplatz biegen werden. Also gebe ich mir pflichtbewusst etwas Sonnencreme auf die Hände und verteile sie auf Nates Rücken. Ich verreibe sie sorgfältig bis hinauf zum Nacken, dann über die Schultern – ertaste dort die kräftigen Muskeln –, seinen Rücken hinunter und dann bis zu den Sportshorts, wo sich meine Finger nur ein kleines Stück unter den Saum wagen. Ich höre, wie er kurz nach Luft schnappt, und sehe das leichte Pulsieren seines Glieds in den Shorts. Er gibt sich eindeutig große Mühe, sich zurückzuhalten.

»Okay, fertig!«, sage ich übermäßig fröhlich und reiche ihm die Flasche. Nate wirft sein T-Shirt auf die Ladefläche des Jeeps und fängt an, sich die Sonnencreme auf der Brust zu verreiben. Ich halte den Blick streng auf den dunstigen Fluss gerichtet.

»Haben sie gesagt, wie lange sie brauchen?«

»Nee, meine Mutter hat nur gesagt…« Ich breche ab, weil ich mein Handy in der Tasche vorn im Wagen klingeln höre. »Ich wette, das ist sie. Hallo, Mom«, sage ich, als ich drangehe.

»Hallo, Süße.«

»Was ist passiert?«, frage ich, da ich sofort den Stress in ihrer Stimme heraushöre.

»Oh, nichts, aber Pierce kann sich nicht lange genug vom Büro loseisen, um heute zum Kajakfahren mitzukommen. Ich fahre jetzt gleich zu ihm ins Büro, damit wir zumindest gemeinsam Mittag essen können.«

»Okay, sollen wir…«

»Nein, ihr beiden geht Kajak fahren und amüsiert euch, in Ordnung? Wir sehen uns dann heute Abend zum Essen.«

»Oh, okay, wenn du meinst«, erwidere ich und zucke zusammen, als ich bemerke, dass Nate mich mit in der Sonne glänzendem, muskulösem Oberkörper beobachtet. »Dein Vater wurde im Büro aufgehalten, und meine Mutter fährt zu ihm zum Mittagessen, sie kommen also nicht. Wir sollen trotzdem los, wenn wir wollen«, teile ich ihm mit, nachdem ich aufgelegt habe.

»Wenn wir schon mal hier sind«, meint Nate und zuckt mit den Schultern. »Bist du schon mal Kajak gefahren?«

»Noch nie.«

»Also, das wird dir richtig gut gefallen«, meint er und verriegelt das Auto.

»Sagt der Kapitän des Uniruderteams.« Ich lächle.

Wenig später stoßen wir uns, in einem Zweierkajak sitzend, von der Landestelle ab. Durch Nates kraftvolles Paddeln verlassen wir zügig das flache, schlammige Wasser und gleiten auf das offene Wasser zu. »Du bekommst den Bogen schon raus«, ermuntert er mich, und ich drehe mich mit einem betretenen Lächeln um.

»Ich glaube eher, ich halte dich nur auf«, entgegne ich lachend und versuche, ein Gefühl dafür zu bekommen, das Paddel im richtigen Moment ins Wasser zu tauchen.

»Na ja, ich hab 'ne ganze Menge mehr Erfahrung in einem Boot als du. In der Highschool haben wir auf dem Potomac Rudern trainiert, aber wir waren viel näher an der Stadt dran. Wir sind an Georgetown vorbeigefahren, am Kennedy Center … Du wärst erstaunt, wie viele wilde Tiere man hier draußen sehen kann«, erzählt er, während er uns stromaufwärts und in die Strömung hineinlenkt.

»Es fühlt sich an, als wäre ich weit weg von allem«, stelle ich fest, als die sich beidseitig erhebenden Bäume den Verkehrslärm rasch ausblenden.

»Das Land gehörte früher einem Eingeborenenstamm namens …«

»Piscataway«, beende ich den Satz automatisch.

»Verdammt, ich vergesse immer, dass meine Stiefschwester eine Streberin ist.« Ich kann an seinem Ton erkennen, dass er grinst. »Dann werde ich mal lieber nicht versuchen, dich mit meiner Leidenschaft für die lokale Geschichte zu beeindrucken.«

»Nein, komm schon, beeindrucke mich«, necke ich ihn.

»Ich habe keine Chance«, gibt er gespielt auf. »Deine Noten sind besser als meine.«

»Tja, steck mich in zwei Unisportteams, und ich glaube, meine Noten könnten etwas schlechter ausfallen. Keine Ahnung, wie du das machst. Meine Freundinnen Allison und Miriam sagen immer, ich verbringe zu viel Zeit in der Bibliothek und nehme mir kaum Zeit für sie. Davon abgesehen, bin ich überhaupt nicht sportlich«, füge ich mit einem Nicken auf mein zweckloses Paddeln hinzu. »Da hast du mir definitiv was voraus.«

»Allison hab ich am 4. Juli kennengelernt, richtig?«

»Stimmt.«

»Und Miriam?«

»Sie verbringt den Sommer in Memphis. Sie ist meine andere gute Freundin; sie wohnt mit Allison zusammen.«

»Warum wohnst du nicht mit ihnen zusammen?«, will er wissen, und ich schweige einen Moment lang, um dem leisen Eintauchen seines Paddels ins Wasser zu lauschen.

»Hm, ich habe darüber nachgedacht, aber ich wohne gern alleine. Meine Mutter ist manchmal…«

»Was?«, hakt er nach.

»Ich versuche, eine schmeichelhaftere Umschreibung für ›Klette‹ zu finden.«

»Du kannst ›Klette‹ sagen, wenn du willst. Ich erzähl's nicht weiter.«

»Okay, sie ist eine verdammte Klette«, fahre ich fort und habe das Gefühl, als wäre mir eine Last von den Schultern gefallen. Ich spreche so gut wie nie über die eher negativen Aspekte der Beziehung zu meiner Mutter. »Im Ernst. Aber viel weniger, seit sie Pierce getroffen hat. Manchmal kommt es mir einfach so vor, als wäre ich…«

»Ihre Mutter«, beendet er meinen Satz.

Ich drehe mich zu ihm um und hebe die Augenbrauen. »Ist das so offensichtlich?«, frage ich besorgt nach. »Ich will nicht verbittert klingen.«

»Du darfst für deine Mutter empfinden, was auch immer du willst«, erwidert er freundlich lächelnd, und ich drehe mich wieder nach vorn. »Am Anfang dachte ich, dass du zerbrechlich bist«, sagt er einen Moment später. »Dass du einfach auseinanderbrechen würdest, wenn du fällst. Ich glaube, deshalb… deshalb wollte ich dich erst ein wenig testen.«

»Du meinst, als du mich beim Abendessen befummelt hast, obwohl uns unsere Eltern gegenübersaßen?«

Er lacht. »Ich kann kaum fassen, dass ich das getan habe. Und ich glaube, ich habe mich nie dafür entschuldigt.«

»Nein, hast du nicht, du Depp.«

»Tut mir leid.«

»Und jetzt glaubst du nicht mehr, dass ich zerbrechlich bin?«

»Nein. Ich glaube, du bist eine der stärksten Personen, die ich kenne. Schau mal, dort!«, ruft er plötzlich. Ich schaue in die Richtung, in die er zeigt. »Ein Kanadareiher«, erklärt er, als ich den großen Vogel entdecke, der sich mitten im Fluss und mit ausgebreiteten Flügeln auf einem Felsen niedergelassen hat. »So trocknen sie ihr Gefieder, wenn sie nach Fischen getaucht sind.«

Eine Weile lang hält er das Paddel still, während wir den Vogel beobachten. Plötzlich faltet der die Flügel, zieht sich wie eine Sprungfeder zusammen und schießt in die Luft. Wir sehen ihm nach, bis er in einiger Entfernung in den Baumkronen verschwindet, und paddeln dann wieder stromaufwärts weiter.

»Warum interessierst du dich für Geschichte?«, frage ich.

»Ich möchte gerne verstehen, warum sich Menschen so verhalten, wie sie es tun.«

Ich widerstehe dem Drang, ihn zu fragen, wie sich das auf seine eigene Vergangenheit bezieht, und versuche, die Grenzen, die er gesteckt hat, zu respektieren.

»Wie geht's Greg?«, erkundigt er sich unerwartet.

Ich drehe mich um und sehe ihn mit verengten Augen an.

»Na was? Das ist eine freundschaftliche Frage«, kontert er mit einem teuflischen Grinsen.

»Ich ... ich will nicht darüber sprechen«, gebe ich ein wenig gereizter, als ich wollte, zurück.

»Okay ... das bedeutet also entweder richtig gut oder richtig schlecht.«

»Nicht wirklich schlecht«, wende ich ein.

»Ah-oh!«

Ich seufze. »Es ist nur, dass es nicht ... du weißt schon ...«

»Funkt?«

»Genau. Ich muss es ihm bald sagen, denn ich will nicht, dass er verletzt wird. Nicht, dass ich glaube, ihm das Herz zu brechen oder Ähnliches …«

»Ich habe mitbekommen, wie er dich ansieht.«

»Das heißt?«

»Er verliebt sich gerade in dich … heftig. Ich würde es ihm sagen, bevor er sich noch mehr verliebt.«

»Ich glaube, du übertreibst.«

»Glaub mir.«

Während ich über seine Worte nachdenke, entsteht eine angenehme Stille zwischen uns. Die Ruhe des Flusses, die nur durch eine sanfte Brise in den Bäumen unterbrochen wird, hilft mir, die Angst abzubauen, die ich vor dem Gespräch habe, das ich mit Greg werde führen müssen. Hier draußen scheint die Bedeutung von »Problemen« zu verblassen. Vielleicht ist es aber auch die unerbittliche Hitze, die mir das Gefühl gibt, ich würde im Kajaksitz dahinschmelzen. Ich schnappe mir die Wasserflasche, die zwischen meinen Füßen liegt, und trinke einen großen Schluck.

»Wasser?«, frage ich Nate, drehe mich um und biete es an. Er greift danach. Als sich seine langen Finger um die Flasche legen, berührt er meine Finger. In mir entflammt etwas … so viel zum Thema Funke. An einem Hang in der Ferne entdecke ich ein Haus, das unserem sehr ähnlich sieht. »Wo habt ihr gewohnt, bevor ihr in das jetzige Haus gezogen seid?«

»In einem Stadthaus in Georgetown«, antwortet er. »Es war nicht so ein Koloss. Hatte mehr Charakter.«

»Die Villa ist nicht nach deinem Geschmack?«

»Für zwei Leute war sie einfach zu groß, und sogar für vier scheint sie immer noch zu groß zu sein. Aber was ich wirklich nicht mag, ist all die künstlich historische Aufmachung daran, nichts davon ist echt.«

»Ein Gräuel für einen Geschichtsstudenten.«

»Genau. Ich habe mich immer in einem kleineren Haus gesehen, vielleicht eine umgebaute Scheune oder so was … etwas, dessen Aussehen der Zeitperiode entspricht, in der es tatsächlich auch gebaut wurde. Vielleicht irgendwo, wo es ruhiger ist als in D.C. … Hier ist es ziemlich elitär. Meine Kinder sollen bescheidener aufwachsen als ich.«

»Du willst Kinder?«, frage ich überrascht.

»Du etwa nicht?«

»Doch, ich will … ich bin nur überrascht. Dir ist aber schon bewusst, was es bedeutet, Kinder haben zu wollen? Dann musst du mit einer Frau eine Beziehung führen, die länger andauert, als du es gewohnt bist.«

Er lacht. »Daran hab ich ehrlich nicht gedacht. Ich habe mich einfach nur immer mit Kindern gesehen. Ist das schlimm?«

»Total!« Ich strecke schnell die Hand aus und bespritze ihn mit Wasser.

»Hey!« Er umfasst mit beiden Händen die Seiten des Kajaks und fängt an, hin und her zu schaukeln. »Ich bringe das Ding zum Kentern«, warnt er mich grinsend.

»Nate!«, protestiere ich und halte mich fest. Er hört auf, und einen Moment später paddelt er weiter.

»Ich glaube, deine Mutter hat sich den heißesten Tag des Jahres ausgesucht«, stellt er fest.

»Willst du zurück?«, frage ich und hoffe, er verneint.

Er hält inne. »Schätze mal, wir sollten.«

Ich bin enttäuscht, nicke und tauche das Paddel ins Wasser ein, um ihm beim Wenden des Kajaks zu helfen. Da wir nun mit der Strömung paddeln, sind wir viel schneller wieder zurück am Bootshaus.

»Wie geht's eigentlich deiner Schulter?«, frage ich ihn.

»Oh, besser«, antwortet er froh, »danke der Nachfrage.«

Wir kommen wieder in flacheres Gewässer, und ich spüre einen Kloß im Hals. Nate steigt zuerst auf den Landesteg und reicht mir dann die Hand, um mir aus dem schwankenden Kajak zu helfen.

»Unter den Bäumen ist es viel schattiger«, meint er und macht eine Kopfbewegung hin zu einem Wanderweg, der hinter dem Bootshaus unter die Bäume führt. Ich schaue ihn fragend an. »Eine kurze Wandertour, bevor wir nach Hause fahren?«

Ich nicke lächelnd und gebe mir Mühe, nicht zu sehr erfreut auszusehen.

KAPITEL 19

»Für jemanden, der keinen Sport treibt, hast
du eine gute Ausdauer«, stellt Nate fest, als die zweite Stunde
unserer »kurzen Wandertour« anbricht.

»Ich bin ziemlich oft im Pool geschwommen, vielleicht
liegt's daran«, antworte ich, obwohl ich in Wahrheit glaube,
es liegt daran, dass wir uns ohne Unterbrechung unterhalten
haben. Wir befinden uns jetzt auf einem Wanderweg hoch über
dem Potomac, der sich an großen Felsbrocken vorbeiwindet.
Nate hatte recht gehabt – unter den Bäumen ist es kühler, die
Luftfeuchtigkeit ist jedoch genauso hoch.

»Ist das einer?«, frage ich und zeige auf eine dreiblättrige
Pflanze am Fuß eines Baums.

Nachdem ich Nate erzählt habe, dass ich es schaffe, alle
zwei Jahre mit Giftefeu in Berührung zu kommen, hat Nate
es sich zur Aufgabe gemacht, mir beizubringen, woran ich die
Hautausschlag verursachende Pflanze erkennen kann.

»Nicht rot genug. Zu dieser Zeit im Sommer sieht er
roter und öliger aus. Und der Rand der Blätter ist zu sehr
gezackt«, erklärt er mir, während er sich vorbeugt und die
Pflanze betrachtet. Zwei Wanderinnen nähern sich uns aus
der entgegengesetzten Richtung. Ich sehe, wie die beiden den
Anblick von Nates nacktem, verschwitztem Oberkörper förmlich aufsaugen und kichern. Im Vorbeigehen lächeln sie ihn
flirtend an, doch er lächelt nur höflich zurück und wendet sich
dann wieder mir zu. »Du bist in vielen Dingen echt gut, aber

die Bestimmung von Pflanzenarten ...«, setzt er mit gespielt ernstem Ton an und schüttelt den Kopf.

»Hey, wenn das meine Schwäche sein soll, dann ist das okay für mich«, entgegne ich grinsend.

»Jepp, Giftefeu, das ist dein Kryptonit«, neckt er mich.

»Und was ist deins? Intimität?«

»Intimität? Was fällt dir ein! Es ist Bindung. Was völlig anderes.«

»Oh, Mann, na klar. Entschuldige vielmals.« Ich bin froh, dass wir über so etwas Witze machen können. »Moment mal, da drüben!« Ich zeige auf einen Efeu, der an einem Baumstamm auf der am Fluss liegenden Seite des Weges hochklettert.

»Wo? Ich sehe nichts.« Nate reckt den Hals.

»Na da!«, wiederhole ich und gehe ins Gebüsch hinein.

»Brynn, sei vorsichtig! Und davon abgesehen, glaube ich nicht, dass das Giftefeu ist.«

»Doch, im Ernst! Schau, er ist rot ...« Ich verstumme, als ich den Boden unter den Füßen verliere. Was wie solider Grund ausgesehen hatte, war nur ein Überhang aus Vegetation. Ich falle. Schlagartig verschwimmt der Horizont, und augenblicklich schlägt mir das Herz bis zum Hals. Ich keuche und drehe mich um, greife verzweifelt nach Zweigen und irgendeinem Halt im Boden um mich herum.

»Brynn!«, schreit Nate und hechtet ins Gebüsch. Ich merke, wie er meine Hand packt, während ich Mühe habe, an dem steilen Abhang unter mir Halt zu finden. Verzweifelt zapple ich mit den Beinen und gerate in Panik.

»Es ist okay, es ist okay, ich hab dich«, beruhigt mich Nate. Der feste Ton in seiner Stimme lässt mich zu ihm aufblicken. Er schaut zu mir herunter, und sein Blick drückt Ruhe und Sicherheit aus. Ich hole tief Luft und strecke ihm auch die andere Hand entgegen. Er ergreift sie und zieht mich hoch.

»Unter deinem rechten Fuß befindet sich ein Vorsprung«, sagt er mit dem Blick über der Kante. »Schau nicht nach unten, taste einfach danach. Nur ein paar Zentimeter weiter links von dir aus gesehen. Halt deinen Blick auf mich gerichtet.«

Der Ausdruck in seinen Augen nimmt mich gefangen. Einen Moment lang bin ich reglos und bewege dann langsam meinen Fuß nach links. Da ist der Vorsprung. Ich spüre, wie ich mit dem Schuh dagegenstoße, hebe den Fuß an und setze ihn darauf ab.

»Okay, und jetzt stoß dich einfach ab, und ich zieh dich hoch. Eins, zwei, drei!« Ich drücke mich mit dem Fuß ab. Kniend zieht er mich nach oben und auf sich zu. Zitternd vor Angst und Adrenalin lande ich direkt auf ihm. Seine Arme legen sich um mich, und er drückt mich fest an sich, presst mir beinahe den restlichen Atem aus den Lungen.

»Verdammt, Brynn«, flüstert er mir ins Ohr.

»Alles okay bei dir?«, erkundige ich mich, da mir klar wird, dass er auf dem Rücken gelandet ist.

»Ob ich okay bin? Bist du okay?«, fragt er und klingt bestürzt.

»Ähm, ich glaub schon, obwohl ich das im Moment kaum beurteilen kann.«

»Oh, tut mir leid. Komm, wir stehen auf.« Ich gleite zur Seite. Er springt auf und streckt mir dann die Hände entgegen. Ich nehme sie, stehe auf und zucke zusammen, als ich meinen rechten Fuß belaste.

»Was tut weh?«

»Mein Knöchel, glaub ich.«

»Komm, wir gehen zum Weg zurück, dort kann ich mir das mal ansehen.« Er nimmt meinen Arm und legt ihn sich um die Schulter. Ich spüre seinen Arm um meine Taille, und er hebt mich praktisch vom Boden hoch, als er mich zurück zum Weg bringt. Mit seiner Hilfe setze ich mich hin und stütze mich rückwärts mit den Händen ab. Vorsichtig hebt er meinen rechten Fuß an. »Der Knöchel ist etwas geschwollen«, stellt er fest, »aber ich glaube, er ist nicht gebrochen, wahrscheinlich schlimm verstaucht. Denkst du, dass du mit meiner Hilfe zurückgehen kannst?«

»Ja, das kriege ich hin«, versichere ich ihm. Er hilft mir auf und legt sich meinen Arm über die Schultern. Als wir die ersten ungelenken Schritte in Richtung Bootshaus machen, hole ich tief Luft, und mir wird bewusst, dass mir eine volle Stunde bevorsteht, die ich eng an ihn gepresst sein werde. »Du bist ganz schön verschwitzt«, bemerke ich lächelnd.

»Hey, pass bloß auf, oder ich könnte jeden Halt verlieren«, erwidert er.

»Wie tief ging es dort runter?«

»Denk lieber nicht darüber nach.«

»Das heißt, ganz schön tief.«

»Also ich bin froh, dass du okay bist ... so gut wie.«

Ich weiß nicht, ob es an dem Schreck liegt, dass ich beinahe abgestürzt bin, oder daran, dass wir beide einfach nur müde sind, aber den langsamen Marsch zurück verbringen wir fast schweigend. Ich wünschte, ich wüsste, was ich sagen soll, um die Anspannung aufzulösen, doch sein an mich gepresster nackter Oberkörper ist einfach zu viel für mich. Unser Schweiß vermischt sich, und wir fangen an, im Rhythmus unserer Schritte zu atmen. Als wir endlich den Parkplatz erblicken, bleibt Nate stehen, tritt vor mich, beugt sich leicht vor und schaut mich erwartungsvoll an. Ich lache und hebe das verletzte Bein. Er ergreift es, ich vollführe einen kleinen Hüpfer, und er zieht mich auf seinen Rücken. Huckepack trägt er mich den Rest des Weges zum Auto und setzt mich dann genau neben der Beifahrertür ab.

Während er zur Fahrerseite hinübertrabt, schaue ich mich auf dem Parkplatz um. Nach wie vor parken hier nur wenige

Autos, und in der Ecke steht ein blauer Wagen, hinter dessen Lenkrad eine Frau mit Sonnenbrille sitzt. Einen Augenblick lang starre ich sie an, denn wegen der blonden Haare sah sie kurz wie meine Mutter aus. Als sich unsere Blicke treffen, schaut sie schnell weg, und kurz darauf höre ich den Motor starten. Vielleicht hat sie nur Nate angestarrt, genau wie die anderen Frauen, denen wir heute begegnet sind. Oder vielleicht ist sie eine Reporterin ... Pierce hat die Familie gewarnt, dass noch immer welche in der Nähe sein könnten.

»Kannst du alleine einsteigen?«, fragt Nate durch die sich senkende Scheibe.

»Oh, klar, tut mir leid«, antworte ich und tauche wieder aus meinen Gedanken auf. Ich öffne die Tür und springe mit dem linken Bein auf den Sitz.

»Alles in Ordnung?«, fragt er.

»Ja, alles okay.«

Als wir zu Hause ankommen, trägt Nate mich auf den Armen direkt in die Küche und setzt mich vorsichtig auf einen Stuhl in der Essnische. Er kniet sich vor mir hin, schnürt den Schuh auf, zieht ihn mir vom Fuß und streift die Socke ab.

»Kannst du mit den Zehen wackeln?« Ich bewege sie hin und her. »Und jetzt beweg ganz langsam den ganzen Fuß.« Ich drehe ihn und zucke zusammen; der Schmerz schießt mir durchs ganze Bein. »Letztes Jahr habe ich mir beim Lacrosse den Knöchel gebrochen, und ich glaube, das hast du nicht. Wir sollten ihn kühlen und verbinden, danach sehen wir mal, wie es morgen ausschaut oder am Montag. Wenn es dann immer noch wehtut, bringe ich dich zum Arzt.«

»Weißt du, wie man den Verband anlegt?«

»Hey, solange es sich nicht um meine eigene Hand handelt, kann ich das ziemlich gut.« Ich schaue ihm dabei zu, wie er den Erste-Hilfe-Kasten holt und auf dem Boden neben sich abstellt. Er kniet sich wieder vor mich und legt mir vorsichtig den Stützverband erst um den Knöchel und dann um den Fuß. Wieder und wieder rollt er ihn herum, bis mein Knöchel stabilisiert ist. »Okay, jetzt bringen wir dich in die TV-Höhle, damit wir Eis draufpacken können.«

Gerade als ich aufstehen will, beugt er sich vor, nimmt mich wieder auf die Arme und trägt mich zur gemütlichen TV-Höhle. Er setzt mich auf die Couch und verschwindet dann. Ich schnappe mir ein Kissen und stopfe es mir in den Rücken. Während ich die Beine ausstrecke, staune ich über das plötzliche Auftauchen von Nates Fürsorgerinstinkt. Mit einem prallen Beutel zerstoßenen Eises und einem Glas Wasser taucht er wieder auf. Letzteres stellt er auf dem Tisch neben mir ab und legt dann das Eis auf meinen Knöchel. Ich bekomme eine Gänsehaut, und er greift sich die Decke von der Couchlehne und breitet sie aus. Dann setzt er sich neben mich auf die Couchkante, legt die Decke über mich und steckt sie rings um mich herum fest.

Während er sich über mir bewegt, werde ich mir meiner eigenen Atmung äußerst bewusst. Ich schaue seinen Händen zu, wie sie die Ecken der Decke greifen und mir über die Schultern legen. Langsam gleitet seine rechte Hand von der Decke auf meinen Hals. Ich halte die Luft an, während er mit den Fingerspitzen hinauf zu meinem Kiefer tastet und dann über mein Kinn. Mit Daumen und Zeigefinger hebt er sanft meinen Kopf, bis ich ihn ansehe. Er starrt auf meinen Mund und hält nur einen Moment lang inne, bevor er sich zu mir beugt.

»Bitte, tu das nicht«, flüstere ich, als er kurz davor ist, mich zu küssen. »Wenn du nicht mehr willst, dann ist das einfach nur grausam.«

»Und was, wenn ich mehr will?« Er schaut mich mit seinen dunkelblauen Augen an.

»Mehr…«, wiederhole ich ganz langsam. »Mehr welcher Art?«

»Was ich für dich empfinde, habe ich noch nie für jemanden empfunden. Ich habe versucht, mich gegen das Gefühl zu wehren, habe versucht, es mir auszureden, aber es wird einfach immer stärker. Ich muss ihm nachgeben, kann nicht anders. Ich kann dir nicht genau sagen, wie das ablaufen wird ... so was habe ich noch nie getan. Aber ich verspreche dir, wenn ich mit dir zusammen bin, dann nur mit dir. Und ich will, dass du nur mit mir zusammen bist.«

Ich starre ihn an. Da sind noch eine Menge unbekannte Faktoren im Spiel, aber ich spüre, dass er mir alles gibt, wozu er im Augenblick fähig ist. Dazu kommt, dass mir gleich das Herz in der Brust zerspringt und mein Widerstand dahinschmilzt.

»Nur mit dir.« Ich nicke, lege ihm dann die Arme um den Hals und ziehe ihn zu mir. Unsere Lippen begegnen sich in einem offenen Kuss, unsere Zungen finden sich und umspielen einander mit ungestümem Verlangen. Er drückt mich rückwärts in die Kissen, seine Hände umfassen meine Taille und gleiten schnell über die Decke hinweg zu meinen Brüsten. Ich dränge mich ihm entgegen, will ihn an mir spüren ... will ihn überall spüren.

»Ist jemand zu Hause?« Nate springt auf, als wir die Stimme meiner Mutter aus dem Foyer hören. Er holt tief Luft und fährt sich mit der Hand durch die Haare, bevor er antwortet.

»Wir sind in der TV-Höhle!«, ruft er und wendet sich dann zu mir. »Heute Nacht«, raunt er mit einem brennenden, verheißungsvollen Blick.

KAPITEL 20

»Stimmt etwas nicht, Brynn?«, fragt meine Mutter stirnrunzelnd.

»Nein, alles okay«, antworte ich leichthin, während ich versuche, mir die Tomatensoße, mit der ich mich bekleckert habe, mit der Serviette vom Top zu reiben. Aufgrund von Nates Versprechen auf ein nächtliches Rendezvous war ich das gesamte Abendessen über ungeschickt und abgelenkt gewesen. Kaum hatte ich das vom Tisch gestoßene Wasserglas weggeräumt, da fiel mir ein Stückchen Huhn von der Gabel aufs Top.

»Tut mir leid, dass ich es heute nicht geschafft habe«, sagt Pierce. »Mir scheint, ihr hättet ein wenig mehr Aufsicht gebrauchen können. Nate hätte dich nicht auf gefährliche Wanderwege mitnehmen dürfen.«

»Oh, er war nicht gefährlich«, beeile ich mich Nate zu verteidigen. »Eigentlich wollte er mir zeigen, woran man Giftefeu erkennt, und ich habe einfach den Weg verlassen. Mir war nicht bewusst, wie nah ich am Abhang war, und dann hat der Boden einfach unter mir nachgegeben. Das war ganz meine Schuld. Nate hat mich wieder raufgezogen und meinen Knöchel verbunden.«

»Also, es kann ja nicht schaden, wenn sich das am Montag mal ein Arzt anschaut«, erklärt meine Mutter.

»Ich glaube, das wird schon, wirklich«, erwidere ich.

»Möchte jemand Nachtisch?«, fragt meine Mutter.

»Nein, danke«, antworten Nate und ich gleichzeitig. Ich beiße mir auf die Lippe, um nicht zu lachen.

»Was ist denn so amüsant daran?«, fragt Pierce mit gefährlich leisem Ton und sieht seinen Sohn an.

»Insiderwitz«, werfe ich schnell ein. »Ich helfe dir, den Tisch abzuräumen, Mom.« Wir stehen beide auf, nehmen ein paar Teller und gehen in die Küche. Kaum schließt sich die Schwingtür hinter mir, da höre ich auch schon Pierces Stimme. Obwohl die Worte gedämpft sind, kann ich an seinem Ton erkennen, dass er Nate wegen irgendetwas die Leviten liest. Ich sehe meine Mutter an. Sie dreht das Wasser auf und spült die Teller ab, bevor sie sie in die Spülmaschine stellt. »Findest du das in Ordnung, wenn er so mit Nate redet?«

»Das betrifft nur die beiden«, entgegnet meine Mutter, ohne mich anzusehen.

Ärger kommt in mir auf. »Ständig versuchst du, eine Familie aus uns zu machen, und dann willst du dich wiederum nicht in ihre Beziehung einmischen. Du kannst nicht beides haben.« Bevor sie etwas erwidern kann, wirble ich herum und gehe zurück ins Esszimmer. Als ich den Raum betrete, bricht Pierce abrupt ab. Zügig räume ich die restlichen Teller ab und humple dann nach oben in mein Zimmer.

Die Zimmertür fällt hinter mir ins Schloss, und ich hole tief Luft. Ich will diese Nacht nicht mit Ärger auf meine Mutter und auf Pierce ruinieren. Ich gehe ins Bad und drehe die Dusche auf. Bis jetzt hatte ich keine Gelegenheit gehabt, mir den Schweiß vom heutigen Kajak- und Wanderausflug abzuwaschen, und heute Nacht will ich wie eine Rose duften.

Ich ziehe mir Top und Shorts aus. Vor Erwartung kribbelt mein ganzer Körper. Mit einem Blick auf den verbundenen Knöchel frage ich mich, ob es in Ordnung ist, wenn er nass wird. Wahrscheinlich schon. Ich ziehe Sport-BH und Slip aus und betrachte mich im Spiegel; streiche mit den Händen über die Brüste und dann über den Bauch. Als sich im Magen ein mulmiges Gefühl einstellt, ermahne ich mich, dass Nate mich schon einmal nackt gesehen hat. Und ich weiß bereits, dass er mich mag. Alles wird gut werden.

Ich stelle mich unter den heißen Wasserstrahl und lasse mir beim Haarewaschen Zeit. Während die Haarspülung einwirkt, rasiere ich mir Beine und Bikinizone, wobei der Haarstreifen schmaler als sonst ausfällt. Ich weiß, dass am College eine Menge Mädels völlig abrasiert sind, aber ich kann mich nicht überwinden, so weit zu gehen.

Ich drehe das Wasser aus, trockne mich ab, ziehe mir einen Mittelscheitel und lasse die Haare an der Luft trocknen. Ich nehme Baumwollpyjamahosen und ein Unterhemd mit Spitzeneinsatz aus der Kommode und ziehe sie an. Ich bin mir nicht sicher, ob das sexy ist oder nicht, aber ich versuche, mir nicht zu viele Gedanken darüber zu machen. Offensichtlich bin ich nicht sonderlich erfolgreich damit, aber ich gebe mir Mühe.

Ich setze mich an den Computer. Mir ist klar, dass Nate wahrscheinlich warten wird, bis unsere Eltern schlafen gehen, bevor er irgendetwas tut, also habe ich noch mindestens zwei Stunden vor mir. Ich surfe im Internet herum, schaffe es jedoch nicht, mich auf irgendetwas zu konzentrieren. Ständig frage ich mich, was heute Nacht geschehen wird. Ich habe eine Vorstellung davon, will mir aber nicht zu große Hoffnungen machen. Zumindest weiß ich, was ich will, das passieren soll. Schließlich entscheide ich mich, ein wenig sinnfreies Reality-TV auf Hulu anzusehen, und lehne mich in den Sitz zurück.

»Gute Nacht, Brynn!«, höre ich endlich meine Mutter rufen, als sie in den dritten Stock hinaufgeht. Ich erstarre.

»Gute Nacht!«, rufe ich zurück und fange sofort an, an meinen Haarspitzen zu zupfen. Ich sehe weiter fern, bis Pierce ebenfalls die Treppe hinaufgeht, klappe dann schnell den Computer zu und eile ins Bad. Dabei belaste ich meinen rechten Knöchel zu stark und zucke schmerzerfüllt zusammen. Ich fahre mir mit den Fingern durch die Haare und entscheide, dass ich mir noch die Zähne putzen sollte. Gerade als ich die Zahnbürste wieder hinlege, höre ich ein leises Klopfen an der Tür. Mein Herz macht einen Sprung.

Ich gehe ins Zimmer zurück und sehe, wie sich die Tür öffnet und Nate den Kopf hereinstreckt.

»Hallo«, sage ich leise.

»Hallo«, erwidert er, kommt ins Zimmer und schließt die Tür hinter sich. Ich lächle ihn nervös an. Plötzlich habe ich keine Ahnung, was ich sagen soll – die sonst übliche Unbefangenheit unserer Gespräche ist einer kribbeligen Nervosität und Aufgeregtheit gewichen. Der Anblick, den er bietet, hilft auch nicht gerade weiter. Er ist barfuß und trägt Jeans mit einem weißen T-Shirt mit V-Ausschnitt. Er sieht unglaublich sexy aus, ganz ohne Anstrengung. »Ich kann mich nicht erinnern, wann ich zum letzten Mal bei einer Frau nervös war«, gibt er schließlich zu.

»Oh, tja… gut. Ich meine… ich bin auch nervös.«

Er lächelt und kommt langsam auf mich zu. »Ich will alles mit dir tun, Brynn. Die Vorstellung, dass ich der Erste bin, der dir… alles… zeigt…« Er holt tief Luft. »Aber ich werde langsam vorgehen. Du musst mir sagen, wenn ich irgendwann zu schnell bin, okay? Es wird mir schwerfallen, mich nicht im Augenblick zu verlieren.«

Ich nicke, und mir wird bewusst, dass ich die Luft angehalten habe, während er sprach. Genau vor mir bleibt er stehen und schlingt mir die Arme um die Taille, beugt sich vor und legt seine Stirn an meine.

»Komm ins Bett«, flüstert er.

Ein heißes Gefühl durchzuckt mich.

»Du hast ja keine Ahnung, wie lange ich mir gewünscht habe, das von dir zu hören.«

Er grinst breit und presst seine Lippen auf meine. Im Gegensatz zu unseren letzten, ungestümeren Berührungen ist diese langsam und zärtlich. Vielleicht weil wir wissen, dass wir endlich das Gleiche wollen und die ganze Nacht für uns haben. Seine Zunge liebkost zart meine, und ich spüre, wie sich seine Hände unter meinen Po legen und mich hochheben. Dann geht er zum Bett und setzt mich auf der Bettkante ab. »Gibt es etwas … Spezielles, das du heute Nacht machen willst?«

»Ich will nur dich«, antworte ich schulterzuckend.

»Also das kann ich hinkriegen.« Er zieht sich das T-Shirt über den Kopf. Ich beiße mir auf die Lippe. Die Straffheit und die Größe seiner Muskeln machen mich immer wieder sprachlos. Ich beuge mich vor, kuschle meine Nase in die Haare kurz unterhalb seines Bauchnabels und küsse ihn sanft. Ich höre ein tiefes Stöhnen und hebe mit fragendem Blick den Kopf. Er schaut mich an, als würde er mich gleich mit einem Mal verschlingen wollen. Doch er holt tief Luft, kniet sich vor mir hin und drückt meine Knie auseinander, damit er sich ganz an mich pressen kann. Er zieht mich an sich und öffnet meine Lippen mit seinen.

Während sich unsere Zungen berühren, spüre ich, wie seine Fingerspitzen sacht über das Hemdchen gleiten und dabei gerade noch meine rechte Brust berühren. Ich drücke die Brust heraus, wölbe mich seiner Hand entgegen, doch er zieht sie zurück. Als seine Finger zurückkehren, habe ich meine Lektion gelernt und halte still, während sie neckend genau unter dem Saum entlangfahren. Endlich greift er mit beiden Händen zum Ausschnitt und zieht den Stoff herunter, hakt ihn unter meinen Brüsten fest, damit er nicht wieder hochrutscht.

Er senkt den Kopf und drückt meine Brüste zusammen, nimmt eine Brustwarze in den Mund, saugt daran und macht dann schnell das Gleiche mit der anderen. Ich stöhne, lege den Kopf in den Nacken, und meine Hände krallen sich in die

Tagesdecke. Er zieht sich zurück und streift mir das Hemdchen über den Kopf.

»Deine Brüste sind die reine Wucht«, raunt er und knetet sie sanft mit den Händen, so als würde er Ton formen.

»Wirklich? Ich war mir immer unsicher ihretwegen.«

»Wieso?« Er sieht mich erstaunt an. »Sie sind perfekt.« Er beugt sich vor, küsst mich zärtlich und legt dann die Hände an seine Jeans, um sie aufzuknöpfen.

»Warte, ähm, darf ich?«, halte ich ihn auf. Er lächelt mich an und stellt sich aufrecht hin. Langsam strecke ich die Hände aus, knöpfe die Jeans auf und ziehe den Reißverschluss hinunter. Ich spüre seinen Blick auf mir, doch ich halte meinen Blick auf das gerichtet, was ich unter dem Stoff erwarte. Als ich ihm die Jeans bis unter die Knie schiebe, sehe ich die Beule in seinen Boxershorts. Ich halte kurz inne, greife dann beiderseits den Gummizug der Shorts und ziehe ihn auf mich zu. Als ich ihm die Boxershorts nach unten schiebe, springt sofort die dicke Spitze seines Schwanzes heraus. Er ist so groß, dass ich mir nicht mal vorstellen kann, wie er in mich passen soll.

Meine Sorgen müssen mir ins Gesicht geschrieben stehen, denn er beruhigt mich: »Wir werden es langsam angehen.« Ich nicke, schiebe die Boxershorts bis zur Jeans runter und halte alles fest, während er aus ihnen heraustritt. Ich schlucke, als ich erneut von Angesicht zu Angesicht mit seiner Männlichkeit bin. »Hast du schon mal…?«, fragt er und macht eine suggestive Kopfbewegung an sich herunter.

»Noch nie«, antworte ich.

»Gib mir deine Hände.« Ich gehorche und lege sie in seine ausgestreckten großen Hände. Er platziert eine meiner Hände auf seinem Oberschenkel und führt die andere an seinen Schaft. Er legt sie um die Wurzel, lenkt sie dann rauf bis zur Spitze und wieder zurück. »Genau so. Anfangs langsam und ruhig.« Er lässt meine Hand los, und ich mache weiter, spüre, wie sich die weiche, ädrige Haut seines Penis unter meiner Hand leicht kräuselt. Er nimmt meine andere Hand, legt sie sich auf die Hoden und massiert sie zusammen mit mir. Dann lässt er die Hände sinken, und als ich aufschaue, schließt er die Augen, und seine Lippen öffnen sich.

Instinktiv beuge ich mich vor und nehme ihn in den Mund. Ich höre ihn keuchen und lächle in mich hinein. Er weiß nicht, dass ich nicht gerade wenige schmutzige Bücher gelesen habe, auch wenn ich davon nichts tatsächlich in die Praxis umgesetzt habe. Langsam schiebe ich meinen Mund die ganze Länge hinab, will sehen, wie weit ich ihn aufnehmen kann. Als er hinten meine Mundhöhle erreicht, höre ich auf, obwohl ich noch nicht an der Wurzel bin, und lasse ihn dann wieder herausgleiten.

Als ich mit der Zunge über seine Spitze kreise und ihn dann wieder in den Mund nehme, sieht er mich mit geweiteten Augen an. »Oh, verdammt, Brynn! Bist du sicher, dass du das noch nie gemacht hast?«, fragt er. Ich lege meine Hand wieder auf seine Hoden und massiere sie, während ich seinen Schwanz rein und raus gleiten lasse. Ich höre, wie er stöhnt, und spüre seine Hand an meinem Hinterkopf, die Finger, die sich in meinem Haar festklammern. »Genug«, ächzt er und zieht sich zurück. »Stell dich hin!«

Normalerweise trifft mich das, wenn Nate diesen Ton anschlägt oder mich herumkommandiert. Doch jetzt macht mich das total an. Ich springe auf. Unerwartet greift er sich den Bund meiner Hose und zerrt sie herunter. Nackt stehen wir uns gegenüber, und die Luft knistert zwischen uns. Ohne den Blick von meinen Augen abzuwenden, schiebt er mir seine Hand zwischen die Beine. Als er mit einem Finger über meine feuchte Spalte streicht und dann in mich hineinfährt, schreie ich leise auf. Meine Reaktion auf seine Berührung ist dermaßen überwältigend, dass ich beinahe vornüberkippe, und ich muss mich an seinen Schultern festhalten. Er zieht mich an sich, sodass ich an seine Brust gedrückt bin und mein Kopf genau unter seinem Kinn ruht.

Sein Finger bewegt sich rein und raus, und sein Daumen reibt über meine Klitoris. Ich greife nach unten und massiere seinen Schwanz, so wie er es mir gezeigt hat, doch ich bin so erregt, dass ich kaum weiß, was ich tue.

»Du bist fast so weit«, flüstert er, zieht die Hand unter mir fort, hebt mich hoch und wirft mich rücklings aufs Bett. Eine Sekunde später schiebt er meine Beine auseinander und kniet sich zwischen sie. Er senkt den Kopf, und ich winde mich wie wild, als seine Zunge langsam über meine Spalte streicht. Ich spüre, wie er zwei Finger in mich gleiten lässt und wie er sich in mir bewegt, mich weitet. Die ganze Zeit über kreist und leckt seine Zunge über mich, und ich habe das Gefühl, langsam abzuheben.

»Oh, Nate, oh ja!«, rufe ich, doch in dem Moment hört er auf. Der plötzliche Verlust der Berührung lässt mich den Kopf heben und nach ihm sehen. Er ist aufgestanden, um etwas aus der Jeans zu holen. Als er mir die Kondome zeigt, die er aus der Tasche gezogen hat, lächelt er mich an. Er kommt zurück, trennt ein Päckchen ab, reißt es mit den Zähnen auf und wirft den Rest neben mich aufs Bett. Ich schaue zu, wie er das Kondom an seine Spitze hält und dann über den Schaft rollt. Dann kniet er sich zwischen meine Beine und legt sich, mit seinem Gewicht auf die Ellbogen gestützt, auf mich.

»Das erste Mal wird's wahrscheinlich ein wenig wehtun, aber bald wird es sich gut anfühlen«, verspricht er und streicht mir eine Haarsträhne hinters Ohr. Ich nicke nervös. Er küsst mich und verwöhnt mich sanft mit der Zunge, und dann spüre ich seinen Schwanz an meiner Öffnung. Ich kann kaum glauben, dass es endlich passiert. Er winkelt mein Bein an und drückt es sich an die Hüfte, während er sein Glied in die andere Hand nimmt und es genau im richtigen Winkel positioniert.

Ich keuche auf, als er in mich dringt und dabei ein stechender Schmerz durch meinen gesamten Unterleib schießt, und merke, wie seine Hüften in ihrer vorsichtigen Vorwärtsbewegung innehalten. Sein Mund gleitet zu meinem Ohr, saugt sanft am Ohrläppchen und stößt dann mit der Zunge rein und raus, während er unten wieder vorwärtsdrängt. Das angenehme Gefühl am Ohr hilft mir, mich von dem großen Druck abzulenken, der sich in mich schiebt. Ich schließe die Augen und schlinge meine Arme um ihn, zwinge mich, mich zu entspannen. Ich weiß, dass ich in guten Händen bin. Gerade als ich glaube, dass der Schmerz größer ist, als ich ertragen kann, hört er auf, und ich spüre, dass seine Hüfte gegen meine presst. Er ist jetzt ganz in mir drin. Langsam vollführt er kreisende Bewegungen, und dabei verspüre ich den ersten Anflug von Lust.

Er hebt den Kopf und schaut mich an. »Alles okay?«, fragt er. Ich nicke, bin atemlos. Ohne den Blickkontakt zu verlieren, zieht er sich aus mir zurück, bis zur Spitze, um dann wieder in mich zu gleiten. Als er ein zweites Mal aus mir gleitet und dann wieder zurückkehrt, öffne ich vor Erstaunen über die Reaktion meines Körpers den Mund. Ich glaube, er spürt, dass ich mich mit dem Gefühl anfreunde, denn nun bewegt er sich etwas schneller.

»Oh, Nate, das fühlt sich … fühlt sich …« Ich verliere den Faden. Es gibt keine Worte dafür. Ich schlinge einfach die Beine um ihn und vergrabe die Hände in seinen Haaren, während er sich in mir bewegt und sich wunderbare Wellen in meinem Körper ausbreiten. Seine Lippen finden wieder meine, und er küsst mich mit einer Leidenschaft, die zu dem schnelleren Rhythmus passt, den er jetzt anschlägt.

Ich spüre, wie sich ein Orgasmus in mir aufbaut. Ich habe früher schon Orgasmen gehabt, inklusive des großartigen mit

Nate, aber dieser fühlt sich anders an. Er ist so heftig, dass es mir Angst macht. Ich stemme mich gegen ihn, halte die Luft an, um ihn zurückzuhalten. Doch alles, was Nate tut, arbeitet gegen mich. Seine Hände gleiten zu meinen Brüsten, und ich drücke den Rücken durch, der Hitze seiner Hände entgegen. Als ich mich zu ihm beuge, küsst er meinen Hals, und sein Schwanz findet neue, noch unberührte Nervenenden, die mir fast alle Sinne rauben.

»Oh Nate, es ist zu viel…«, hauche ich und öffne die Augen. »Ich weiß nicht, ob ich das kann.« Einen Moment lang lässt er nach.

»Brynn, du bist sicher bei mir«, murmelt er. Seine dunklen Augen finden meinen Blick, und in ihnen sehe ich Zärtlichkeit und Leidenschaft. »Du musst einfach nur loslassen. Zusammen mit mir.« Er bewegt sich wieder schneller, doch sein Blick bleibt fest auf mich gerichtet. Ich folge seinem Rat, versuche, mich dem Orgasmus hinzugeben, anstatt ihn kontrollieren zu wollen. »Ja, ja, Brynn«, stöhnt er, als ich meine Augen schließe.

Jetzt rammt er seine Hüften gegen meine, treibt seinen Schwanz in mich. Ich höre mich stöhnen, als befände ich mich nicht in meinem Körper. Er richtet sich etwas weiter auf und stößt ein wenig tiefer hinein. Der leicht veränderte Winkel reicht aus, um mich zur Explosion zu bringen. Ich verliere völlig die Kontrolle, mein Körper bäumt sich von ganz allein krampfartig auf. Ich bekomme kaum mit, wie Nate sich ebenfalls über mir aufbäumt und wie sein Schweiß auf meine Haut tropft.

Dann bricht er über mir zusammen, und ich schmiege mein Gesicht an seinen Hals. Das Gewicht seines Körpers auf mir fühlt sich genau richtig an. Ich habe das Gefühl, so könnte ich für immer liegen bleiben.

KAPITEL 21

Ein sanfter Kuss auf der Wange weckt mich
auf. Überrascht schlage ich die Augen auf. »Hm?«, raune ich
verwirrt.

»Du bist weggetreten«, höre ich Nate flüstern. Mir wird
bewusst, dass er sich noch immer auf mir befindet – und in mir.

»Oh, tut mir leid«, sage ich lächelnd und werde ein wenig
rot. »Ich hoffe, ich war nicht zu laut.«

Er grinst. »Na ja, ich glaube, wenn sie was gehört hätten,
dann wüssten wir das inzwischen schon.«

»Wie lange hab ich geschlafen?«

»So etwa zwanzig Minuten. Ich hatte Angst, dass ich dich
erdrücke.« Er küsst mich auf den Mund und greift dann nach
unten. Ich sehe, wie er das Kondom festhält, während er aus
mir gleitet. Als er meinen Körper verlässt, fühle ich mich leicht
irritiert und bleibe noch eine Minute lang still liegen, um das
zu verarbeiten, während er ins Badezimmer geht. Er kehrt mit
feuchten Tüchern zurück, und ich setze mich auf, um sie ihm
abzunehmen.

»Ich mach schon«, sagt er, »leg dich wieder hin.« Ich gehorche, und als er mir sorgfältig die Innenseiten meiner Oberschenkel abwischt, muss ich kichern. Er hält inne und sieht
mich verwirrt und mit gehobenen Augenbrauen an.

»Tut mir leid, es ist nur ... ich hätte nie gedacht, dass ich
mich je mit Nate Thornhill in so einer Situation befinden
würde«, erkläre ich.

Während ich weiter kichere, schüttelt er amüsiert grinsend den Kopf.

»Du hast ein bisschen geblutet, aber es ist nichts auf die Tagesdecke gekommen. Wäre schwer gewesen, eine Erklärung dafür zu finden«, sagt er und geht wieder ins Badezimmer.

»Ich hätte einfach sagen können, dass ich meine Tage bekommen habe«, bemerke ich, während ich die Tagesdecke zurückschlage und unter die Decken krieche.

»Oh, schätze, da hast du recht«, bestätigt er, als er aus dem Bad kommt und neben mir ins Bett schlüpft.

»Kaum zu glauben, dass ich keine Jungfrau mehr bin«, sage ich grinsend, als er die Arme um mich schlingt und mich an sich zieht. »Langsam dachte ich schon, dass es nie passieren wird.«

»Und ... hat's dir gefallen?«, fragt er, und seine Finger streicheln meinen Arm. Ich bin verblüfft, als ich merke, wie hungrig mein Körper darauf reagiert – als hätte ich nicht vor kaum zwanzig Minuten einen Wahnsinnsorgasmus gehabt.

»Machst du Witze?«, frage ich und sehe ihn mit gehobenen Augenbrauen an. »Und, was ist mit mir? War ich ...«

»Du warst super«, versichert er mir. »Aber irgendwie war es anders.«

»Inwiefern anders?«, hake ich stirnrunzelnd nach.

Er zuckt mit den Schultern. »Normalerweise kenne ich die Frauen, mit denen ich schlafe, nicht besonders gut. Oder empfinde nichts für sie. Sogar mit denjenigen, die ich dann besser kennenlerne, weil wir uns regelmäßiger sehen, mache ich letzten Endes Schluss, wenn sie zu sehr kleben.«

Ein Gefühl von Sorge macht sich in meiner Brust breit. »Also ... nicht kleben?«

»Sollte keine Warnung sein«, sagt er lächelnd. »Davon abgesehen, halte ich dich nicht für eine Klette. Dickköpfig vielleicht.«

»Wow, na, vielen Dank auch.« Ich verdrehe die Augen.

»Und, warum war es bis jetzt nicht passiert? Dein erstes Mal?«, will er wissen, während er sich zu mir wendet und den Kopf auf den Ellbogen legt.

»Na ja, ich würde sagen, das ist nicht wirklich überraschend. Ich war nie so richtig mit jemandem zusammen. Meinen ersten Kuss hatte ich mit einem Typen namens David im vorletzten Highschooljahr. Es ging ziemlich schnell – und war eklig. Seine Zunge schoss irgendwie immer nur rein und raus. Und dann bin ich im Highschool-Abschlussjahr und im ersten Jahr an der Uni zwar mit ein paar Typen ausgegangen, aber irgendwie ist das alles im Sand verlaufen. Ich meine, die waren okay, aber ich wollte mich lieber auf das Studium konzentrieren und darauf, das Stipendium und all das zu bekommen.«

»Hat deine Mutter großen Druck gemacht, dass du gute Noten hast?«

Ich lächle. »Eigentlich genau im Gegenteil. Sie wollte immer, dass ich die Bücher beiseitelege und etwas Lipgloss auftrage. Was natürlich nur dazu geführt hat, dass ich meine Nase noch tiefer in die Bücher gesteckt habe. Ich wollte einfach nie so enden wie sie.« Nate hebt fragend die Augenbrauen, und ich seufze. »Damit meine ich, von Männern abhängig zu sein. Weil sie so schön und charmant ist, musste sie nie wirklich lernen, wie man etwas selbst erledigt, denn die Männer haben ihr alles abgenommen. Aber als ich geboren wurde, kamen sie seltener vorbei, und meine Mutter musste ganz alleine für mich sorgen. Und sogar wenn welche eine Zeit lang öfter kamen, blieben sie letzten Endes doch immer wieder weg, und dann war sie am Boden zerstört. Tagelang lag sie deprimiert im Bett und konnte sich nicht um sich selbst kümmern …«

»Da hast du dann also angefangen, dich um sie zu kümmern«, beendet er den Gedanken. Ich nicke. Eine Weile lang liegen wir entspannt in den Kissen. »Deine Mutter hätte aber wissen müssen, dass nicht alle Bücher gleich sind«, nimmt Nate den Gedanken wieder auf. »Einige sind viel interessanter als andere.«

»Was?«, frage ich und habe null Ahnung, wovon er spricht. Mit einem teuflischen Grinsen streckt er die Hand aus und zieht die Schublade des Nachttischs auf. Als ich sehe, wie seine Finger über das Buch *Lady Chatterleys Liebhaber* streichen, schreie ich kurz auf und greife nach seinem Arm. Doch zu meinem noch größeren Entsetzen tasten seine Finger suchend weiter und holen meinen grell pinkfarbenen Vibrator ins Bett. »Oh Gott, leg den zurück!«

Er ignoriert mich und betrachtet ihn nachdenklich, während meine Wangen rot glühen. »Irgendwann würde ich dir gerne einmal dabei zusehen, wenn du ihn benutzt.« Mir fällt die Kinnlade runter, und er schaut mit bohrendem Blick zu mir auf. »Was hältst du davon?«

»Ich … ich weiß nicht«, flüstere ich.

»Nicht heute Nacht«, versichert er mir, legt den Vibrator in die Schublade zurück und wendet sich wieder mir zu. »Heute Nacht erledige ich all die Arbeit.« Ich schnappe nach Luft, als ich spüre, wie seine Finger zwischen meine Beine und über meine Klitoris gleiten. »Du hast keine Ahnung, wie sehr mich das anmacht, dass ich für all das dein Erster bin.«

»Mmhmm«, erwidere ich abgelenkt, und meine Augenlider flattern. Ich kann mich unmöglich aufs Sprechen konzentrieren, wenn seine Hand dort unten ist.

»Brynn, sieh mich an!«

»Wieso?«

»Weil ich dich gerne scharf mache«, antwortet er einfach. Ich beiße mir auf die Lippe und drehe den Kopf wieder zu ihm. Seine Finger reiben wieder und wieder über meinen begierigen Kitzler.

»Ich mag es, wenn du mich rumkommandierst«, flüstere

ich und bin über mich selbst verblüfft, dass ich so etwas ausspreche.

Seine Augen weiten sich. »Ach ja?«

»Nur im Bett«, stelle ich klar. Ich sehe, wie seine Pupillen größer werden, und seine Kiefermuskeln spannen sich an, als würde er gegen eine mächtige Reaktion ankämpfen. Er holt zischend Luft und atmet dann langsam wieder aus.

»Oh, Brynn, es gibt so viele Dinge, die ich mit dir tun will. Aber wir können nicht einfach von null auf hundert gehen.« Ich nicke verstehend und stöhne auf, als er mit einem Finger in mich gleitet. »Du bist schon so nass. Lust auf die zweite Runde?« Ich kann nur noch zustimmend aufstöhnen. »Dreh dich um!«, befiehlt er, und ein begehrlicher Schauer überkommt mich. Ich gehorche, drehe mich auf die andere Seite, sodass ich mit dem Rücken zu ihm gewandt liege.

Er fährt mir mit der Hand über den Po und dann wieder zwischen die Beine und in mich hinein. Ich bekomme mit, wie er mit der anderen Hand ein Kondom aufreißt.

»Leg die Arme über den Kopf«, sagt er. Ich lege sie auf dem Kissen ab und beuge sie an den Ellbogen, damit sie nicht am Kopfende anstoßen. Seine Hand drückt meine Unterarme zusammen, und seine langen Finger umfassen problemlos beide Handgelenke, fixieren mich auf dem Kissen. Seine andere Hand zieht sich aus mir zurück und drückt meine Hüften näher an sich. Ich zittere vor Aufregung, muss jedoch nicht lange warten.

Ich spüre seine Spitze an meiner Spalte, und während er mich oben festhält, dringt er in mich ein. Die wunden Stellen, die er zuvor verursacht hatte, melden sich wieder, und ich schreie vor Schmerz und Lust auf. Doch anders als vorhin, spüre ich die Lust sofort und intensiv.

»Gefällt dir das?«, raunt er an meinem Ohr.

»Ja, oh Gott, ja«, stöhne ich.

Er stößt schneller in mich. »Ich kann mich bei dir kaum zurückhalten«, murmelt er fast zu sich selbst.

»Das brauchst du nicht«, sage ich. Zur Antwort höre ich ihn aufstöhnen, und er stößt heftiger zu. Plötzlich werde ich hochgehoben und umgedreht. Bevor ich weiß, wie mir geschieht, und ohne dass Nate und ich den Kontakt verloren hätten, bin ich auf allen vieren. Ich muss mir auf die Lippe beißen, damit ich nicht vor Lust aufschreie, als er ihn aus mir herauszieht und wieder in mich stößt. Er ist jetzt so tief in mir drin, und mit jedem Stoß reibt er direkt über den G-Punkt hinweg.

Ein weiterer Orgasmus lässt meinen Körper erbeben, und diesmal gebe ich mich ihm hin. Ich spüre, wie Nates Hände meine Hüften mit jedem Stoß an sich ziehen und wie er gleichzeitig mit mir kommt. Mit den letzten Wellen des Orgasmus knicken meine Ellbogen ein. Nate landet auf mir und bedeckt meinen Nacken augenblicklich mit Küssen.

»Oh, Brynn, es tut mir leid«, raunt er und streicht mir die Haare aus dem Gesicht.

»Was? Was tut dir leid?«, frage ich verdattert.

»Du weinst… entschuldige. Ich war zu wild, ich war zu schnell, ich…«, sprudelt es aus ihm heraus, und er klingt entsetzt.

Mein Verstand versucht, mit ihm mitzukommen. »Nein, nein. Es hat nicht wehgetan. Ich hab nicht mal gemerkt, dass ich weine. Das hat sich alles so fantastisch angefühlt.«

Sein Körper entspannt sich über mir. »Einen Moment lang hatte ich richtig Angst, dachte, ich hätte dir wehgetan.«

»Nein, ehrlich…« Ich hebe die Hand, berühre mein Gesicht, und er hat recht – meine Wangen sind feucht. »Echt seltsam. Das passiert wohl nicht so oft?«

Er richtet sich auf, damit er mich mit einem ironischen Grinsen ansehen kann. »Ich gebe mir Mühe, die Frauen nicht zum Weinen zu bringen, Brynn.«

Ich lache. »Tut mir leid, ich meinte damit... ich hab mich gefragt, ob das anderen Frauen auch passiert. Normalerweise gebe ich ja die Kontrolle... du weißt schon... nicht so gerne ab. Vielleicht durch das emotionale Loslassen...«

»Vielleicht. Solange es dir gut geht.«

»Mir geht's mehr als gut«, versichere ich ihm.

»Wund?«

Ich nicke. »Ein wenig.«

»Ich hol dir etwas Wasser«, sagt er, drückt mir einen Kuss auf die Schulter und gleitet vorsichtig aus mir heraus. Mit einem Glas Wasser kommt er aus dem Badezimmer zurück, und während ich trinke, setzt er sich zu mir ins Bett.

»Ich wünschte, du könntest hier schlafen«, murmle ich und lege den Kopf an seine Schulter. Ich bin erschöpft, müde... und glücklich.

»Ich auch.«

KAPITEL 22

Am nächsten Morgen wache ich auf und
suche tastend nach Nate, aber er ist nicht mehr da. Frustriert
drehe ich mich auf den Rücken. Ich hatte geglaubt, dass sich
mein Verlangen nach ihm etwas abschwächen würde, ich besser damit umgehen könnte, wenn wir erst einmal Sex gehabt
haben, doch es ist sogar noch stärker geworden. Obwohl ich
mich zwischen den Beinen ein wenig wund fühle und es etwas
wehtut, will ich, dass er mich wieder nimmt, und wieder, und
wieder.

Ich schaue auf die Uhr und erschrecke, weil es beinahe
Mittag ist. Na ja, ich würde sagen, der Beinaheabsturz und der
Verlust meiner Jungfräulichkeit haben den gestrigen Tag recht
ereignisreich gemacht. Unter der Decke rutsche ich zum Bettrand hin und setze mich darauf. Ich bewege meinen Fuß hin
und her und stelle fest, dass er kaum noch wehtut. Doch ich
schätze, den Verband sollte ich lieber noch einen Tag lang dran
lassen, nur um sicherzugehen.

Ich stehe auf, ziehe mir Yogahose und T-Shirt an und gehe
in die Küche, um mir Frühstück zu machen. Gerade als ich
mich an den Tisch setze, kommt meine Mutter zur Tür herein.

»Wow, das ist aber eine Menge Essen, Brynn«, stellt sie fest
und hebt die Augenbrauen angesichts des Berges an Eiern und
Toast auf meinem Teller.

»Bin am Verhungern«, erwidere ich, nur kurz innehaltend,
und schaufle mir dann das Essen weiter in den Mund.

»Offensichtlich. Wie geht's deinem Knöchel?«

»Viel besser.« Ich räuspere mich. Ich muss aufhören, mich eigenartig zu verhalten, oder meine Mutter wird wissen, dass was los ist. Ich lege die Gabel ab. »Hattest du gestern ein schönes Mittagessen mit Pierce? Wo seid ihr denn hingegangen?«

»*The Palm*«, antwortet sie. »War wunderbar. Pierce ist dort Stammgast und bekommt immer den besten Tisch.«

»Oh, schön.« Ich blicke auf, als Nate die Tür von draußen aufschiebt. Er zwinkert mir zu, und ich senke schnell den Kopf, damit meine Mutter nicht sieht, wie ich rot werde.

»Kommst du jetzt erst von deinem Morgentraining, Nate?«, fragt meine Mutter, während sie sich eine Tasse Tee macht. »Heute fangt ihr aber beide den Tag ganz schön spät an.«

»Muss wohl an der Wanderung liegen«, gibt Nate locker zurück. »Wie geht's deinem Knöchel?«

»Viel besser.« Ich strecke den Fuß unterm Tisch vor und lasse ihn kreisen, um es zu beweisen.

»Lass den Verband lieber noch einen Tag lang dran, nur um sicherzugehen.«

»Genau das hab ich mir auch gedacht.«

»Möchte jemand Kaffee? Ich setze Wasser auf«, unterbricht meine Mutter uns.

»Ja, bitte«, antworten wir im Chor.

»Wisst ihr, ich bin sehr froh, dass ihr beiden euch versteht. Das Wort ›Stief-‹ hat so einen schlechten Beigeschmack, wahrscheinlich wegen Aschenputtel… ihr wisst schon, die bösen Stiefschwestern. Aber eine größere Familie zu haben kann natürlich auch etwas Gutes sein«, sinniert sie und dreht die Flamme am Gasherd auf. Ich beobachte sie einen Augenblick lang und frage mich, ob sie versucht, etwas von dem zur Sprache zu bringen, was ich am Abend zuvor zu ihr gesagt habe – dass sie sich um die harsche Art und Weise kümmern muss, in der Pierce seinen Sohn behandelt.

»Etwas sehr Gutes«, erwidert Nate ernst. Ich werfe ihm einen warnenden Blick zu, doch er schaut mich nicht an. Das ist nun wirklich nicht der passende Zeitpunkt für einen seiner Schlaumeierkommentare.

»In ungefähr einer Stunde gehen Pierce und ich zum Bauernmarkt. Wollt ihr mitkommen?«

Und eine Gelegenheit verpassen, mit Nate allein zu sein? »Ich wollte mich heute einfach nur an den Pool setzen«, sage ich. »Damit mein Knöchel ein bisschen mehr Zeit zum Heilen hat.«

»Das ist wahrscheinlich vernünftiger«, stimmt meine Mutter zu. »Und was ist mit dir, Nate?«

»Ich muss, ähm …« Er hält inne und versucht, sich eine Ausrede einfallen zu lassen. »Mein Freund Jackson kommt vielleicht später vorbei, da sollte ich lieber zu Hause bleiben.«

»Okay, dann gehen also nur die Eltern.« Meine Mutter gibt einen gespielten Seufzer von sich. Nate und meine Mutter verlassen die Küche gemeinsam und nehmen die Getränke in ihre Zimmer mit, und ich esse in Ruhe mein Frühstück auf. Nachdem ich das Geschirr weggeräumt habe, beschließe ich, in die TV-Höhle zu gehen und den Fernseher anzuschalten. Mein Körper muss das riesige Frühstück verdauen, das ich soeben verdrückt habe.

Als Pierce und meine Mutter das Haus verlassen, winke ich ihnen zum Abschied aus der TV-Höhle zu. Doch kaum ist die Tür ins Schloss gefallen, breitet sich die Aufregung von meinem Bauch her aus. Ich bin allein mit Nate. Ich komme mir vor wie ein Kind an Heiligabend. Ich schlage die Decke zurück, stehe auf und mache mich auf den Weg nach oben in Nates Zimmer. Eine Welle aus Nervosität trifft mich, als ich den Korridor entlanggehe und dann leise an seine Tür klopfe.

»Moment!«, ruft er. »Okay, herein!« Ich öffne die Tür. Er steht mit einem Handtuch um die Hüften vorm Badezimmer. Offensichtlich ist er eben aus der Dusche gekommen, denn er ist klatschnass. »Oh, du bist's«, sagt er lächelnd. Ich schließe die Tür.

»Sie sind grade losgefahren.«

»Wie geht's dir … ganz im Ernst? Ich will sichergehen, dass ich letzte Nacht nicht zu schnell vorgegangen bin. Bereust du etwas?«

Ich gehe auf ihn zu. »Ich bereue nur eins.« Besorgt runzelt er die schöne Stirn und verunziert sie mit einer Falte zwischen den Augenbrauen. »Letzte Nacht wollte ich etwas tun, aber ich hatte nicht die Gelegenheit dazu.« Augenblicklich verschwindet die Anspannung aus seinem Gesicht.

»Und das wäre?«, fragt er, und ein Mundwinkel hebt sich zu einem fragenden Lächeln.

Zur Antwort strecke ich die Hand aus, ziehe ihm das Handtuch von den Hüften und knie mich vor ihn hin. Ich schaue zu, wie sein Penis vor meinen Augen hart wird, während Nate auf mich runterblickt. Ohne ein weiteres Wort fahre ich mit den Händen an der Vorderseite seiner Oberschenkel hinauf und spüre unter meinen Handflächen, wie die Behaarung seiner Beine verschwindet, als ich die Hüften erreiche. Ich beuge mich vor und verteile kleine Küsse unter seinem Bauchnabel. Er riecht unglaublich gut – eine berauschende Mischung aus frisch geduscht in Kombination mit dem sehr persönlichen Duft seines Schwanzes. So etwas habe ich noch nie gerochen, und obwohl ich noch mit keinem anderen zusammen war, wette ich, dass das sein ganz eigener Geruch ist.

Ich lege die Hände auf die Rückseite seiner Oberschenkel und senke den Kopf, um die Wurzel seines Schafts zu küssen. Sein Glied zuckt leicht zur Antwort auf meine Berührung, und er stöhnt auf. Ich umfasse es mit der Hand und bringe es zu meinem Mund. Zart kreise ich mit der Zunge über die Spitze und lecke einen Tropfen Flüssigkeit ab, der sich dort soeben gezeigt hat.

An der Wurzel beginnend lecke ich mit fest aufgedrückter Zunge entlang der Unterseite seines Penis wieder hinauf zur Spitze. Erneut umkreise ich sie und nehme sie dann in den Mund. Ich öffne ihn, so weit ich kann, um ihn in seiner ganzen Länge aufnehmen zu können, und bewege mich langsam an ihm hinab. Ich will Nate ein ebenso gutes Gefühl verschaffen, wie er es bei mir getan hat. Und wenn ich ganz ehrlich bin, will ich ihn auch ein wenig scharf machen.

Als ich ihn wieder herausgleiten lasse, schaue ich zu ihm auf und sehe, dass er mich anblickt und sich auf die Lippe beißt. Eine Weile lang umkreise ich die Spitze mit der Zunge, während er mir dabei zusieht. Ich spüre, wie ich nass werde – keine Ahnung, warum es mich so anmacht, ihm einen zu blasen, aber das tut es. Seine Finger legen sich um meinen Hinterkopf, graben sich in meine Haare, und er wirft den Kopf in den Nacken.

Erneut nehme ich ihn in den Mund und erhöhe nun das Tempo. Mit einer Hand massiere ich seine Hoden, mit der anderen umfasse ich den Teil seines Schafts, den mein Mund nicht bedeckt, weil darin noch immer nicht genug Platz für seinen Schwanz ist. Ich vermute, das ist ein guter Ersatz. Meine Augen fangen an zu tränen, als er zu stöhnen beginnt. Ich erhöhe das Tempo weiter, bin begierig, ihn in meinem Mund kommen zu spüren, ihn zu schmecken.

»Oh verdammt, ich komme«, keucht er, und plötzlich füllt sich mein Mund mit Flüssigkeit. Ich hebe und senke meinen Kopf stetig weiter, auch als ich merke, dass etwas an meinen Mundwinkeln herausläuft. Soll ich es schlucken? Ich weiß nicht, was ich sonst tun soll, also lege ich kurz den Kopf zurück und spüre, wie es mir den Hals herunterläuft.

Nate atmet schwer über mir, sein Brustkorb hebt und senkt sich, also beuge ich mich wieder vor und küsse sanft seinen Penis, während er ein wenig weicher wird. Ich schätze, ich hatte die Vorstellung, dass er, nun ja, sofort wieder erschlafft, aber als ich mich wieder aufrichte, steht er fast aufrecht.

Zu meiner Überraschung nimmt mich Nate in die Arme und küsst mich. Ich dachte, er würde Hemmungen verspüren, wenn man bedenkt, wo mein Mund gerade war, doch seine Zunge gleitet willig über meine, und ich sinke an seine Brust. Seine Hand fährt mir über den Po, und er reibt sich an mir.

»Was glaubst du, wie lange sie noch weg sind?«, fragt er, als er sich von mir löst und die andere Hand an meine Wange legt.

»Keine Ahnung.«

»Dann beeile ich mich, nur für den Fall.« Er schiebt mich von sich fort und macht einen Schritt rückwärts. »Zieh dich aus!«

Die Lust, die bei diesem Befehl durch meinen Körper schießt, lässt mich beinahe nach Luft schnappen. Ich ziehe Top und Yogahosen aus, löse dann die Haken meines BHs und lasse auch den Slip zu Boden fallen, während Nate zusieht. Als er die Hand um seinen steifen Schwanz legt, öffne ich leicht den Mund.

»Ich will, dass du bald die Pille nimmst, okay? Ich will mit dir kein Kondom benutzen müssen.«

»Fühlt es sich so sehr anders an?«

»Oh ja! Und ich will dich direkt an mir spüren.« Er holt ein Kondom aus dem Nachtschrank und wirft es aufs Bett. »Komm her!« Er streckt mir die Hand entgegen. Ich gehe zu ihm, und er zieht mich rückwärts an sich. Ich spüre seine Erektion gegen mein Kreuz drücken, während er mir mit den Fingern über den Bauch und dann über die Brüste gleitet, wo er mir zart in die Brustwarzen kneift. Ich stöhne auf bei seinen Berührungen. Noch nie habe ich auch nur annähernd solche Gefühle verspürt wie mit ihm.

»Diesmal ein bisschen schneller und härter, okay?«, fragt er, und ich nicke, bereits unfähig zu sprechen. Seine Finger streichen über meinen Kitzler, und als er mit einem Finger in mich stößt, höre ich das Geräusch meiner Nässe. »Du bist schon so nass ... braves Mädchen.«

Seine andere Hand dreht leicht meinen Kopf, sodass wir uns ansehen. Er küsst mich wie wild, seine Zunge wütet in meinem Mund, während sein Finger in mir kreist. Sein Daumen reibt über meinen Kitzler, und vor Lust und Überraschung schreie ich auf. Als hätte er nur auf diese Reaktion gewartet, dreht er mich um und wirft mich rückwärts aufs Bett. Er nimmt das neben mir liegende Kondom, reißt es schnell auf und zieht es sich über. Dann umfasst er meine Hüften, und während er einen Schritt vorwärts macht, zieht er meinen Po zu sich, sodass er direkt auf der Bettkante zu liegen kommt. Nate beugt sich über mich, nimmt begierig eine Brustwarze in den Mund und saugt sacht daran.

Er verlagert sein Gewicht auf die Ellbogen, und ich spüre, wie er in mich eindringt. Ein leichtes Gefühl von Wundsein von letzter Nacht stellt sich ein, aber auch sofort Lust. Er weitet mich, versenkt sich langsam, aber sicher tiefer in mich, bis er mich vollständig ausfüllt. Als er erneut zustößt, diesmal etwas härter, graben sich meine Finger in seinen Rücken. Dann, immer noch in mir, richtet er sich auf und hebt meine Beine hoch, sodass sie auf seinen Schultern liegen.

Er legt die rechte Hand auf meine Scham, und ich stöhne auf, als er meinen Kitzler mit dem Daumen massiert. Als er anfängt, gleichzeitig in mich zu stoßen, schreie ich auf. Ich schaue ihm ins Gesicht, während er sich selbst dabei zusieht, wie er sich in mir bewegt. Das Zusammenspiel von seinen Fingern an meiner Klitoris und seinem Schwanz in mir bringt mich schnell an den Rand des Wahnsinns.

»Aaaah!«, schreie ich laut auf, und Nates Blick schießt zu

meinem Gesicht. Er nimmt die Hand von meinem Kitzler, beugt sich über mich und stützt sich mit beiden Händen ab. Meine Beine liegen immer noch über seinen Schultern, und in dieser Position verspüre ich die Dehnung an der Rückseite der Oberschenkel. Außerdem bin ich völlig bewegungsunfähig, während er nun mit angespannten Kiefer- und Halsmuskeln zielstrebig in mich stößt.

Ich schließe die Augen und verliere mich in dem Gefühl, wieder und wieder gerammt zu werden. Er stößt unglaublich tief in mich, und ich habe keinerlei Kontrolle, bin machtlos. Bei einem anderen Mann würde mich das vielleicht nervös machen, aber mit Nate fühle ich mich vollkommen sicher. Ein Orgasmus breitet sich in mir aus, und ich spüre, wie Nate meine Schultern packt und mich fest auf sich drückt, während er in mir kommt.

»Brynn, o Scheiße, Brynn!«, ruft er, während er sich in mir ergießt. Als er auf mir zusammensackt, rutschen meine Beine von seinen Schultern. Ich schnappe nach Luft und schiebe mir benommen die Haare aus dem Gesicht, als ich merke, wie er sich wieder auf mir rührt. Er hebt den Kopf und lauscht einen Moment lang. »Sie sind immer noch nicht zu Hause.«

»Hm, sieht so aus«, murmle ich ziemlich unverständlich.

»Gut«, sagt er mit einem verschlagenen Lächeln. Dann verteilt er Küsse entlang meiner Brüste und über meinen Bauch und kniet sich vor mich auf den Boden.

»Nate, was machst du … oh Gott«, stöhne ich auf, als er langsam mit der Zunge über meine Spalte leckt.

»Ich kann nicht bis heute Nacht damit warten, dich wieder zu schmecken. Es ist, als wäre ich süchtig danach, süchtig nach dir.«

Als er mit der Zunge über meinen Kitzler wirbelt, schließe ich die Augen. Ich dachte, ich sei bereits völlig verausgabt, doch unter seiner flinken Zunge werde ich verblüffend schnell wieder munter. Seine Hände fixieren meine Knie zu beiden Seiten am Bettrand und öffnen mich weit, sodass er überall herankommt und die völlige Kontrolle hat.

Ich spüre, wie seine Zunge in mich hinein- und wieder herausschießt – und es fühlt sich vollkommen anders an, als wenn er die Finger benutzt. Er widmet sich erneut dem Kitzler, umkreist ihn erbarmungslos, und ich drücke den Rücken vom Bett ab. Als ich die Wellen der Lust durch den Körper pulsieren spüre, wimmere ich auf. Mein Körper will sich schütteln und zucken, doch Nates Hände fixieren mich fest auf dem Bett, und seine Zunge wirbelt weiter. Die in mir aufgebaute Energie hat keine andere Wahl, als sich völlig auf die Reaktion zu konzentrieren, die er herauskitzeln will. Aus irgendeinem Grund bricht sich erst, als Nate etwas nachlässt, ein gewaltiger Orgasmus Bahn; mein Rücken drückt sich aufbäumend durch, sodass ich kaum noch die Tagesdecke berühre.

»Oh Gott!«, raune ich, als ich mich wieder entspanne. Ich hebe den Kopf etwas an und sehe, wie Nate sich die Lippen leckt, bevor er neben mich aufs Bett rutscht und locker einen Arm über meinen Bauch legt.

»Wir sollten uns anziehen«, ermahnt er mich, küsst mich kurz und springt auf.

Ich stöhne. Woher nimmt er nur all die Energie? Ich fühle mich, als könnte ich tagelang schlafen.

»Glaubst du, dass der Moment jemals kommen wird, wo wir es ihnen sagen können?«, frage ich, von einem Gähnen unterbrochen, und setze mich auf. Er hält kurz inne, als er die Schublade einer Kommode aufzieht.

»Keine Ahnung. Lass es vorerst unser Geheimnis bleiben.«

»Nein, nein, ich wollte damit nicht sagen…« Ich verstumme, als wir beide hören, wie ein Auto vor dem Haus vorfährt. Ich eile zu meinem Klamottenhaufen, knülle ihn zusammen und renne zur Tür. »Bis später!«, rufe ich leise über die

Schulter hinweg und flitze nackt den Korridor entlang in mein Zimmer.

Während ich mich anziehe, frage ich mich, warum Nate so schnell vorgeschlagen hat, dass wir es für uns behalten. Es ist nicht so, dass ich etwas anderes will – zumindest im Moment. Aber eines Tages ... Ich meine, hat er etwa die Vorstellung, dass wir unsere Beziehung einfach für immer geheim halten? Was wäre das überhaupt für eine Beziehung?

Ich seufze. Das sind die Art Fragen, vor denen Allison mich von vornherein gewarnt hatte. Es ist nur ... Mist! Was mal nichts als eine Schwärmerei aus der Ferne gewesen war, ist jetzt Ernst für mich geworden. All zu ernst. Und Nate hat zwar gesagt, dass er etwas für mich empfindet, ich anders bin, aber darüber hinaus ist er nicht ins Detail gegangen.

Was mich betrifft, glaube ich nicht, dass es nur eine rein sexuelle Vernarrtheit ist. Ich bin gerade dabei, mich wirklich in ihn zu verlieben.

KAPITEL 23

Im Büro habe ich die ganze Woche lang das Gefühl, als würde ich einen körperlichen Entzug durchlaufen, da ich tagsüber von Nate getrennt bin. Ich muss mich wirklich zwingen, mich zu konzentrieren, denn manchmal stelle ich fest, dass ich einfach nur in die Luft starre und daran denke, was er die Nacht zuvor mit mir gemacht hat. Ich wünschte, ich könnte heute nach Büroschluss um sechs einfach nur direkt nach Hause fahren, aber ich habe Allison versprochen, mit ihr einkaufen zu gehen. Und genau genommen möchte ich mir auch ein paar Sachen kaufen.

Wir treffen uns bei *Anthropologie* im Georgetown Shopping Center und unterhalten uns, während wir die Sonderangebote durchstöbern. Als sie nicht hinschaut, lege ich ein paar Dessoussets und sexy BHs in meinen Korb. Ich möchte etwas für Nate tragen, das ein wenig sexy ist, will mich aber nicht Allisons unvermeidlichen Fragen stellen müssen, wenn sie mitbekommt, was ich mir ausgesucht habe.

Schließlich gehen wir zu den Umkleidekabinen und probieren an, was wir uns ausgesucht haben. Ich schlüpfe schnell in das erste Set aus zueinanderpassendem BH und Slip und bewundere mich im Spiegel. Die Spitze ist blasslila und nicht übermäßig aufreizend – das ist schließlich *Anthropologie* und nicht *Victoria's Secret*.

»Was meinst du?«, fragt Allison plötzlich, zieht den Vorhang auf und kommt in meine Kabine. Sie trägt ein blaues

Baumwollkleid und dreht sich einen Augenblick lang vor mir, bevor sie bemerkt, was ich anhabe. Sie hebt die Augenbrauen. »Wow!«

»Allison!« Ich stöhne auf und ziehe ein Kleidungsstück mit erheblich mehr Stoff vom Bügel, um mich zu bedecken.

»Weißt du, ich hatte so ein Gefühl, dass bei dir etwas anders ist.« Sie lächelt.

»Wirklich?«

»Jepp. Und ich hatte recht. Ich war von Anfang an der Meinung, dass ihr beiden gut zusammenpasst.«

»Was? Du hast doch was ganz anderes gesagt.«

»Nee, nee, ich hab das mit euch total vorhergesagt!«

»Quatsch, du hast mich sogar vor der ganzen Sache gewarnt«, widerspreche ich verwirrt und sogar etwas gereizt.

»Moment mal«, fragt sie mit finsterem Blick, »von wem redest du?«

»Und von wem redest du?«

»Greg natürlich ...«

»Oh, okay.«

»Brynn ...«

»Was?« Ich tue unschuldig.

»Wenn es nicht Greg ist – was dachtest du, von wem ich rede?«, fragt sie, und ihre Augen weiten sich.

»Das ist egal, okay?«, antworte ich und werde rot.

»Brynn, nein. Bitte sag mir, dass es nicht Nate ist. Bitte. Ich meine, er ist dein Stiefbruder. Das ist ... das ist ekelhaft!«

»Vielen Dank auch, Allison. Nicht gerade das, was ich jetzt hören wollte«, blaffe ich und drehe ihr den Rücken zu, um die Dessous auszuziehen.

»Ähm, vielleicht ist es ganz genau das, was du jetzt hören solltest. Was ist nur los mit dir? Du ignorierst einen absolut netten Typen, um mit irgendeinem unterbelichteten Sportler wie Nate zusammen zu sein!«

»Also erstens geht dich das überhaupt nichts an. Zweitens hast du tatsächlich völlig recht, was Greg betrifft. Er ist zu hundert Prozent nett. Da ist überhaupt kein Funken. Null. Drittens ist Nate nicht irgendein unterbelichteter Sportler. Er ist wirklich klug und liebenswürdig und witzig. Und bei ihm? Massenweise Funken!«

»Verdammt, Brynn, ich will dir doch nur helfen. Du triffst gerade ein paar richtig schlechte Entscheidungen.«

Ich hole tief Luft, weil ich an diesem öffentlichen Ort nicht laut werden will. »Nein, Allison, du versuchst nicht, mir zu helfen, du verurteilst mich – das sind zwei völlig verschiedene Dinge. Und das finde ich wirklich nicht in Ordnung.« Ich ziehe meinen Rock an, schlüpfe schnell in die Ballerinas, greife nach meiner Tasche und verschwinde aus der Umkleidekabine.

Ich verlasse den Laden und gehe auf direktem Weg zu den Aufzügen ins Parkhaus. Meine Wangen glühen vor Wut, aber ein bisschen ist mir auch zum Weinen zumute. Eine Auseinandersetzung wie diese hatte ich noch nie mit Allison, und es fühlt sich schlecht an.

Kurz vor den Aufzügen bleibe ich wie angewurzelt vor einem anderen Laden stehen – *Victoria's Secret*. Die Beziehung mit Nate ist nicht »ekelhaft«. Wir tun nichts Falsches. Wenn die Unterhaltung mit Allison überhaupt etwas bewirkt hat, dann, dass ich mich der Beziehung mit Nate noch mehr zu- und nicht von ihr abwenden will. Ich marschiere in den Laden und steuere direkt die gewagtesten Teile an.

Als ich nach Hause komme, höre ich meine Mutter und Pierce in der Küche lachen und den Fernseher in der TV-Höhle laufen. Ich gehe hinein, und beim Anblick von Nate mit den Füßen auf der Couch lächle ich erleichtert. Er winkelt die Beine an, und ich plumpse aufs Sofa.

»Hi«, sage ich leise und lächle.

»Hi«, antwortet er. »Was ist los?« Ich sehe ihn stirnrunzelnd an, und da hebt er die Hand auf Schulterhöhe und tut so, als würde er an etwas zupfen. Einen Augenblick lang starre ich ihn an, bis mir klar wird, dass er nur nachahmt, wie ich an meinen Haaren zupfe. Ich seufze und lasse die Hand sinken.

»Es ist wegen Allison. Wir haben uns gestritten«, erkläre ich. »Sie... sie hat's rausgefunden.« Er legt den Kopf fragend zur Seite, und als ihm klar wird, was ich meine, stößt er einen leisen Pfiff aus.

»Na ja, ich schätze, das ist nicht so dramatisch. Ich hatte immer die Vorstellung...« Er wirft einen Blick in Richtung Küche, in der sich unsere Eltern noch immer unterhalten, und spricht leiser: »Ich hatte immer die Vorstellung, dass wir an der Uni offener sein können. Dort weiß niemand, dass du meine Stiefschwester bist. Ich meine, Allison hätte es dann sowieso rausgefunden, oder?«

»Das nehme ich mal an... Sie ist... sie hat es als ›ekelhaft‹ bezeichnet. Das sind wir nicht, oder?«

»Also, ich finde, an dir ist nichts ekelhaft.«

»Aber das ist nicht der einzige Grund. Ich habe das Gefühl, dass wir uns ein wenig voneinander entfernen«, gebe ich zu und schlucke das traurige Gefühl in meinem Hals herunter.

»Hm«, sagt er nachdenklich. »Ähnlich wie bei Jackson und mir. Na ja, vielleicht werdet ihr euch nicht mehr so nahe sein wie früher, aber es gibt trotzdem noch Dinge, die du an ihr mögen kannst.«

»Wann bist du denn so weise geworden?«, frage ich und stupse seine Füße neben mir an.

»Seitdem ich mit dir abhänge. Du färbst auf mich ab.«

Bevor ich Zeit habe, darüber nachzudenken, ob er das ernst meint oder nicht, höre ich meine Mutter aus der Küche rufen: »Abendessen!«, und wir sind gezwungen, unser Gespräch später fortzusetzen.

Pierce scheint ungewöhnlich guter Laune zu sein, und ich bin dankbar dafür. Nicht um seinetwillen, sondern wegen Nate, denn wenn Pierce fröhlich ist, ist es viel unwahrscheinlicher, dass er seinen Sohn anblafft.

»Also, wir haben es noch nicht offiziell bekannt gegeben, Brynn, aber Thornhill & Co. hat soeben Mark Broadman als Klienten gewonnen«, verkündet er schließlich.

»Den Hedge-Fonds-Milliardär?«

»Ganz genau. Er hat mehrere neue Beteiligungen erworben und braucht Beratung bei einigen Angelegenheiten, die Politik betreffend.«

»Wow, das ist 'ne große Sache! Gratuliere, Dad«, stimmt Nate ein.

Pierce nickt ihm selbstgefällig zu.

»Ich freue mich, dass alles… dass das zustande gekommen ist, Pierce«, korrigiere ich mich. Beinahe hätte ich den Skandal vom Sommeranfang erwähnt, konnte mich aber noch rechtzeitig bremsen. Wir sprechen nicht mehr darüber, obwohl ich weiß, dass Pierce besorgt war, dass er das Geschäft negativ beeinflussen könnte. Doch einen derart großen Klienten zu gewinnen ist ein gutes Zeichen dafür, dass die Leute alles hinter sich gelassen haben und auf Pierces Seite sind.

Nach dem Abendessen verlassen Nate und ich das Esszimmer getrennt voneinander, während unsere Eltern noch sitzen bleiben und sich unterhalten. Um den Anschein zu wahren, machen wir immer deutlich, dass wir getrennter Wege gehen. Wohl wissend, dass er gegen Mitternacht zu mir kommt – so wie jede Nacht in der letzten Woche –, schließe ich meine Zimmertür. Auch nur daran zu denken jagt mir aufgeregte Schauer über den Rücken.

Ich überlege, ob ich Allison eine E-Mail schreibe, entscheide aber, dass ich noch etwas mehr Zeit brauche, um darüber nachzudenken, was ich ihr sagen will. Ich nehme meine

Tasche und ziehe den Beutel von *Victoria's Secret* heraus, den ich ganz unten vergraben hatte. Meine Finger gleiten über den schwarzen Spitzenslip – ein schmales, rautenförmiges Stück Stoff, das gerade das Notwendigste bedeckt, mit mehreren dünnen Bändern, oder eher Schnüren, die sich um die Hüften legen und auf der Rückseite zusammenkommen. Dagegen ist der BH fast schon konservativ, aber hübsch mit den mit Chantillyspitze besetzten Körbchen.

Ich dusche und gehe dann hinunter, um mir eine Tasse Tee zu machen. Ich hole gerade eine Tasse aus dem obersten Schrankfach, als ich Nate hinter mich treten spüre. Er legt mir die Arme um die Taille und presst sich an mich.

»Nate, nicht hier!«, flüstere ich.

»Ich weiß, tut mir leid«, raunt er mir ins Ohr. »Ich will dich einfach ständig.«

»Ich hab eine Überraschung für dich heute Nacht«, verrate ich ihm. Zur Antwort reibt er seine Erektion an meinem Po und lässt die Hände unter mein Top gleiten.

»Du machst mich wahnsinnig«, stöhnt er, seufzt dann und legt seinen Kopf an meinen. Dann löst er sich von mir. »Bis gleich.« Ich lehne mich an die Anrichte und höre, wie er davongeht. Meine Haut kribbelt da, wo er mich berührt hat. Ich weiß, dass das mit der Heimlichkeit nicht ewig funktionieren kann, aber für den Augenblick fühlt sich das irgendwie echt heiß an.

Ich nehme den entkoffeinierten Earl-Grey-Tee mit hinauf ins Zimmer. Während ich den Tee trinke, entferne ich vorsichtig alle Etiketten von den Dessous und ziehe sie mir an. Dann sinke ich gähnend aufs Bett und decke mich zu. Diese Rendezvous zur nächtlichen Stunde würde ich für nichts in der Welt aufgeben, doch sie wirken sich verheerend auf meinen Schlafrhythmus aus.

Mir scheint, nur eine Sekunde später sinkt jemand neben

mir aufs Bett und weckt mich. Ich drehe mich zu der Wärme hin, die Nates Körper ausstrahlt, und öffne langsam die Augen.

»Tut mir leid. Soll ich dich einfach schlafen lassen?«, fragt er und drückt mir einen Kuss aufs Haar.

»Auf keinen Fall«, antworte ich schlaftrunken. »Du musst noch deine Überraschung bekommen.«

»Wo ist sie?« Er schaut sich um. Ich zeige auf meinen Körper. Er grinst, greift den Saum der Decke und beginnt, sie langsam herunterzuziehen. Ich beiße mir auf die Lippe, als ich ihn beim Anblick meines BHs zischend einatmen höre. Er hält inne und schaut mich an.

»Da kommt noch mehr«, verspreche ich. Er zieht die Decke weiter runter und entblößt schließlich den kaum vorhandenen Slip. Er schlägt die Decke bis zu meinen Füßen auf und fährt dann mit der Hand vom Knie aufwärts über die Innenseite meines Schenkels.

»Was soll ich heute Nacht mit dir tun, Brynn?«, fragt er und betrachtet meine Dessous.

»Alles, was du willst«, hauche ich.

»Stell dich hin!«, sagt er abrupt. Ich stelle mich hin. Er mustert mich von oben bis unten, leckt sich über die Lippen, und dann verengen sich seine Augen. »Hast du hohe Schuhe?«

»Meinst du High Heels?«, frage ich lächelnd. »Ja.«

»Zieh sie an!« Ich gehe zum Schrank, ziehe sie an und komme zurück.

»Besser?«, frage ich und drehe mich ein wenig, damit er mich von verschiedenen Seiten her betrachten kann.

»Es gibt nichts, was dich besser aussehen lassen könnte, Brynn. Es geht nicht um dein Aussehen, sondern um deine Größe.« Verwirrt runzle ich die Stirn. »Komm her«, sagt er und geht zum Bettpfosten, der der Tür am nächsten ist. Ich folge ihm. Er packt mich bei den Hüften und lotst mich mit dem Rücken an den Pfosten. »Kannst du dich erinnern, was genau hier passiert ist? Als ich das erste Mal versucht habe, dich zu küssen, hast du dich mir verwehrt.«

Ich lächle. »Ich kann mich erinnern, wie sehr ich mich beherrschen musste.«

»Gute Antwort. Bleib hier stehen.« Er geht zur Kommode hinüber und kramt in ihr herum, bis er ein paar alte T-Shirts findet, und kommt dann zurück. »Mach die Augen zu.«

Ich gehorche und merke, wie er mir eins der T-Shirts um den Kopf legt und hinten leicht seitlich verknotet, sodass der Knoten nicht am Bettpfosten aneckt. Als er zurücktritt, versuche ich, die Augen zu öffnen, um die Augenbinde zu testen, und stelle fest, dass ich nichts sehen kann.

»Vertraust du mir?«, fragt er. Ich nicke. »Leg die Hände auf den Rücken. Greif den Bettpfosten.« Ich gehorche, und während ich meine Handflächen an das feste Holz des Bettes lege, macht sich ein banges Gefühl in mir breit. Einen Moment später merke ich, wie er mich an den Handgelenken mit dem anderen T-Shirt am Bettpfosten festbindet. »Zieh mal dran.« Ich versuche es, komme jedoch nicht weit. »Gut.« Ich spüre, dass er sich zu mir beugt, und nehme die Hitze wahr, die sein Körper ausstrahlt.

»Brynn, heute Nacht werde ich dich dazu bringen, dass du darum bettelst, verstehst du?« Ich fühle seinen warmen Atem an meinem Hals und winde mich vor Erwartung in meinen Fesseln. »Ich werde mich dir so lange verwehren, bis du es nicht mehr aushältst. Bis du mich darum bittest. Sag, dass du das verstanden hast.«

»Ich verstehe.« Obwohl er mich so gut wie gar nicht berührt hat, merke ich jetzt schon, wie feucht ich in meinem neuen Slip bin. Plötzlich spüre ich seine Fingerspitzen auf dem Arm, kurz oberhalb des T-Shirts, das mich am Pfosten fixiert. Sacht fährt er mit dem Finger den Arm hinauf, berührt mich jedoch kaum. Meine Lippen öffnen sich, und mein Puls beschleunigt sich. Die Finger setzen ihren Weg über mein Schlüsselbein und den anderen Arm hinunter fort. Als sie sich wieder nach oben bewegen, versuche ich, mich ihm entgegenzudrängen, doch ich kann nicht.

Einen Moment lang hört er auf, dann macht er weiter, und seine Berührung hinterlässt eine brennende Spur auf meinem Körper. Die Finger gleiten zwischen meinen Brüsten hinab und über die Mitte des BHs hinweg. Gerade als ich glaube, dass er meine Brüste völlig auslassen wird, bewegt er sich wieder aufwärts und streicht kaum spürbar über die Brustansätze hinweg, direkt über den BH-Körbchen. Ich keuche bei der Berührung auf, doch er verweilt nicht hier, gleitet mit den Fingern den Rippenbogen hinab und über meinen Bauch. Einen Moment lang halten sie am Bauchnabel inne, und ich hoffe, dass er weiter zu meinem Slip hinunterfährt, doch er lässt ihn aus und landet direkt an meinem Schenkel. Erst streicht er über die gesamte Länge meines rechten und kurz darauf meines linken Beines, nur um sich dann von mir zu lösen.

Ich merke, wie meine Handflächen trotz der Kühle im Zimmer feucht vor Schweiß werden. Wo ist er? Plötzlich spüre ich seinen Atem am Hals und dann seine Zunge in meinem Ohr, wo sie eine langsame, träge Bewegung macht. Ich stöhne, und meine Hände legen sich fester um den Bettpfosten. Ich höre, wie er mit der Zunge schnalzt. »Brynn, wir haben noch nicht mal richtig angefangen.«

Ich lasse den Kopf an den Bettpfosten sinken. Wie lange will er mich quälen? Wie zur Antwort gleitet seine Hand meinen Hals hinauf zum Kinn und fixiert mein Gesicht. Seine Lippen pressen sich auf meine und öffnen meinen Mund grob für seine Zunge. Dann spreizt er meine Beine mit seinen und schlingt seine Arme fest um meine Taille. Der volle Körperkontakt ist eine süße Erleichterung, auch wenn ich ihn dadurch sogar noch mehr will. Mit der rechten Hand packt er meinen

Po und presst mich an seine Erektion. Mein Mund öffnet sich weit für ihn, und unsere Zungen umspielen einander.

Seine andere Hand streicht über meinen Bauch hinauf und schiebt sich unter meinen BH. Ich stöhne, als ich seine raue Handfläche auf meiner Brustwarze spüre. Plötzlich löst er sowohl Mund als auch Oberkörper von mir. Einen Moment lang streichen nur seine Finger an der Vorderseite meines neuen BHs entlang, und dann merke ich, wie seine geschickten Finger den Vorderverschluss öffnen. Meine Brüste fallen heraus, und er umfasst sie, reibt mit den Daumen über die Brustwarzen. Er fängt an, mich stärker zu massieren, und plötzlich spüre ich, wie er die rechte Brustwarze in den Mund nimmt. Während er daran saugt, wirbelt er mit der Zunge darüber hinweg und wechselt dann zur anderen Seite.

»Ich bin so weit«, stöhne ich.

»Noch nicht«, erwidert er, als er einen Moment lang von meiner Brust ablässt. Dann bedeckt er meinen Bauch mit Küssen und lässt sich einen Augenblick lang Zeit, um die Zunge in meinem Bauchnabel kreisen zu lassen. Ich spüre, wie seine Finger über die schmalen Streifen an den Seiten des Slips fahren. »Den finde ich wirklich toll«, raunt er. »Vielleicht versuchen wir, ihn anzubehalten.«

Dann ist er verschwunden. Ich höre Geräusche, die bedeuten könnten, dass er sein T-Shirt über den Kopf zieht, aber ich bin mir nicht sicher. Eine Minute lang herrscht Stille, und ich schwebe in dieser Woge aus Lust, in der er mich zurückgelassen hat – völlig unter seiner Kontrolle.

Als sein warmer Atem meinen Slip streift, atme ich ruckartig ein und merke, wie mein Körper unwillkürlich erzittert. Seine Hände gleiten meine Schenkel hinauf, und ich weiß, dass er vor mir kniet. Langsam schiebt er mit einem Finger den Slip zur Seite. Er haucht mich wieder an, und diesmal trifft sein Atem direkt auf meine Scham.

»Spreiz die Beine!«, befiehlt er leise. Ich gehorche und bewege Zentimeter um Zentimeter die in den Absatzschuhen steckenden Füße auseinander. Seine Zunge gleitet in meine Spalte, und ich schreie auf.

»Oh, Nate«, stöhne ich, und er bewegt seine Zunge schneller hin und her. Ich zerfließe fast augenblicklich, und er wird noch schneller, lässt seine Zunge rasch kreisen. Doch gerade als ich kommen will und mein Rücken sich so weit durchbiegt, wie er nur kann, wird Nate wieder langsamer. Ich wimmere auf. Er hört nicht völlig auf, macht jedoch auch nicht schnell genug weiter, um mir Erlösung zu verschaffen.

Die rechte Hand gleitet über meinen Hintern und dort unter den Stoff meines Slips. Ich keuche auf, als er mit dem Finger hineinfährt. Da hinten hatte ich noch nie etwas drin. Er kreist in mir im selben Rhythmus wie mit der Zunge vorn. Als ich die Überraschung über das fremdartige Gefühl überwunden habe, stelle ich fest, dass es mir gefällt. Zusätzlich zu all dem, was er schon mit mir gemacht hat – und immer noch tut –, bringt es mich wieder an den Rand eines Orgasmus.

Ich stöhne auf, als er mit zwei Fingern der anderen Hand in mich stößt und aufreizend über meinen G-Punkt reibt. Ich spüre, wie sich die aufgestaute Spannung in meinem Körper ausbreiten will, doch da lässt sein Mund plötzlich von mir ab. Bei dem leeren Gefühl, das er hinterlässt, geben beinahe meine Knie nach.

»Nate…«, protestiere ich. Er beugt sich wieder vor und schnalzt mit der Zunge einmal kräftig über meine Klitoris. Mein Körper erbebt. Die Lust hat sich so stark in mir aufgebaut, dass es schmerzt, sie nicht herauslassen zu können. Er muss mir zu Hilfe kommen.

»Ja?«, erwidert er unschuldig und quält mich mit einem weiteren festen Schnalzen seiner Zunge, während sich seine Finger kreisend in mir bewegen.

»Bitte...« Die Lust überlastet mein Gehirn, und ich kann kaum noch denken.

»Bitte, was?«

»Ich brauche dich... bitte. Ich will dich in mir haben, sofort. Bitte, ich flehe dich an. Ich flehe dich an, Nate.«

Als er die Finger herauszieht und ich das Geräusch einer reißenden Kondomverpackung höre, falle ich vor Erleichterung beinahe in Ohnmacht. Er tritt vor mich und legt sich mein Bein um die Taille, während er sich gleichzeitig in mir versenkt und ich aufschreie. Kraftvoll stößt er in mich hinein, presst mich gegen den Bettpfosten, und schon beim zweiten Stoß spüre ich, wie mich endlich der Orgasmus durchflutet, während er wieder und wieder in mich stößt. Sein Mund findet meinen, als die letzten Wellen der Lust über mir zusammenschlagen. Obwohl ich erschöpft bin, kann ich fühlen, dass er noch steif in mir ist.

Ich merke, wie er hinter mir hantiert, und begreife, dass er das T-Shirt an meinen Handgelenken aufknotet. Meine Arme sinken zur Seite, und er zieht sich aus mir zurück. Ich spüre seine Hände an den Hüften. Er dreht mich um, presst mir grob eine Hand gegen den Rücken, und ich begreife, dass er meinen Oberkörper auf die Matratze runterdrücken will. Ich drehe den Kopf zur Seite, damit ich Luft holen kann, während er mir den Slip, dessen Zwickel bis eben noch zur Seite geschoben war, bis zu den Knöcheln runterzieht. Mit der Hand auf meinen Rücken drückend, fühle ich, wie er von hinten in mich eindringt.

Obwohl ich vom ersten Orgasmus und all der Erregung, die ihn erzeugt hat, noch fertig bin, beginnt mein Körper, wieder zu reagieren. Ich spüre, wie er mir den Daumen in den Po steckt, und keuche auf. Mir war nie bewusst gewesen, wie empfindsam man da hinten ist.

»Mach dich auf was gefasst«, warnt er mich und stößt heftiger zu. Meine Finger tasten nach der Bettkante, und ich schaffe es gerade, sie zu umklammern, da stößt er auch schon tiefer als je zuvor in mich. Wieder und wieder versenkt er sich in mir und trifft jedes Mal direkt auf den G-Punkt. Überraschend löst sich ein zweiter Orgasmus, als hätte er im Verborgenen geschlafen, bis Nate ihn erweckt hat. Mein Körper bäumt sich auf, bebt, und gleichzeitig spüre ich ihn aus mir herausgleiten, und etwas Nasses rinnt mir über den Rücken. Während sich mein Körper beruhigt, höre ich Nate ins Badezimmer huschen, und dann reibt er mir mit einem Tuch über den Rücken.

»Tut mir leid, keine Ahnung, warum ich das getan habe«, murmelt er.

»Hm? Was getan?«, flüstere ich und hebe die Hand, um die behelfsmäßige Augenbinde hochzuschieben.

»Ich ... ich bin auf dir gekommen«, antwortet er und schaut mir in die Augen.

»Nate ... das ist okay. Das macht mir nichts aus«, versichere ich ihm.

»Wirklich?«, fragt er und wirkt erleichtert. »Das hab ich noch nie gemacht, ich wollte ... ich wollte es einfach auf dir sehen oder so ähnlich. Ich mach mir Sorgen ... hab Angst, dass ich es zu weit mit dir treibe.«

»Mir gefällt, was wir miteinander tun«, erwidere ich und strecke die Arme über den Kopf aus. »Soweit es mich betrifft, werden wir noch eine Menge mehr machen, also gewöhn dich besser dran.«

»Ach, tatsächlich?«, fragt er lächelnd.

»Jepp. Und jetzt mach mich sauber. Wenn wir das morgen Nacht wieder tun wollen, dann brauche ich jetzt etwas Schlaf.«

KAPITEL 24

Am nächsten Tag wird bei Thornhill & Co.
nur über das eine Thema gesprochen: die offizielle Bekanntmachung, dass Mark Broadman als neuer Klient gewonnen
wurde. Es gibt Gerüchte, dass ihm weitere bekannte Investo-
ren folgen könnten, einschließlich einiger von Broadmans Kon-
takten in Silicon Valley. Anscheinend sind die Techleute sehr
daran interessiert, Einfluss auf die Politik auszuüben. Ich bin
einfach nur froh, dass alle so guter Laune sind, weil mir das
hilft, nicht weiter aufzufallen. Durch die Beziehung mit Nate,
ganz zu schweigen von unseren nächtlichen Zusammenkünf-
ten, strahle ich praktisch.

Constance schwatzt fröhlich in unserer Arbeitsnische, und
die Steifheit unseres ersten Arbeitstags ist im Lauf der Sommer-
monate endlich verschwunden. Als Greg vorbeigeht und mir
nur kurz zuwinkt, hebt sie fragend die Augenbrauen.

»Okay, was ist denn da passiert?«, fragt sie verschwörerisch.

»Nichts Besonderes«, versichere ich ihr und halte den Blick
auf den Computer gerichtet, obwohl ich aus den Augenwinkeln
mitkriege, dass sie mich immer noch anschaut.

»Ach, komm schon. Ich sag's auch nicht weiter. Aber es ist
nicht zu übersehen … ich meine, ein paar Wochen lang hängt
ihr beiden ständig zusammen ab, und jetzt geht er dir total aus
dem Weg.«

Ich seufze. »Wir sind ein paarmal miteinander ausgegangen, und dann haben wir entschieden, es besser sein zu lassen. Aber das bleibt bitte unter uns, okay?«

»Ah-hm«, brummt Constance und dreht sich wieder auf ihrem Stuhl zurück. Berechtigterweise hat sie das Gefühl, dass ich ihr nicht die ganze Wahrheit sage.

Als ich Greg gesagt hatte, dass ich nicht mehr mit ihm ausgehen will, hatte er denkbar gut reagiert. Ich hatte es auf die Büroatmosphäre geschoben und gesagt, dass ich als Stieftochter des Chefs besonders unter Druck stehe, mich professionell zu verhalten. Doch ich glaube, er hat diese Ausrede durchschaut. Zumindest wird er nie die wahren Gründe erraten. Wann immer wir uns jetzt begegnen, ist er höflich, aber distanziert.

Ich werfe einen Blick auf den Bildschirm, um zu sehen, ob mir Allison eine Nachricht über G-Chat schickt, aber nichts kommt an. Ich werde noch ein wenig warten und dann den ersten Schritt tun. Ich will unsere Freundschaft nicht wegen der Beziehung mit Nate wegwerfen – aber es gibt schon ein paar Dinge, über die wir sprechen müssen. Es ist nicht gerade so, dass ich ihre Zustimmung brauche, doch es ist mir wichtig, dass sie aufhört, Urteile über mich zu fällen.

»Mittagspause«, sagt Constance und stupst mich an. Ich stehe auf und sehe, wie die anderen Kollegen zum großen Konferenzraum strömen. Zur Feier des Tages hat Pierce ein Mittagsbüfett für das ganze Büro ausrichten lassen. Wir betreten den Raum, und mir fällt auf, dass die bewegliche Trennwand zur Küche zur Seite geschoben wurde, damit alle Platz finden. Pierce und Roderick, sein Geschäftspartner, stehen am Büfett und unterhalten sich fröhlich mit ihren Angestellten. Als Constance und ich herankommen, um uns Teller zu holen, lächelt Pierce mich an.

»Roderick, du kennst schon meine Stieftochter Brynn, oder?«

»Ja, schön, dich wiederzusehen, Brynn«, sagt Roderick, ein gut gekleideter Mann, etwas jünger als Pierce. Dann dreht er sich weg und schüttelt jemandem die Hand.

Pierce beugt sich vor. »Du siehst heute besonders hübsch aus, Brynn.«

»Oh, danke, Pierce«, antworte ich etwas verblüfft. Eine Weile lang stehen Constance und ich im Konferenzraum herum und unterhalten uns mit den anderen Praktikanten. Alle erzählen, welche Pläne sie haben, wenn sie wieder zurück an der Uni sind. Und diejenigen, die wie ich ihr letztes Studienjahr beginnen, sprechen darüber, was sie nach dem Abschluss vorhaben. Schließlich leert sich der Raum langsam, und Constance und ich nehmen jede ein Cupcake in unsere Arbeitsnische mit.

»Was hast du? Vanille?«, fragt sie. Ich betrachte die Creme auf meinem.

»Ich glaub schon. Hab gesehen, dass es auch welche mit Kokosnuss…« Ich breche ab, da das Telefon auf meinem Schreibtisch klingelt. Eine Sekunde lang starre ich es überrascht an – ich wurde noch nie darüber angerufen – und strecke dann die Hand aus, um abzuheben. »Brynn am Apparat.«

»Brynn, Pierce hier. Würdest du bitte kurz in mein Büro kommen?«

»Oh, natürlich. Bin gleich da.« Ich lege auf und erhebe mich. »Pierce«, kläre ich Constance auf. »Wahrscheinlich will er wissen, ob ich heute zum Abendessen zu Hause bin.« Sie nickt, und ich gehe den Korridor entlang zu seinem Eckbüro. »Er hat mich gebeten, zu…«, sage ich zu seiner Sekretärin Gwen.

»Sicher, geh nur rein.« Sie winkt mich durch. Ich klopfe leise an und öffne dann die Tür. Er bedeutet mir, vor seinem Schreibtisch Platz zu nehmen.

»Brynn, danke, dass du gekommen bist«, sagt er, steht auf und kommt um den Schreibtisch herum. Gleichzeitig nimmt er die Lesebrille ab und legt sie auf dem Schreibtischkalender ab. Er setzt sich vor mir auf die Schreibtischkante, und ich sehe ihn neugierig an. »Ich weiß, ich bin nur dein Stiefvater, aber ich hoffe, du weißt, dass du immer zu mir kommen kannst, egal, mit welchen … Schwierigkeiten.«

»Ähm, okay. Ja, danke«, stammle ich, überrascht über das Gesagte.

Er steht auf und fängt an, hinter meinem Stuhl auf und ab zu gehen. »Du bist eine sehr schöne junge Frau, und ich hoffe, dass du mich als eine Art Beschützer ansehen kannst.« Ich merke, wie er näher kommt und hinter dem Stuhl stehen bleibt. Als er meine Haare zur Seite schiebt, erschrecke ich. Seine Finger streichen kurz oberhalb des Saums meines Kleides über meine Haut. »Leider ist mir das hier aufgefallen.«

»Was?«, frage ich stirnrunzelnd.

»Der blaue Fleck«, erklärt er und hält immer noch meine Haare fest.

»Oh!« Meine Gedanken wirbeln durcheinander. Ich wette, den habe ich mir geholt, als mich Nate letzte Nacht am Bettpfosten festgebunden hat, und natürlich befindet er sich an einer Stelle, wo ich ihn nicht hätte sehen können. »Ähm, das ist nichts. Wahrscheinlich ist der schon alt, vielleicht vom Sturz bei der Wanderung.«

»Das bezweifle ich. Ich meine, wie groß ist der eigentlich …« Mit Schrecken merke ich, wie er den Reißverschluss des Kleides bis hinunter zum BH-Verschluss öffnet. Er legt mir die Hand auf den Rücken, und ein Gefühl der Übelkeit breitet sich in mir aus. »Brynn, du hast einen so wundervollen Körper. Du solltest nicht mit jemandem zusammen sein, der dir weniger Respekt entgegenbringt, als du verdienst.« Seine Fingerspitzen berühren den oberen Saum der Seitenteile meines BHs.

»Pierce!«, rufe ich empört und springe auf. »Ich glaube wirklich nicht, dass das angemessen ist«, tadle ich ihn so selbstbewusst, wie ich kann, während ich hinter mich greife und den Reißverschluss wieder hochziehe.

»Brynn, ich versuche doch nur, für dich da zu sein. Du brauchst eindeutig eine Vaterfigur in deinem Leben.«

»Ich komme ganz gut allein zurecht, vielen Dank«, erwidere ich kurz angebunden und schaue ihn finster an, nachdem ich es geschafft habe, mein Kleid zu schließen. Ich marschiere zur Tür, und beim Hinausgehen hole ich tief Luft, um mich zu sammeln. Ich gehe an meinem Schreibtisch vorbei direkt zur Toilette und schließe mich schnell in einer Kabine ein. Ich setze mich auf den Toilettendeckel und presse die Hände auf meine brennenden Wangen. Mir ist klar, dass Pierces Worte das eine gesagt, doch seine Handlungen, seine Berührung, etwas ganz anderes gemeint haben. Das hat sich einfach falsch angefühlt.

Als ich mich schließlich wieder an den Schreibtisch setze, zweifle ich bereits an mir selbst. Vielleicht habe ich sein Verhalten falsch interpretiert; vielleicht wollte er wirklich nur für mich da sein, aber da er nie eine Tochter gehabt hat, war ihm nicht klar, wie unangenehm sich das für mich angefühlt hat.

»Alles in Ordnung bei dir?«, fragt Constance über die Schulter hinweg.

»Alles gut«, antworte ich und schiebe den Cupcake beiseite. Mir ist der Appetit vergangen.

Obwohl mir klar ist, dass ich Pierce später beim Abendessen wiedersehen muss, schaffe ich es, den Rest des Arbeitstags durchzustehen. Auf dem Heimweg überlege ich, ob ich einfach sage, dass es mir nicht gut geht, damit ich in meinem Zimmer allein sein kann. Doch als ich durch die Garage ins Haus komme, ruft mich meine Mutter in die Küche. Ich verdecke sorgfältig die blauen Flecke am Hals mit meinen Haaren und gehe hinein.

»Oh, Brynn, meine Süße, ich freue mich ja so, dass du zu Hause bist. Komm, schau mal«, sprudelt es aus ihr heraus, und sie zieht mich ins Esszimmer mit. Ich sehe, dass sie den Tisch mit feinem Geschirr und Kristall gedeckt hat. In der Mitte steht eine riesige Vase mit weißen Lilien. »Ich dachte, heute Abend mache ich es ein klein wenig besonders, um zu feiern. Wie gefällt's dir?«

»Sieht toll aus, Mom«, antworte ich halbherzig. Falls sie meine gedrückte Stimmung bemerkt, dann lässt sie es sich nicht anmerken; sie schiebt mich einfach wieder in die Küche zurück, um mir das extravagante Gericht zu zeigen, das sie den ganzen Tag über zubereitet hat.

Als Pierce etwa eine halbe Stunde später nach Hause kommt, begibt er sich sogleich ins Arbeitszimmer und ruft uns zu, dass er noch einen kurzen Anruf erledigen muss. Meine Mutter bittet mich, das Silbertablett mit dem Entenbraten hinauszutragen. Ich füge mich, da ich weiß, dass ich angesichts der Mühe, die sie sich mit dem Essen gemacht hat, nur ein schlechtes Gewissen bekommen würde, wenn ich mich krankstelle. Als ich in die Küche zurückkomme, flüstert Pierce meiner Mutter gerade etwas ins Ohr, und sie wird rot, also verschwinde ich schnell wieder.

Ich höre Nate zur Haustür hereinkommen, und gerade als ich mich auf die Lehne meines Stuhls stütze, betritt er das Esszimmer.

»Hallo«, sagt er lächelnd. »Ich hab an dich gedacht …« Er verstummt, als meine Mutter und Pierce hereinkommen. Pierce schwingt eine Flasche Champagner. Er füllt die Champagnerflöten und umrundet dabei den Tisch. Ich trete zurück und gebe ihm viel Raum. Dann setzen wir uns alle, während er sich selbst einschenkt.

»Zum Wohl«, sagt er. Wir stoßen alle an, doch ich meide seinen Blick. Nate sieht mich leicht stirnrunzelnd an, und ich weiß, er spürt, dass etwas nicht stimmt. Oh Gott, ich darf nicht einmal daran denken, dass wir uns später unterhalten werden. Er weiß es immer genau, wenn ich lüge, deshalb habe ich keine Ahnung, was ich sagen soll.

»Brynn, hast du die Umschläge vom Botendienst übersenden lassen, wie ich dich gebeten habe?«, fragt Pierce an mich gewandt.

»Hm?« Die Frage überrascht mich.

»Die Umschläge. Ich wollte noch mal nachhaken, weil du in letzter Zeit so abgelenkt zu sein scheinst, und sie sind sehr wichtig.«

Ich sehe ihn stirnrunzelnd an. Was soll der Mist? »Du hast mich heute nicht gebeten, irgendetwas per Boten zu schicken, Pierce.«

»Brynn.« Er seufzt auf herablassende Art und Weise und setzt sein Champagnerglas ab.

»Das hast du nicht!«, erwidere ich etwas abwehrender als beabsichtigt. Ich werfe Nate einen Blick zu und bemerke, wie er mich mit gehobenen Augenbrauen anschaut.

»Du weißt genau, dass ich dich darum gebeten habe. Und das wäre auch nicht das erste Mal, dass so was passiert«, entgegnet mir Pierce.

»Vielleicht sollten wir …«, unterbricht meine Mutter.

»Moment mal, nein«, sage ich zu ihr und hebe die Hand. »Ich weiß wirklich nicht, wovon du sprichst, Pierce.«

»Also das ist eindeutig nicht der Zeitpunkt, um das zu besprechen, aber da du darauf bestehst. Von einigen deiner direkten Vorgesetzten habe ich gehört, dass du nicht sehr zuverlässig gewesen bist.«

»Was? Von wem? Wann?«

»Selbstverständlich kann ich dir keine genauen Daten nennen, und ich muss sicherstellen, dass sie anonym bleiben …«

»Wow! Wow!«, blaffe ich und werfe meine Serviette auf den Tisch. »Das denkst du dir einfach alles nur aus, stimmt's?«

»Brynn, beruhige dich«, murmelt Nate von der anderen Seite des Tisches her.

»Ich soll mich beruhigen? Im Ernst? Er lügt doch!«

»Er hat keinen Grund zu …«, wendet Nate ein.

»Und wie er den hat. Er hat mich heute zu sich ins Büro gerufen und den Reißverschluss meines Kleides aufgemacht. Ich hab ihm gesagt, er soll mich in Ruhe lassen, und jetzt ist er angepisst.«

»Du weißt genau, dass ich nur wegen der blauen Flecken an deinem Nacken besorgt war, Brynn. Werd nicht hysterisch!«

»Du bist ein Lügner«, sage ich leise.

Er schlägt mit der Hand auf den Tisch, und ich zucke zusammen. »Niemand spricht mit mir auf diese Weise in meinem eigenen Haus!«

Sprachlos schaue ich abwechselnd von meiner Mutter zu Nate. Werden sie wirklich einfach nur dasitzen und mich anstarren? Ich stehe dermaßen unvermittelt auf, dass mein Stuhl beinahe nach hinten kippt. Ich kann es nicht mehr ertragen, von diesem Mist umgeben zu sein. Ich laufe schnell um den Tisch herum und dann zur Haustür hinaus. Meine Hände ballen sich zu Fäusten, um die Wut einzudämmen, bis ich draußen bin.

Ich schließe die Tür hinter mir. Dann lege ich einen Schritt zu, gehe die Auffahrt hinunter und durchquere das Tor. Um mich herum erheben sich die Wälder still und dunkel, und schließlich laufen mir Tränen des Frustes und der Erniedrigung übers Gesicht. Ich habe keine Ahnung, wo ich hingehe – ich muss einfach nur fort von diesem Haus.

»Hey! Warten Sie!«, höre ich die Stimme einer Frau hinter mir, doch ich gehe weiter. »Sie sind Brynn, stimmt's?«

Ich erstarre und hole tief Luft, bevor ich mich umdrehe.

»Hören Sie, falls Sie ein Reporter oder so was sind, bin ich wirklich nicht in der Stimmung.« Sie kommt ein paar Schritte näher, und ich sehe, wie ihre blonden Haare das Mondlicht reflektieren.

»Ich bin kein Reporter. Ich bin Nates Mutter, Eileen.«

KAPITEL 25

»Ist alles in Ordnung?«, fragt sie und kommt
noch einen Schritt auf mich zu.

»Ich… ich bin nur…« Ich verstumme und schluchze auf.
»Tut mir leid.«

»Ist schon okay, Liebes. Ich habe Taschentücher im Auto.
Komm doch mit und setz dich einen Moment.«

Ich nicke. Wäre ich etwas klarer im Kopf, dann hätte ich
mich vielleicht gefragt, ob es sicher ist, ins Auto einer fremden
Frau zu steigen – doch ich bin nicht klar im Kopf. Sie legt mir
tröstend den Arm um die Schultern und führt mich zur Beifahrertür des blauen Wagens, der unweit des Haustors direkt an
der Straße steht. Sie setzt mich hinein, eilt dann zur Fahrertür
und steigt auch ein.

»Hier, bitte.« Sie reicht mir eine Packung Taschentücher
aus dem Fußraum hinter ihrem Sitz.

»Danke«, murmele ich kaum vernehmlich. Sie schaltet die
Deckenlampe des Autos ein. »Oh!«, rufe ich aus. »Du bist die
Frau vom Bootshausparkplatz.«

Sie lächelt wehmütig. »Ich hatte mir schon gedacht, dass du
mich an dem Tag gesehen hast. Ich bin kein Stalker oder Ähnliches. Nur manchmal werfe ich gerne einen Blick auf ihn, das
ist alles. Ich will sehen, wie er aussieht, wie es ihm geht.«

»Verstehe.«

»Aber was ist mit dir passiert? Kann ich etwas für dich
tun?«

»Es ist wegen Pierce«, erwidere ich, und bei der Erwähnung seines Namens kullern mir noch mehr Tränen über die Wangen.

»Was hat er jetzt wieder angestellt?«

»Er... ist mir im Büro an die Wäsche gegangen. Das heißt, kurz danach war ich mir nicht mehr sicher, ob er das wirklich getan hatte. Doch vorhin hat er dann Stress gemacht wegen etwas, das ich nicht getan habe. Und da war ich mir sicher.«

»Oh, Liebes, das tut mir leid«, sagt sie und streicht mir über die Schulter. »Pierce leidet unter einem schlimmen Fall von Anspruchsdenken. Er glaubt, dass alles, was eine Vagina hat, Freiwild ist, sogar, wie es scheint, seine Stieftochter.«

»So, wie er Nate behandelt, wusste ich vorher schon, dass er ein Arschloch ist. Aber bis jetzt habe ich das noch nicht selbst zu spüren bekommen.«

Sie wird still. »Er behandelt Nate schlecht?«, fragt sie leise nach.

»Oh, oh, tut mir leid«, antworte ich und schaue sie mit verschwommenem Blick an. »Er ist... er ist sehr hart zu Nate. Er nennt ihn anmaßend und egoistisch, obwohl ich glaube, dass das Dinge sind, von denen er tief im Inneren weiß, dass sie auf ihn selbst zutreffen.«

»Mein kleiner Nate«, sagt sie vor sich hin.

»Aber er ist wirklich... Nate ist ein guter Mensch, dass solltest du wissen. Also, um ehrlich zu sein, anfangs dachte ich, dass er mehr wie Pierce sei, aber das ist nur eine Fassade. Vielleicht liegt es daran, dass die Hälfte seiner Gene von dir ist, oder vielleicht hat ihn sein Vater dazu erzogen, ein besserer Mensch zu sein als er selbst. Ich weiß es nicht. Aber Nate ist klug, witzig, fleißig...«

»Danke«, sagt sie und nimmt meine Hand. »Tut mir leid, dass du das durchmachen musst. Hast du es deiner Mutter erzählt?«

»Sie hat's beim Essen rausgefunden, aber…« Ich schüttle den Kopf. »Sie ist völlig eingenommen von Pierce. Das ist zwar typisch für sie, wenn's um Männer geht, doch sie war noch nie von jemandem so sehr begeistert wie von ihm. Genau genommen sieht sie dir ganz schön ähnlich«, stelle ich fest und mustere ihr schönes, leicht gezeichnetes Gesicht.

»Pierce hat mit Sicherheit ein Beuteschema.« Sie lächelt traurig.

»Da gibt es noch etwas, das du wissen solltest… von Nate… Nachdem du angerufen hast, habe ich herausgefunden, dass er glaubt, du bist gegangen, weil er dir zu viel, quasi ein schlimmes Kind war. Ich habe versucht, mit ihm darüber zu reden, wirklich, aber er wollte kein Wort davon hören.«

»Nate war ein wundervolles Kind, und sogar wenn er die Inkarnation des Teufels gewesen wäre, hätte ich ihn trotzdem nicht verlassen.«

»Ja, das dachte ich mir. Er hat gesagt, dass du dich in der Nacht, bevor du weggegangen bist, seinetwegen mit Pierce gestritten hast, weil er sich danebenbenommen habe. Und das sei auch der Grund gewesen, warum du die beiden am nächsten Tag verlassen hast.«

»Oh Gott!« Sie vergräbt das Gesicht in den Händen. »Er muss sich so allein gefühlt haben, so verantwortlich dafür. Nein… ich erinnere mich an den Streit, denn es war unser letzter gewesen. An diesem Abend waren wir bei irgendeiner großen Gala, und dort sind wir dieser einen Frau begegnet, die zu jener Zeit zu unserem Bekanntenkreis gehörte. Ich wusste, dass er vorher schon fremdgegangen war, aber er hatte geschworen, dass das vorbei war. Doch dann habe ich bei dieser Party gesehen, wie sie einander angesehen haben, und da wusste ich einfach, dass sie miteinander schliefen. Zu Hause habe ich ihn dann damit konfrontiert, und er hat sich kaum die Mühe gemacht, es zu leugnen. Ich habe ihn angeschrien und ihn gefragt, was für ein Vorbild er für seinen Sohn abgibt – und habe ihn verlassen … Nie hätte ich gedacht, dass das so gut wie das letzte Mal war, dass ich Nate sehen würde. Ich hätte nie geglaubt, dass so was überhaupt möglich wäre.«

»Ich möchte dir helfen«, sage ich plötzlich.

»Was? Nein. Du hast genug mit dir selbst zu tun.« Eileen schüttelt entschieden den Kopf.

»Nein, ich möchte es gern. Nicht nur deinetwegen. Wegen Nate. Er braucht dich. Ich weiß, dass du ein guter Mensch bist und liebevoll. Und er braucht solche Menschen – Menschen, die ihn lieben. Bitte, lass mich dir helfen.«

»Ich will dich nicht in eine Lage bringen, in der … ich will nichts in Gefahr bringen. Deine Beziehung mit Nate ist etwas ganz Besonderes.«

»Ähm, klar, ja, er ist ein toller Typ«, spiele ich runter.

»Brynn … ist schon okay. Ich weiß Bescheid.«

Ich schlucke. »Bescheid, worüber?«

»Als ich euch am Bootshaus gesehen habe, da wusste ich es einfach. Zuerst dachte ich, du seist seine Freundin, doch dann wurde mir klar, wer du bist. Und ich habe mitbekommen, wie ihr euch anseht. Ihr seid verliebt ineinander«, flüstert sie. Ich fange an, nervös an meinen Haaren zu zupfen. Mist … Mist! »Habt ihr euren Gefühlen nachgegeben?« Ich kann nur noch nicken. »Wissen eure Eltern Bescheid?« Ich schüttle den Kopf. »Brynn, das muss dir nicht peinlich sein. Das Leben ist chaotisch. Die Menschen finden Liebe, wo auch immer es geht. Mein Gott, es ist ja nicht so, als würdet ihr irgendwelche Gesetze brechen.«

Erneut laufen mir die Tränen übers Gesicht. »Ich kann kaum glauben, dass es so offensichtlich ist.«

»Vielleicht habe ich euch in einem unbefangenen Moment erwischt. Aber wenn du mit Nate zusammen bist, dann will ich mich nicht zwischen euch stellen.«

»Ich möchte, dass er dich kennenlernt, ganz im Ernst. Ich glaube, das würde ihm guttun. Als Pierce mich vorhin durch die Mangel genommen hat, hat er kein einziges Wort gesagt.«

»Das tut mir leid.«

»Also, wirst du dich mit ihm treffen?«

»Wenn du dir sicher bist, dass das für dich in Ordnung ist?«

»Ich weiß noch nicht, wie ich das hinbekomme. Schreib mir deine Nummer auf, und ich melde mich, wenn ich es weiß.«

Sie nickt, greift sich ein Taschenbuch vom Rücksitz, reißt ein Stückchen Papier heraus und kritzelt die Nummer darauf. Dann reicht sie es mir, und als ich aussteige, beugt sie sich über den Beifahrersitz hinweg zu mir: »Brynn, wenn ich dir einen kleinen Tipp geben darf… die nächsten paar Tage würde ich Pierce aus dem Weg gehen. Er mag es nicht, wenn ihm jemand die Stirn bietet.«

Ich nicke und schlage die Tür zu. Meine Finger gleiten immer wieder über ihre Telefonnummer, während ich langsam zum Haus zurückgehe. Vorsichtig luge ich durch die Fenster im Erdgeschoss, weil ich nicht zum Abendessen zurückkehren möchte. Doch es sieht so aus, als seien sie fertig, denn alles ist abgeräumt. Leise öffne ich die Haustür, gehe auf Zehenspitzen die Treppe nach oben in mein Zimmer und schließe die Tür ab. Ich lege Eileens Nummer auf der Kommode ab und will mir gerade das Kleid ausziehen, als ich ein leises Klopfen an der Tür höre. Inzwischen kommt Nate normalerweise einfach herein, also weiß er offensichtlich, dass ich sauer auf ihn bin. Ich schließe auf und öffne die Tür einen Spaltbreit.

»Du hast abgeschlossen?«, fragt er und wirkt verletzt.

»Ich möchte jetzt gerne allein sein«, sage ich leise, obwohl sich mir ein Kloß im Hals formt, wenn ich daran denke, die erste Nacht seit einer Woche ohne ihn zu verbringen.

»Ich… ich kann nicht zwischen euch beiden wählen«, flüstert er. Er sieht so verloren aus, und ich habe einen flüchtigen Eindruck von dem kleinen Jungen, der er einmal gewesen ist, der den Streit seiner Eltern belauscht hat.

»Ich weiß.«

»Morgen Nachmittag gehen die beiden zu einem Wohltätigkeitsessen … Vielleicht können wir ein wenig Zeit miteinander verbringen?«

»Okay.« Ich nicke, doch meine Gedanken gehen bereits in eine andere Richtung.

Er zögert einen Moment lang, ist sich nicht sicher, ob er mich küssen soll. »Okay, gute Nacht«, sagt er schließlich und geht den Korridor entlang in sein Zimmer.

Ich drücke die Tür ins Schloss und schließe ab, dann tippe ich Eileens Nummer in mein Handy ein. *Morgen Nachmittag*, schreibe ich in die SMS. *Ich geb Dir Bescheid, wenn unsere Eltern fort sind, und dann kommst Du und triffst Dich mit Nate.*

KAPITEL 26

Ich sitze gähnend am Fenster und warte darauf, dass meine Mutter und Pierce das Haus verlassen. Letzte Nacht habe ich überhaupt nicht gut geschlafen. Zu viele Sorgen gingen mir durch den Kopf. Doch hauptsächlich fühlte es sich eigenartig an, Nate nicht zu sehen. Seine Anwesenheit in meinem Bett habe ich mit solch einer körperlichen Sehnsucht vermisst, dass es an mir gezehrt hat.

Endlich höre ich Bewegung im Haus. Ich gehe zur Tür, öffne sie einen Spaltbreit und strecke den Kopf hinaus. Ich vernehme gerade so die Stimme meiner Mutter, wie sie Pierce etwas zumurmelt, während sie sich auf den Weg zur Garage machen.

Kurz darauf höre ich, wie das Auto die Auffahrt hinunterfährt, und werfe einen Blick auf die Uhr. Ich gebe ihnen zehn Minuten.

Voller Ungeduld warte ich so lange. Als die Zeit um ist, schreibe ich Eileen eine Nachricht und gehe dann ins Foyer. Zum Glück hat sich Nate den ganzen Vormittag über sicher in seinem Zimmer verschanzt. Ich weiß nicht mal, ob er heute Morgen überhaupt zum Trainieren aufgestanden ist, was äußerst ungewöhnlich für ihn wäre. Ich werfe einen Blick aus dem Fenster neben der Haustür und sehe Eileen die Auffahrt heraufkommen.

Als sie die Stufen erreicht, öffne ich die Haustür und sage leise: »Hallo.«

»Hallo«, erwidert sie nervös und streicht sich die Bluse glatt. »Alles in Ordnung bei mir?«

»Du siehst gut aus«, versichere ich ihr. Ich kann mir kaum vorstellen, wie sie sich fühlen muss, da sie nun nach all den Jahren endlich ihrem Sohn gegenüberstehen wird. Sie schaut sich im Foyer um.

»Himmel, das Haus ist ja sogar noch größer, als es von außen aussieht.«

»Ich weiß. Es ist unglaublich«, stimme ich zu und lotse sie in die TV-Höhle. »Pierce und meine Mutter sind bei irgendeinem Wohltätigkeitsessen, werden also eine Weile fort sein«, kläre ich sie auf. Sie beißt sich nervös auf die Lippe und nimmt auf der Couch Platz. »Ich hole Nate runter, in Ordnung? Ich habe ihm nichts gesagt… war mir nicht sicher, ob er dann kommen würde.« Sie nickt, und ich laufe zur Treppe. »Hey, Nate?«, rufe ich und höre, wie sich seine Zimmertür öffnet. »Möchtest du in die TV-Höhle runterkommen?«

Ich verspüre einen Anflug schlechten Gewissens, als er freudig antwortet: »Na klar! Komme gleich«, und ich ihn herumlaufen höre. Ich mag die Vorstellung nicht, dass ich ihm eine Falle stelle und ihn anlüge, doch ich rechtfertige es als einen Dienst an der übergeordneten Wahrheit, der der wahren Natur der Beziehung seiner Eltern und des Charakters seines Vaters.

Ich gehe in die TV-Höhle zurück und stelle mich nervös neben die Couch, auf der Eileen sitzt. Als wir Nate die Treppe herunterkommen hören, steht sie auf. Dann biegt er um die Ecke und erblickt uns. Mit leerem Gesichtsausdruck mustert er die Szene vor sich. Er macht einen Schritt vorwärts, wirkt, als würde er etwas sagen wollen, und geht dann einen Schritt zurück.

»Nate, ich bin's, deine Mutter«, sagt Eileen sanft.

»Ich weiß, wer du bist«, erwidert Nate leise. Er wendet sich mir zu. »Hast du das arrangiert?«

»Ich glaube, du solltest dir anhören, was sie zu sagen hat. Bitte, würdest du dich nur eine Minute lang hinsetzen?«

Nates Gesicht verzieht sich zu einem höhnischen Lachen – ein Ausdruck, den ich seit Wochen nicht mehr gesehen habe. »Du bist einfach unmöglich«, faucht er mich an, stürmt dann zur Haustür hinaus und knallt sie hinter sich zu. Eileen schreit leise auf und setzt sich, und ich laufe ihm hinterher.

»Nate!«, rufe ich, schließe die Tür hinter mir und laufe die Stufen hinunter. Er geht um das Haus herum, ist wahrscheinlich auf dem Weg in die Garage, um sich davonzumachen. »Würdest du mir einfach eine Sekunde lang zuhören?«

»Wieso? Damit du die Gelegenheit hast, mich noch mehr gegen meinen Vater einzunehmen?«, schreit er, als er zu mir herumwirbelt.

»Ich versuche, dir die Wahrheit über ihn zu sagen. Eileen kann dir bestätigen …«

»Oh, dann geht's hier also nur um dich! Du kannst ruhig versuchen, es so aussehen zu lassen, als wäre das nur eine mildtätige Geste, um eine Mutter wieder mit ihrem Sohn zusammenzubringen. In Wirklichkeit geht's hier doch nur darum, mich dazu zu bringen, dass ich dir deine Geschichte abnehme.« Er dreht sich wieder um und geht über den Rasen davon.

»Nein! Das ist nicht wahr!«, protestiere ich und folge ihm. »Deine Mutter ist ein guter Mensch … ich wollte ihr helfen, und dir auch.«

»Du bist jämmerlich, weißt du das?«, sagt er, als er erneut herumwirbelt. »Hör auf, mir hinterherzulaufen. Egal, welche Fehler wir beide diesen Sommer gemacht haben, es ist vorbei.«

»Was? Nate, ich …« Ich habe das Gefühl, als hätte ich soeben einen Schlag in die Magengrube bekommen. Wie konnte das alles nur derart schiefgehen?

»Ich dachte, du wärst vielleicht anders als all die anderen Mädels, die ich gefickt habe, aber das bist du nicht, okay? Von jetzt an sollten wir uns bei Familientreffen einfach höflich aus der Ferne anlächeln, so wie normale Stiefgeschwister das tun.«

»Nein, nein! Wir sind anders, wirklich.«

»Du hängst nur an mir, weil ich dein Erster war. Keine Sorge, du kommst bald drüber weg. Du warst nichts Besonderes für mich, Brynn«, stößt er hervor und geht durch die Seitentür in die Garage. Schockiert stehe ich da, während sich die Garagentür öffnet und sein Wrangler herausgeschossen kommt. Er fährt die Auffahrt hinunter, und ich schaue ihm nach, bis er um die Ecke verschwindet.

Hinter mir öffnet sich die Haustür, und Eileen kommt zu mir. »Es tut mir so leid, Brynn. Das ist alles meine Schuld.«

»Nein, ist es nicht«, widerspreche ich und beiße mir auf die Lippe, um nicht aufzuschluchzen.

Sie legt einen Arm um mich. »Nate ist einfach nur wütend. Er fängt sich schon wieder.«

»Nein, er ist genauso dickköpfig wie ich. Es ist wirklich vorbei.« Ich sinke an sie, vergrabe mein Gesicht an ihrer Schulter und fange an zu weinen.

»Die erste Liebe ist immer am schwersten«, murmelt sie und streicht über meinen Arm. »Komm mit, deine Eltern sind noch eine Weile fort. Ich mache dir einen Tee.«

* * *

Nachdem Eileen gegangen ist, habe ich mich in meinem Zimmer vergraben. Ich kann nicht anders, als ihre Güte zu bewundern. Obwohl dieser Nachmittag für sie womöglich noch schlimmer ausgegangen war als für mich, hat sie sich um mich gekümmert und mich getröstet. Es ist schon lange her, dass meine eigene Mutter sich so verhalten hat wie sie. Eileen hat mir erzählt, dass sie über die Jahre hinweg gelernt hat, sich keine großen Hoffnungen auf eine Zusammenführung zu machen, dennoch tat es ihr weh.

Vor dem inneren Auge sehe ich immer wieder die Wut in Nates Gesicht, als er unsere romantische Beziehung beendet hat. Ich konnte sehen, dass er die Dinge wirklich so gemeint hat, wie er es gesagt hat. Bei dem Gedanken, dass ich ihn nicht wieder berühren oder an mir spüren werde, nehme ich ein schmerzliches Ziehen im ganzen Körper wahr. Es fühlt sich jetzt schon so an, als wäre es Ewigkeiten her, seit wir uns gesehen haben.

Am späten Nachmittag höre ich meine Mutter und Pierce zurückkehren und werfe einen Blick auf die abgeschlossene Zimmertür. Ich will sie jetzt nicht sehen – geschweige denn in nächster Zeit. Ich denke darüber nach, wie Nate seinem Vater ähnlicher wird, wenn er wütend ist, und seiner Mutter, was seine Güte betrifft. Auch wenn sie nur bis zum Alter von acht oder neun Jahren Teil seines Lebens gewesen war, muss sie zusätzlich zu den guten Eigenschaften, die sie genetisch an ihn weitergegeben hat, in jenen frühen Jahren doch einen Einfluss auf ihn gehabt haben. Wahrscheinlich hatte ich beabsichtigt, den Schwerpunkt zu ihren Gunsten zu verschieben, um sicherzustellen, dass Nate weiter auf die Seite in sich hört, die ihm seine Mutter vererbt hatte. Aber ich habe eindeutig nicht die Macht, um so etwas zu bewerkstelligen.

Fehler… er hat das, was zwischen uns gewesen ist, einen Fehler genannt. Ich nehme mich selbst in den Arm, als hätte mir eben jemand einen Schlag in die Magengrube verpasst. Ich spüre den Schmerz bis in die Knochen. »Ich dachte, du wärst vielleicht anders als all die anderen Mädels, die ich gefickt habe, aber das bist du nicht. Du bist nichts Besonderes für mich, Brynn.« Wieder und wieder hallen mir seine Worte durch den Kopf, und ich kann sie nicht loswerden. Ich glaube, ich habe mich noch nie zuvor so absolut leer gefühlt.

Schließlich gibt mein Körper der Erschöpfung nach, und ich schlafe ein. Als ich wieder aufwache, ist es fast zweiundzwanzig Uhr. Mir wird klar, dass meine Mutter nicht einmal versucht hat, mich fürs Abendessen zu wecken. Wut auf sie kocht in mir hoch. Eigentlich sollten Mütter ihre Kinder doch beschützen, aber natürlich stellt sie sich auf Pierces Seite. Sie glaubt, dass er eine Art Retter ist, der sie und ihre im Stich gelassene Tochter vor einem vermeintlich einsamen Leben errettet. Am liebsten würde ich laut schreien. Ich will, dass sie stärker ist, dass sie für mich da ist – so wie ich unzählige Male für sie dagewesen bin. Doch mir ist klar, dass meine Wut sinnlos ist. Ich habe schon vor langer Zeit begriffen, dass ich sie nicht ändern, von ihr nicht erwarten kann, dass sie anders ist, als sie ist.

Mein Magen knurrt und erinnert mich daran, dass ich heute ein oder zwei Mahlzeiten ausgelassen habe. Mir ist nicht einmal nach Essen zumute, aber ich weiß, dass ich ohne eine Kleinigkeit im Magen keine Chance habe, heute Nacht noch mal einzuschlafen. Ich seufze und steige aus dem Bett, gehe zur Kommode und ziehe mir einen Sweater übers T-Shirt. Vorsichtig öffne ich die Tür und lausche. Ich glaube, dass ich den Fernseher im Zimmer unserer Eltern hören kann. Dann sollte die Luft rein sein. Auf Zehenspitzen schleiche ich den Korridor entlang und bleibe kurz an der offenen Tür von Nates dunklem Zimmer stehen. Ausgegangen, nehme ich an. Betrinkt sich wahrscheinlich irgendwo.

Wie lange kann diese Situation anhalten?, frage ich mich, während ich leise die Treppe hinuntergehe. Es kommt mir so vor, als seien wir alle zum Zerreißen angespannt, und irgendwann müsse einer von uns unweigerlich reißen. Was mich betrifft, so weiß ich, dass ich nicht weiterhin auf diese Art durchs Haus schleichen will, nur um den anderen aus dem Weg zu gehen.

In der Küche angekommen, bereite ich mir ein gebratenes Käsesandwich zu, da mir nach Wohlfühlessen zumute ist. Gerade als ich den Herd ausschalte, höre ich, wie sich die Tür zu Pierces Arbeitszimmer öffnet. Ich beeile mich, greife nach dem Pfannenwender und versuche, das Sandwich auf den Teller gleiten zu lassen, bevor er in die Küche kommt, doch es ist zu spät.

»Brynn«, sagt er von der Tür aus. »Wir haben dich beim Abendessen vermisst.«

Oh Mann, der Arsch tut so, als wäre nichts passiert. »Mache mir grade was«, antworte ich kurz angebunden. Als ich Pfannenwender und Pfanne ins Spülbecken lege, sehe ich über die Schulter hinweg, dass er auf mich zukommt. Er positioniert sich zwischen Kücheninsel und Kühlschrank, wodurch ich an der Arbeitsplatte gefangen bin.

»Deine Mutter ist ziemlich aufgebracht«, erklärt er mit zusammengezogenen Augenbrauen und klingt besorgt.

»Ach ja?«, erwidere ich mit zusammengebissenen Zähnen. Wenn er erwartet, dass ich mich entschuldige, dann hat er sich aber geirrt – als wäre ich an ihrer Stimmung schuld.

»Brynn, ich glaube, du hast einen falschen Eindruck von mir«, fährt er leise fort und macht einen weiteren Schritt auf mich zu. Widerstrebend drehe ich mich zu ihm um. »Du hast keine Ahnung, wie schwer es für einen Mann ist, eine so schöne Frau wie dich im Haus zu haben.«

»Ich bin deine Stieftochter, Pierce«, gebe ich beinahe knurrend zurück, und einen Moment lang bleibt mir fast das Herz stehen.

»Du bist den Sommer über wirklich aufgeblüht, Brynn. Du bist zur Frau geworden.« Er tritt an mich heran, und ich kann seinen warmen Atem auf meinem Gesicht spüren.

»Ich will, dass du dich von mir fernhältst«, sage ich mit erstickender Stimme.

»Nur einen Augenblick lang… ich muss fühlen…«, stöhnt er flehend, legt mir die Hand auf die Hüfte und lässt sie über meinen Po gleiten. Bei seiner Berührung bricht Wut in mir aus, und augenblicklich verfliegt die Angst. Ich hebe die Hände und stoße ihn weg.

»Fass mich nicht an, du blödes Arschloch!«, schreie ich. Er schaut mich schockiert an. »Du glaubst, dass du ein Gentleman bist mit deinen teuren Anzügen und deiner Villa, aber eigentlich bist du nur ein kranker Perverser, der alle ausnutzt, an die er rankommt. Ich sehe, wer du wirklich bist, auch wenn es sonst niemand tut.«

Sein Gesicht verzerrt sich vor Wut, und ich spüre einen brennenden Schmerz auf meiner Wange, bevor mein Verstand verarbeiten kann, dass er mich geschlagen hat. Den Kopf immer noch zur Seite gewandt, hebe ich die Hand zu meinem brennenden Gesicht, und plötzlich verschwindet Pierce wie ein Schatten.

Als ich begreife, dass Nate ihn gerade zu Boden geworfen hat und sie nun auf den Bodenfliesen wie wild miteinander ringen, richte ich mich erschrocken einatmend auf.

»Fass sie verdammt noch mal nicht an!«, brüllt Nate seinen Vater an. Dessen Gesicht wird rot vor Anstrengung, als er versucht, sich gegen seinen viel stärkeren Sohn zu wehren. Ich höre Schritte von der Treppe und sehe meine Mutter den Korridor entlangrennen. In dem Moment schaffe ich es endlich, mich aus meiner Starre zu lösen.

»Nate! Nate, hör auf!«, schreie ich, als er die Oberhand gewinnt. Meine Mutter schreit auf, als Nate Pierces Kinn einen harten Schlag versetzt. Als er zum nächsten Schlag ausholt, werfe ich mich auf seinen Rücken. »Nate, ich bin okay, ich bin okay«, wiederhole ich an seinem Ohr. Ich spüre, wie etwas von seiner Anspannung abfällt, und versuche, ihn hochzuziehen. Er lässt die Hände sinken und steht mit mir auf. Pierce kommt ebenfalls auf die Beine und verpasst Nate einen abwehrenden Stoß. Drohend und schwer atmend stehen sie sich gegenüber. Pierce tropft ein bisschen Blut aus dem Mundwinkel.

»Was ist hier los?«, fragt meine Mutter schließlich leise und mit angsterfüllter Stimme.

»Ich hab alles gesehen«, blafft Nate seinen Vater an. »Du Heuchler!«

Zu meinem Schrecken fängt Pierce an zu lachen. »Ich wusste es, ich wusste es! Seht euch beide nur an!« Er zeigt auf uns.

»Wovon spricht er?«, fragt meine Mutter und schaut mich an.

»Die treiben's miteinander!«, platzt es aus Pierce heraus.

»Nein … was?«, flüstert meine Mutter.

»Oh verdammt noch mal, Holly, bist du wirklich so blöd? Du hast nicht mal Verdacht geschöpft?«

Meine Mutter schüttelt den Kopf. »Und deshalb schlagt ihr euch?«

»Nein«, sagt Nate und wendet sich ihr zu. »Ich habe gesehen, wie er versucht hat, Brynn zu begrapschen. Sie hat gesagt, er soll aufhören, und dann hat er sie geschlagen.«

Auf dem Gesicht meiner Mutter macht sich das Grauen breit. Erst schaut sie mich an, dann Pierce.

»Ist das wahr? Ist das wahr?« Pierce macht sich nicht einmal die Mühe, ihre Frage zu beantworten, zuckt lediglich mit den Schultern und hebt genervt die Hände. Ein wimmernder Laut kommt meiner Mutter über die Lippen. Einen Augenblick lang glaube ich, dass sie gleich zusammenbrechen wird, doch dann geht sie mit erhobenen Fäusten auf Pierce los und attackiert ihn. »Ich hab dir vertraut! Ich hab dir vertraut!«, schreit sie. Pierce hebt schützend die Arme vors Gesicht. Nate legt die Arme um meine Mutter, hält sie fest und zieht sie dann fort. »Meine eigene Tochter! Meine eigene Tochter, du Hurensohn!«

Mit einem unterdrückten Aufschrei sinkt sie schluchzend

an Nates Brust. Pierce betrachtet uns drei, wie wir vereint gegen ihn auf der anderen Seite der Küche stehen.

»Nichts?«, sagt Nate leise, während er meiner Mutter tröstend über die Schulter streicht. »Du hast nichts zu deiner Verteidigung zu sagen?«

»Komm schon, Nate! Willst du denen wirklich glauben?«, sagt Pierce mit einem verächtlichen, höhnischen Lächeln im Gesicht.

»Das brauche ich nicht, ich habe dich mit eigenen Augen gesehen. Aber ich hätte Brynn von Anfang an glauben sollen«, antwortet Nate leise, doch mit fester Stimme. Pierce bringt nur noch ein spöttisches Schnauben zustande, bevor er Richtung Korridor davongeht. »Meine Mutter«, sagt Nate, und Pierce bleibt mit dem Rücken zu seinem Sohn stehen. »Du hast dir das alles nur ausgedacht, stimmt's?«

Einen Moment lang steht Pierce wie erstarrt mit leicht zur Seite geneigtem Kopf da. Ich kann sein Gesicht nicht sehen und mir nicht vorstellen, was in seinem Kopf vorgehen könnte. Seine kunstvoll zusammengesponnene Geschichte löst sich nun vor seinen Augen auf. Er schüttelt leicht den Kopf, so als würde er einen unangenehmen Geruch vertreiben wollen, geht dann weiter den Korridor hinunter, direkt auf die Haustür zu, und schließt sie hinter sich. Als wir ein Auto die Auffahrt entlangfahren hören, richtet sich meine Mutter auf, und Nate lässt die Arme sinken.

»Ich muss ein wenig allein sein«, murmelt sie mit gesenktem Blick und geht niedergeschlagen zur Treppe. Ich schaue ihr hinterher und wünsche mir, sie hätte die Kraft, mir auch nur einen Augenblick lang Trost zu spenden.

»Sie ist einfach nur schockiert«, meint Nate, der wie immer meine Gedanken lesen kann.

»Ich weiß«, erwidere ich und habe Mühe, die Fassung zu bewahren.

»Ich hätte dir glauben sollen.«

»Ich hatte keinen Grund zu lügen.«

»Ich weiß. Ich konnte einfach nur nicht glauben, dass er zu so etwas imstande ist, oder vielleicht wollte ich es nicht glauben.«

»Du hast heute ein paar schlimme Dinge zu mir gesagt. Mein Gott, war das erst heute?«, frage ich mit einem traurigen Lachen und reibe mir mit der Hand über die Stirn.

»Es tut mir so leid, Brynn. Ich war wütend ... mein Temperament ist manchmal ... ich habe nichts davon so gemeint. Die Zeit, die wir zusammen verbracht haben ...«, sagt er und macht einen Schritt auf mich zu.

»Nein, nein. Ich kann das jetzt nicht. Ich weiß nicht, ob wir wieder so sein können wie früher ...«, gebe ich leise zurück, und eine Träne läuft mir über die Wange.

»Brynn, bitte, ich kann dich nicht verlieren.«

»Du warst so bereit, dich gegen mich zu wenden«, flüstere ich. »So bereit, mich fortzustoßen und mit mir Schluss zu machen.«

»Ich war schockiert, sie wiederzusehen. Ich habe das wirklich nicht so gemeint.«

»Aber du hast es gesagt, oder etwa nicht? Du bist mir dermaßen wichtig ... ich würde nie so mit dir umgehen, würde dich nie verletzen wollen. Aber du wolltest mich verletzen. Du empfindest nicht das Gleiche für mich wie ich für dich. Das kannst du nicht.«

»Das stimmt nicht! Du hast keine Ahnung, wie sehr ich dich mag ...«

»Ich liebe dich.« Eine ganze Weile lang herrscht Stille. Ich starre in sein schönes Gesicht, und mein Herz bricht, als er nichts erwidert. Er schaut mich einfach nur an, und ein undefinierbarer Ausdruck blitzt kurz in seinen Augen auf. »Tja, na bitte. Na bitte. Mach's gut, Nate.« Ich drehe ihm den Rücken zu.

Er rührt sich nicht.

»Was wirst du jetzt tun?«, fragt er schließlich leise.

»Ähm, na ja«, sage ich mit einem abgeklärten Lachen. »Ich glaube, erst mal esse ich mein kalt gewordenes Käsesandwich, und dann fange ich an zu packen.«

KAPITEL 27

Nachdenklich mustere ich den Inhalt unseres zerschrammten alten Kombis. Wir waren kurz davor gewesen, Auto und Haus zu verkaufen, doch meine Mutter hatte das noch rückgängig machen können. Zum Glück hatte sie sich beim Verkauf Zeit gelassen, denn sie hatte geglaubt, sich nicht mehr um Geld sorgen zu müssen. Das Auto ist nicht einmal voll beladen – die einzigen Dinge, die im Haus uns gehörten, sind unsere Kleidung und ein paar Kleinigkeiten. Heute Morgen habe ich nur wenige Stunden gebraucht, um alles zusammenzupacken.

Ich finde das alles traurig und beruhigend zugleich. Unser altes Leben wartet immer noch auf uns, fast so, als hätte dieser Sommer nie stattgefunden.

Aber das hat er natürlich. Letzte Nacht habe ich mich gefragt, ob ich die letzten paar Monate ungeschehen machen würde, wenn ich es könnte. Wenn mir jemand einen Zauberstab geben würde, der bewirken könnte, dass meine Mutter und Pierce sich niemals begegnet wären, sodass ich den Sommer in unserem alten Haus verbracht hätte und die Beziehung zu Nate nie über diese eine Begegnung im Rudererhaus hinausgegangen wäre, würde ich ihn nutzen?

Ich kann mich nicht daran erinnern, je so viel Schmerz empfunden zu haben wie in letzter Zeit – jedoch auch nie so viel Glück. Früher habe ich mich in einem enorm kleinen, engen Schneckenhaus befunden und nie die tatsächlichen

Höhen und Tiefen von irgendwas erlebt. Ich vermute, man kann das eine nicht ohne das andere haben.

Nate niemals in den Armen gehalten zu haben ... nein, das kann ich mir nicht vorstellen. Trotz all der furchtbaren Dinge, die passiert sind, würde ich die Zeit, die ich mit ihm verbracht habe, niemals ungeschehen machen wollen. Auch nicht, wenn es den Schmerz auslöschen würde, den ich jetzt empfinde; einen Schmerz, den ich bis in die Knochen spüre, der ein pulsierendes Stechen im ganzen Körper hervorruft. Es fühlt sich an, als wäre ich auf Entzug von einer mächtigen, Sucht erzeugenden Substanz. Eine Substanz, von der ich weiß, dass sie mir letzten Endes nur schadet.

In der Autoscheibe erhasche ich einen Blick auf meine leicht geschwollene Lippe, das Resultat von Pierces Schlag letzte Nacht. Wir haben ihn heute nicht zu Gesicht bekommen – er muss sich bei einem Freund oder in einem Hotel verkrochen haben. Ich will gar nicht erst an den Scheidungsprozess denken, den meine Mutter jetzt vor sich hat.

Hinter mir fällt die Haustür ins Schloss. Ist es vielleicht Nate, der kommt, um sich zu verabschieden? Ich drehe mich um. Es ist meine Mutter mit dem letzten kleinen Koffer in der Hand. Eine große runde Sonnenbrille verdeckt ihre Augen.

»Alles fertig?«, fragt sie, ohne mich anzusehen. Ich nicke, und dann erinnere ich mich an eine letzte Sache, die ich vergessen habe.

»Bin gleich wieder da«, sage ich und laufe ohne weitere Erklärung ins Haus. Ich gehe die Treppe nach oben und den Korridor entlang in mein Zimmer. Es sieht genauso aus wie beim ersten Mal, als ich es betreten habe. Einen Moment lang halte ich inne und lasse ein letztes Mal die Schönheit der Einrichtung auf mich wirken, bevor ich zum Schreibtisch gehe und die oberste Schublade aufziehe. Ich schiebe die Hand bis ganz nach hinten hinein und angele ein kleines Stück Papier heraus, das ich dort versteckt hatte.

Ich verlasse das Zimmer und gehe den Korridor hinunter. Die Tür zu Nates Zimmer ist leicht angelehnt, und da es still darin ist, weiß ich, dass er nicht da ist. Ich öffne die Tür und gehe zum Bett. Mit der Hand streiche ich über die Tagesdecke und atme seinen Duft ein. Ich hebe die Tagesdecke leicht an, lege das Stück Papier auf sein Kissen und decke es wieder zu. Ich will auf keinen Fall, dass Pierce den Papierfetzten findet, auf den Eileen ihre Telefonnummer gekritzelt hat.

Gerade will ich das Zimmer verlassen, als mich etwas zum Fenster mit dem Blick über den Fluss zieht. Mein Blick bleibt an einem Stück Weiß auf dem unteren Rasen hängen: Auf der obersten Stufe der Treppe, die zum felsigen Ufer führt, sitzt Nate. Er wirkt wie versteinert, und das weiße T-Shirt spannt sich über seinem breiten Rücken. Ich widerstehe dem Impuls, darüber nachzudenken, was er nun tun wird – das geht mich jetzt wirklich nichts mehr an.

Ich eile zum Auto zurück. Meine Mutter sitzt bereits auf dem Beifahrersitz. Ich öffne die Fahrertür und bemerke die Schlüssel, die sie auf den Sitz gelegt hat. Wortlos steige ich ein, starte den Motor und fahre dann los. Als wir das Tor passieren, schaue ich in den Rückspiegel und werfe einen letzten Blick auf das Haus, bevor ich abbiege.

Auf der Fahrt zurück zu unserem alten Haus ist meine Mutter schweigsam. Als wir auf den Highway fahren, der uns weiter fort von der Stadt und zurück in unser weitaus preiswerteres Viertel bringt, starrt sie nur aus dem Fenster. Als ich seitlich auf ihr teilnahmsloses Gesicht schaue, entzündet sich schließlich ein Funke der Verbitterung, die den Sommer über – oder vielleicht auch schon länger – in mir geschwelt hatte.

»Den ganzen Tag über hast du mich nicht einmal angesehen«, sage ich schließlich und umklammere das Lenkrad so fest, dass die Knöchel weiß hervortreten.

»Wie meinst du das?«, fragt sie matt und schaut mich immer noch nicht an.

»Du hast mir nicht ins Gesicht gesehen«, wiederhole ich.

»Brynn …«, sagt sie seufzend.

»Doch, das ist die Wahrheit. Dein Ehemann hat mich gestern Nacht geschlagen, und du hast nicht einmal nach mir geschaut. Und jetzt willst du die Verletzung nicht sehen.«

»Brynn, das hat mich alles sehr mitgenommen.«

»Und mich etwa nicht? Er begrapscht mich, schlägt mich, und du hast mich nicht einmal gefragt, ob es mir gut geht.«

»Das ist doch nicht meine Schuld, dass er all das getan hat!«, schreit sie plötzlich hysterisch.

»Mom, ich gebe dir nicht die Schuld an seinen Handlungen, okay? Aber du bist meine Mutter. Du hättest mir glauben, hättest dich um mich kümmern sollen. Ich habe mich jahrelang um dich gekümmert, und dieses eine Mal habe ich dich gebraucht.«

Meine Mutter schluchzt auf und legt dann die Hand auf den Mund. »Ich wollte dir glauben, Brynn, wirklich«, bricht es schließlich aus ihr heraus. »Aber mir war einfach klar, dass dann alles vorbei sein würde, und es schien so perfekt zu sein.«

»War es aber nicht.«

»Nein, war es nicht.« Zaghaft hebt sie die Hand und berührt mein Gesicht. Ihre Finger streichen über den kleinen Riss an meinem Mundwinkel. »Oh, es tut mir so leid, mein Liebling. Tut's sehr weh?«

»So gut wie gar nicht«, antworte ich und schlucke die Tränen runter, die mir bei ihrer Berührung in die Augen getreten sind.

»Ich wäre nie drauf gekommen … ich meine, das mit dir und Nate«, sagt sie leise.

»Das ist auch vorbei«, erwidere ich kurz angebunden, da ich fürchte, von meinen Gefühlen überwältigt zu werden.

»Ah«, meint sie. »Na ja, ich weiß, dass das ein Thema ist, über das du nie mit deiner Mutter sprechen würdest, aber ich bin für dich da. War er dir sehr wichtig?«

»Ja«, bestätige ich, die Stimme rau von den zurückgehaltenen Gefühlen. »Also, ich nehme an, du brauchst jetzt einen Anwalt?«, wechsle ich das Thema.

»Oh Gott, ich vermute mal«, erwidert sie. »Ich glaube, ich kann zumindest meinen alten Job im Salon wiederbekommen. Ich habe mit Anita gesprochen, und sie hat gemeint, dass die neue Kollegin furchtbar ist.«

»Hast du einen Ehevertrag unterschrieben?«, frage ich und denke an Eileen. Ich weiß, dass ich meiner Mutter bald erzählen muss, was ich von ihr erfahren habe, doch das wäre mir im Moment einfach zu viel.

»Ja«, antwortet sie seufzend. »Unanfechtbar.«

KAPITEL 28

Ich schließe die Tür hinter mir, lasse die neu gekauften Lehrbücher auf die dünne Matratze des Bettes fallen und schaue mich in meinem neuen Rasenzimmer um. Mit den spärlichen Möbeln und ohne Badezimmer macht es nicht viel her, doch an der Wand hängt eine gerahmte Liste mit den Namen all der vorherigen Bewohner. Sie reicht zurück bis zum ersten Jahrgang der University of Virginia.

In den vergangenen vier Wochen habe ich einfach in unserem alten Haus herumgesessen und meiner Mutter, so gut es ging, dabei geholfen, ihren alten Job wiederzubekommen und einen Anwalt zu finden. Davon abgesehen, hatte ich nicht wirklich viel zu tun. Als es schließlich an der Zeit war, wieder nach Charlottesville zu fahren, war ich erleichtert und ängstlich zugleich; erleichtert, weil mich das Studium ablenken würde, und ängstlich, weil ich auf dem Campus Nate über den Weg laufen könnte.

Dummerweise hatte ich gehofft, dass er sich nach unserem Auszug bei mir melden würde, was er jedoch nicht getan hat. Das war wirklich blöd von mir. Ich habe gesagt, dass ich ihn liebe, und er hat nichts darauf erwidert. So einfach ist das. Auch wenn er wütend gewesen war, so musste doch etwas Wahres an seinen Worten gewesen sein, als er erklärt hat, dass ich nichts Besonderes für ihn bin.

Ich schaue auf die Uhr. Kurz nach vier – meine Abendschicht in der Cafeteria fängt bald an. Ich ziehe meine Arbeitskleidung an und mache mich auf den Weg. Wenigstens weiß ich, dass ich Nate dort nicht begegnen werde, denn die Sportler haben einen eigenen Speiseraum, in dem weitaus schmackhafteres und nahrhafteres Essen serviert wird. Ich öffne die Tür und lächle halbherzig einer Studentin zu, die ein paar Türen weiter ebenfalls aus ihrem Zimmer kommt. Zügig und mit gesenktem Kopf gehe ich los, weil ich nicht wirklich von Bekannten angesprochen werden will. Ich betrete den Speisesaal und gehe außen entlang zu einer Seitentür, die in die Küche führt.

»Oh, Brynn!« Roberta, meine Vorgesetzte, winkt mir von einem Tisch im vorderen Bereich her zu, wo sie einige Unterlagen bearbeitet. Ich winke zurück und gehe zu ihr. »Es gibt da ein Problem mit Ihrem Arbeit-im-Studium-Programm«, sagt sie leise zu mir, als ich vor ihr stehe.

»Ein Problem?«, frage ich stirnrunzelnd. »Wissen Sie, worum es geht?«

»Irgendetwas mit Ihrem Stipendium. Mehr hat das Büro des Dekans nicht gesagt, als die mich angerufen haben.« Frustriert reibe ich mir über die Stirn. Das ist das Letzte, das ich jetzt gebrauchen kann. »Wenn Sie jetzt gleich zur Monroe Hall rübergehen, können Sie vielleicht jemanden fragen, der mehr weiß als ich.« Ich nicke. »Tut mir leid«, fügt sie hinzu und widmet sich dann wieder ihrer Arbeit.

Ich eile aus dem Speisesaal und befolge Robertas Rat, Antworten zu bekommen. Doch ich fürchte, ich weiß bereits, was passiert ist. Meine Mutter war in letzter Zeit sehr zerstreut gewesen, und ich wette, dass sie vergessen hat, die Rate für den noch ausstehenden Betrag der Studiengebühren zu begleichen. In der Monroe Hall erkläre ich einer Sekretärin die Situation, und sie verweist mich an das für das Arbeit-im-Studium-Programm zuständige Büro. Als ich durch die offen stehende Tür eintrete, erhebt sich ein Mann Anfang dreißig zur Begrüßung.

»Francis Delton«, stellt er sich vor und schüttelt mir die Hand. »Was kann ich für Sie tun?«

»Tja, mir wurde mitgeteilt, dass es ein Problem mit meinem Arbeit-im-Studium-Programm gibt oder mit meinem Stipendium«, antworte ich. Als ich die Hand hebe, um an meinen Haaren zu zupfen, fällt mir wieder ein, dass ich es zu einem Pferdeschwanz gebunden hatte.

»Okay, Ihr Name bitte?«, fragt er, setzt sich wieder und deutet mit der Hand auf einen Stuhl ihm gegenüber.

»Brynn Atwell«, antworte ich und buchstabiere den Namen. Er tippt ihn in den Computer ein und klickt dann einen Moment lang herum.

»Ah, das ist recht ungewöhnlich«, sagt er mit Blick auf den Monitor und hebt die Augenbrauen.

»Okay…«, erwidere ich nervös.

»Sie können nicht länger am Programm Arbeit-im-Studium teilnehmen, weil Ihre Studiengebühren vollständig beglichen wurden.«

Ich starre ihn an. »Meinen Sie für das Semester?«

»Nein, die Gebühren für das gesamte Studium.«

Unfähig, ihm zu glauben, schüttle ich den Kopf. »Für dieses Jahr? Oder… nicht etwa alles in allem?«

Er lächelt. »Alles in allem.«

»Aber das ist… das ist unmöglich. Wie? Wer?«, stammle ich.

»Ich habe keine Ahnung. Ich kann hier nur sehen, dass Sie nicht mehr über die Zugangsvoraussetzungen für das Programm verfügen.«

»Okay, okay«, antworte ich und versuche, meine Gedanken zu sortieren. »Danke. Vielen Dank.« Ich verlasse das Büro und gehe in Gedanken versunken auf den Vorplatz hinaus. Da sich Pierce und meine Mutter scheiden ließen, war mir klar gewesen, dass der Studienkredit wieder ein Thema war, und das habe ich gelassen genommen. Daran hatte ich mich sowieso schon gewöhnt. Aber was zum Teufel war jetzt los?

Ich hole mein Handy aus der Hosentasche und rufe meine Mutter an. Keine Ahnung, ob sie etwas darüber weiß, aber zumindest kann ich ihr die guten Nachrichten überbringen.

»Oh, Brynn! Brynn, ich wollte dich grade anrufen!«, sagt sie, als sie rangeht.

»Lass mich raten, es geht um meine Studiengebühren?«, frage ich, als ich die Aufregung in ihrer Stimme höre.

»Ja! Woher weißt du das?«

»Tja, ich bin zu meiner Schicht im Speisesaal erschienen, und dann wurde mir mitgeteilt, dass meine Studiengebühren bezahlt wurden. Was ist hier los?«

»Ich wollte dich auch gerade anrufen, um es dir zu erzählen ... heute Nachmittag ist alles so schnell gegangen. Pierces Anwalt hat mir einen Vergleich in der Scheidung angeboten. Und der beinhaltete ausdrücklich die Zahlung deiner Studiengebühren.«

»Pierce hat meine Studiengebühren bezahlt?«, frage ich, und meine Stimme zittert.

»Ja! Ich habe unterschrieben, und gleich darauf wurde das Geld überwiesen.«

»Aber ... aber, Mom, ist das ein guter Vergleich? Ich meine, hast du ihn von einem Anwalt durchsehen lassen?«

»Ja, vom selben Anwalt, der mir gesagt hat, dass ich wegen des Ehevertrags nichts bekommen würde. Er war völlig platt und hat mir geraten, ich solle lieber unterschreiben, bevor Pierce seine Meinung ändert.«

»Aber ... warum? Ich meine, das scheint so völlig untypisch für ihn zu sein.«

»Ich weiß, und ich kann es selbst kaum glauben. Das ist verrückt! Ich werde die Hypothek aufs Haus zurückzahlen können und noch ein wenig übrig haben. Das heißt nicht, dass wir jetzt reich sind oder so ähnlich, aber wir haben jetzt etwas Luft.«

»Glaubst du, dass es, na, du weißt schon, ›Schweigegeld‹ ist?«

»Das bezweifle ich. Der Anwalt meinte, dass es keinen weniger verlässlichen Zeugen gibt als eine Frau, die versucht, ihren Exmann zu diffamieren. Deshalb glaube ich kaum, dass Pierce befürchtet, ich würde mit irgendwelchen Geschichten zur Presse gehen, davon mal abgesehen, dass ich das sowieso nicht tun würde. Aber, Süße, das ist jetzt erledigt. Es ist wirklich vorbei. Wir müssen uns keine Gedanken mehr um ihn machen.«

»Also, ich freue mich, dass du damit glücklich bist. Und wenn du glücklich bist, dann bin ich es auch. Oh Mann, das sind seit Langem mal wieder gute Nachrichten für uns, was?« Ich berühre meine Lippen mit den Fingerspitzen und frage mich, wann ich zum letzten Mal gelächelt habe.

»Hast du ihn schon gesehen?«, fragt meine Mutter sanft nach. Sie muss nicht deutlich sagen, dass sie Nate meint.

»Noch nicht«, antworte ich. »Obwohl ich bei jedem braunhaarigen Typ, den ich von hinten sehe, glaube, dass er das sein muss.«

»Das ist normal«, versichert mir meine Mutter. »Eine Weile lang wird es dir so vorkommen, als würdest du ihn scheinbar überall sehen. Aber das geht bald vorbei, mein Liebling, versprochen.«

KAPITEL 29

Als mir aufgeht, dass ich nun einen freien
Abend habe, hole ich tief Luft und rufe Allison an. Ich bin
zwar immer noch benommen, doch ich will mein Glück mit
ihr und Miriam teilen. Seit unserem Streit habe ich den Rest
des Sommers nichts mehr von Allison gehört, deshalb bin ich
erleichtert, als sie meine Einladung im Namen von beiden
annimmt. Ich wähle ein ziemlich schickes Restaurant und versichere ihr, dass ich sie einlade.

Eine halbe Stunde später verlasse ich mein Zimmer in
einem leichten Sommerkleid. Obwohl es September ist, ist es
hier in Virginia immer noch drückend heiß. Das Restaurant
befindet sich außerhalb des Campus. Langsam schlendere ich
über den quadratischen Vorplatz der Uni und versuche, nicht
ins Schwitzen zu geraten. Dabei beobachte ich eine Gruppe
Studienanfängerinnen, die kichernd zum gemeinsamen Abendessen geht. Zweifellos haben sie sich eben erst im Studenten-
wohnheim kennengelernt. Ich kann mich noch daran erinnern,
wie nervös ich hier im ersten Jahr war und wie besorgt ich
gewesen bin, dass ich nicht viel mehr Freunde haben würde als
in der Highschool.

Mein Magen verkrampft sich, als ich an der Stelle vorbei-
komme, an der ich Nate zum ersten Mal gesehen habe – nur
wenige Wochen nach Studienbeginn. Ich schüttle den Kopf
über mich selbst. Ich muss ihn vergessen.

Das Restaurant ist ein gehobenes mexikanisches Lokal und

bekannt für seine aromatisierten Margaritas. Beim Eintreten registriere ich erleichtert die kühle Luft der Klimaanlage auf der Haut. Die Empfangsdame lächelt mich an, und im selben Moment entdecke ich Allison allein in einer Nische sitzend. Nervös lächelnd steht sie auf, und ich gehe zu ihr.

»Ich hoffe, du hast nichts dagegen«, sagt sie leise, als wir uns verlegen umarmen. »Ich habe Miriam quasi angelogen, damit wir eine Gelegenheit haben zu reden. Ich habe gesagt, dass du dich fünfzehn Minuten später treffen willst.«

Unwillkürlich lache ich kurz und laut auf. »Das ist vermutlich das erste Mal, dass ich mitbekomme, dass du gelogen hast.« Zu meiner Überraschung wird sie rot, und ich setze mich ihr gegenüber.

»Na ja, ich habe über das, was du gesagt hast, nachgedacht ... dass ich voreingenommen bin. Und vielleicht habe ich auch ein wenig was von einer, du weißt schon ... Moralpredigerin. Vielleicht muss ich etwas entspannter werden. Was ich damit sagen möchte, ist, es tut mir leid, was ich gesagt habe.«

Ich strecke die Hand aus und lege sie auf ihre. »Danke. Es bedeutet mir viel, dass du das sagst. Ich fand's furchtbar, dass wir nicht miteinander geredet haben.«

»Ich auch«, antwortet sie und schaut dann über meine Schulter hinweg.

»Und ich dachte schon, ich sei viel zu früh dran!«, höre ich Miriam. Ich stehe auf und umarme sie herzlich. »Wie ich sehe, habt ihr eure Uhren aufeinander abgestimmt. Ihr habt ja auch den ganzen Sommer in derselben Stadt verbracht. Mann, ich war so neidisch!« Mit einem dramatischen Seufzer setzt sie sich neben Allison in die Nische, und ihr leuchtend rotes Haar fällt ihr über die Schulter. »Also, bringt mich auf den neuesten Stand. Was ist so alles passiert?«

Zu meinem Schrecken kommen mir die Tränen. »Oh Gott, tut mir leid«, murmele ich und greife nach der Serviette.

»Was ist denn los?«, fragt Allison erschrocken. Der Kellner kommt an den Tisch und will unsere Getränkebestellung aufnehmen, doch die beiden verscheuchen ihn.

»Es ist... es ist...« Ich vergrabe mein Gesicht in der Serviette und versuche, tief durchzuatmen.

»Geht's um einen Typen?«, rät Miriam.

Ich nicke. »Nate.«

»Moment, Moment... doch nicht etwa dein Stiefbruder?«, hakt sie ungläubig nach.

Allison schaut mich an, und ich nicke ihr zu. Sie dreht sich zu Miriam. »Im Sommer sind sie, na ja, zusammengekommen... Aber ich nehme an, dass etwas passiert ist«, klärt sie Miriam auf.

»Langer Rede kurzer Sinn«, sage ich und atme wieder ruhig. »Pierce ist ein Arsch, unsere Eltern haben sich scheiden lassen, und wir haben uns getrennt.«

»Wow!«, raunt Miriam mit großen Augen. »Da hattest du aber einen krassen Sommer.«

»Wem sagst du das«, bestätige ich mit einem schiefen Lächeln. »Ich könnte wirklich was zu trinken vertragen.« Allison winkt den Kellner heran, und als die erste Runde serviert wird, sind auch meine Tränen versiegt.

»Also, kann ich euch jetzt mein Geheimnis verraten?«, fragt Miriam und beugt sich dabei verschwörerisch über den Tisch. Allison und ich nicken. »Ich hatte Sex!«

»Oh Gott, jetzt bin nur noch ich Jungfrau«, stöhnt Allison auf. »Wie war's?«

»Ehrlich gesagt... das erste Mal war nicht so toll. Aber das dritte Mal... ich glaube, ich hatte sogar einen Orgasmus«, flüstert Miriam.

»Du glaubst?«, fragt Allison nach und neigt verwirrt den Kopf.

»Ja, ich glaube. Und was ist mit dir, Brynn?«

»Was?«

»Hast du mit Nate...« Sie verstummt und schaut mich vielsagend an.

»Ähm, ja.«

»Und?« Allison beugt sich vor.

Bei der Erinnerung an seine Berührungen beschleunigt sich kurz mein Puls, bevor ich von Traurigkeit überwältigt werde. Ich schüttle den Kopf. »Daran möchte ich lieber nicht denken.«

Den Rest des Abendessens über gebe ich mir Mühe, mich an der Unterhaltung zu beteiligen, doch mir ist bewusst, dass ich mich oft zum Lächeln zwingen muss. Allison und Miriam geben ihr Bestes, um meine Stimmung zu heben. Ich versuche, mich aufgeregt über den Vorlesungsbeginn am Montag zu geben, doch weder in Gedanken noch mit dem Herzen bin ich ganz dabei.

Nachdem ich die Rechnung bezahlt habe, schlagen Allison und Miriam vor, mich zurück zu meinem Zimmer zu begleiten. Ich lehne jedoch ab, da mir nach einem Spaziergang allein zumute ist, bevor ich ins Bett gehe. Wir umarmen uns zum Abschied. Ich schlendere am Rand des Campus entlang und beobachte all den Trubel, der sich entfaltet, da alle das letzte Wochenende ohne Hausaufgaben genießen.

Es dauert nicht lange, und ich stelle fest, dass mich meine Füße am Rudererhaus vorbeitragen. Nur einen kurzen Blick darauf werfen, sage ich mir. Ich werde langsamer, als ich es weiter unten an der Straße erkenne. Im Haus brennt Licht, und auf der Veranda sehe ich ein paar Leute abhängen. Gerade ist es dunkel geworden, und ich stehe in der Spätsommernacht unter einer Straßenlaterne, den Blick auf das Haus gerichtet. Ich erkenne mehrere Ruderer und eine zierliche Blondine, die mit dem Rücken zu mir am Geländer lehnt.

Die Haustür schwingt auf, und ich presse die Lippen

zusammen, als ich Nate mit zwei Flaschen Bier in der Hand herauskommen sehe. Er ist so nah… nur den Hügel hoch auf der anderen Straßenseite, und dennoch kann ich nicht mit ihm zusammen sein – mit der Person, mit der ich so viele intime Momente geteilt habe.

Er lächelt die Blondine an, und mir bleibt das Herz stehen. Das kann nicht sein… er kann unmöglich bereits über uns hinweg sein. Doch da steht er, bietet ihr ein Bier an, setzt sich neben sie aufs Geländer und legt ihr den Arm um die Schultern. Trotz der warmen Nacht läuft es mir kalt den Rücken runter. Ich bin wirklich ein Idiot.

Unweit von mir zerbricht eine Flasche auf dem Boden, und ich zucke zusammen. Als ich aufblicke, um zu sehen, ob die Gruppe auf der Veranda ebenfalls nach der Quelle des Geräuschs Ausschau hält, erstarre ich einen Augenblick lang, weil Nate mich unverwandt anstarrt. Mist!

Ich drehe mich um und verfluche mich, weil ich hier entlanggegangen bin. Zügig marschiere ich die Straße hinunter und biege rechts auf einen Pfad ab, der zum Campus führt.

»Brynn?«, höre ich ihn hinter mir rufen und das Geräusch von Schritten, die die Stufen herunterkommen. Ich lege einen Schritt zu und hoffe, ihm in der Dunkelheit zu entkommen. Ich will nicht, dass er mich dabei erwischt, wie ich sein Haus ausspioniere. So soll die erste Begegnung nach unserer Trennung nicht aussehen.

»Brynn!«, höre ich hinter mir die Stimme einer Frau rufen, und vor Überraschung stolpere ich beinahe über meine eigenen Füße. »Brynn!«, ruft sie erneut, und ich drehe mich um.

»Eileen«, stelle ich überrascht fest, als sie leicht außer Atem aus der Dunkelheit auftaucht. »Warst… warst du das da oben? Mit Nate?« Sie nickt und lächelt breit. Mein Blick schießt über ihre Schulter hinweg, wo ich Nate am Anfang des Pfads entdecke.

»Ich besuche ihn hier übers Wochenende«, erklärt sie glücklich.

»Oh, oh«, murmle ich und bedecke beschämt mein Gesicht. »Tut mir leid, dass ich fortgelaufen bin … ich dachte … ich meine, von hinten sah es so aus … ich dachte, du und er wärt …«

»Oh!«, ruft sie aus. »Tja, ich nehme an, ich sollte mich geschmeichelt fühlen … ich verbringe ja auch eine Menge Zeit im Fitnessstudio.« Sie macht einen Schritt auf mich zu und nimmt meine Hände. »Ich freue mich so sehr, dich zu sehen, Brynn. Wenn du dich nicht für mich eingesetzt hättest, dann wäre ich heute nicht hier bei Nate.« Ich versuche, die Tränen fortzublinzeln, doch sie laufen mir trotzdem über die Wangen. »Es tut mir so leid, dass du das alles durchmachen musstest. Nate hat mir erzählt …«

»Mom?«, sagt Nate und kommt zu uns. »Könnte ich 'ne Minute allein mit Brynn sprechen?«

»Natürlich!«, ruft sie über die Schulter hinweg und meint dann zu mir gewandt: »Es klingt so gut, wenn er ›Mom‹ zu mir sagt.« Dann beugt sie sich zu mir und flüstert mir ins Ohr: »Gib die Hoffnung nicht auf.« Als sie sich von mir löst, blinzle ich sie verblüfft an. Die beiden lächeln sich an und wechseln leise ein paar Worte, bevor sie zum Rudererhaus zurückgeht und Nate zu mir kommt.

»Hi«, sagt er sanft, als er an mich herantritt.

»Hallo«, erwidere ich etwas steifer.

»Ich hab ihre Nummer dort gefunden, wo du sie mir hinterlassen hast«, beginnt er zu erzählen. »Wir haben uns einige Male getroffen, als ich noch in Maryland war. Doch es schien uns einfach nicht genug, also hat sie mich hierhergefahren und bleibt ein paar Tage lang.« Er holt tief Luft. »Als du gesagt hast, dass du mich liebst …«

Ich hebe die Hand, um ihn zu unterbrechen. »Du brauchst

mir nichts zu erklären. Du hast mir von Anfang an gesagt, dass Beziehungen nicht dein Ding sind ... dass du Mädels nichts vormachst. Also hätte ich es wissen müssen. Ich hätte nicht erwarten dürfen ...«

»Brynn, bitte. Gib mir einfach nur zwei Minuten, okay?«

Ich nicke und trete nervös von einem Fuß auf den anderen, weil ich mir einfach nur wünsche, ich könnte fortlaufen, zurück in mein Zimmer, und mir dort die Decke über den Kopf ziehen. Ich würde alles dafür geben, jetzt nicht all die Gründe dafür hören zu müssen, warum er mich nicht liebt.

»Als du gesagt hast, dass du mich liebst«, fährt er fort, »habe ich mich innerlich leer gefühlt.« Tränen steigen mir in die Augen – uff, das war schlimmer, als ich dachte. »Nein, nicht auf die Art!«, lenkt er ein, als er meine Reaktion sieht. »Ich meine, ich fühlte mich ... unzulänglich. So als hätte ich nichts in mir, das ich dir geben könnte. Du hast vor mir gestanden, so stark und klug und intelligent, und ich habe mich wie ein Versager gefühlt.« Ich bin schockiert, als ich höre, wie seine Stimme bricht. Er räuspert sich. »Ich hatte dich enttäuscht. Ich kam mir vor wie ein ... ich meine, alles, was mein Vater je gesagt hat, war gelogen!«, ruft er plötzlich mit erhobener Stimme aus und fährt dann ruhiger fort: »In dem Augenblick wusste ich nicht, ob ich überhaupt fähig war zu lieben. Das, was mir mein Vater jahrelang gezeigt hatte, war keine Liebe, und ich glaube nicht, dass es Kontrolle war. Ich hatte das überwältigende Gefühl, dass ich es nicht verdient hätte, von dir geliebt zu werden. Und auch wenn ich dir gesagt hätte, dass ich dich liebe, dann hätte es nichts bedeutet, weil es von jemandem gekommen wäre, der innerlich leer ist.«

»Du bist nicht leer«, werfe ich leise ein, weil ich es nicht ertragen kann, ihn so über sich selbst reden zu hören, auch wenn er mir das Herz gebrochen hat.

»Das wird mir jetzt langsam klar. Es hat gutgetan, meine

Mutter zu sehen, mit ihr zu reden, die Wahrheit über meine Vergangenheit zu hören. All das, wobei du versucht hast, mir zu helfen ... du hattest die ganze Zeit recht.«

»Es war nicht meine Absicht, recht zu haben.«

»Ich weiß, das ist nicht, was ... Tut mir leid, das kommt alles ganz falsch rüber. Ich habe jeden Tag an dich gedacht, mir vorgestellt, wie wir uns auf dem Campus wiedertreffen. Und das ist jetzt viel schneller passiert, als ich gedacht hätte. Jeden Tag wollte ich dich anrufen, aber ich musste sichergehen, dass ich bereit dafür war und ich zuerst an mir gearbeitet habe, bevor ich mich bei dir melde. Ich weiß, welche Art Beziehung ich mit dir haben möchte, und ich wollte sicherstellen, dass ich bereit dafür bin.«

Ich blinzle ihn an, bin verwirrt. »Also, was willst du mir damit sagen?«

»Zuerst einmal will ich damit sagen, dass du nicht mehr meine Stiefschwester bist.« Er grinst leicht. »Sie haben heute die Scheidung eingereicht.«

»Du hast mit deinem Vater gesprochen?«

»Nur einmal. Nachdem ihr ausgezogen seid, habe ich bei Freunden auf der Couch geschlafen. Ich wollte nicht im selben Haus wohnen wie er.«

Ich starre ihn an, während es mir langsam wie Schuppen von den Augen fällt. »Du warst das, stimmt's? Du hast ihn dazu gebracht, einen Vergleich mit meiner Mutter zu schließen.«

Er fährt sich mit der Hand durch die Haare. »Na ja, nachdem ich mich mit meiner Mutter unterhalten und gehört hatte, wie es ihr bei der Scheidung ergangen war, habe ich befürchtet, dass er mit deiner Mutter auch nicht fair umgehen würde. Also habe ich ihm gesagt, dass er deiner Mutter Geld geben muss, wenn er mich jemals wiedersehen will. Und was deine Studiengebühren betrifft ... ich war der Meinung, dass dir das zusteht – nach allem, was du seinetwegen durchgemacht hast.«

»Ich kann kaum glauben, dass du das getan hast.«

»Genau genommen war ich mir nicht sicher, ob es funktionieren würde. Also ich war mir nicht sicher, ob er mich überhaupt wiedersehen wollte.«

»Ich glaube, dass er dich auf seine eigene, verdrehte Art und Weise tatsächlich liebt.«

»Auf seine völlig verdrehte Art und Weise.« Er nimmt meine Hand, die nach wie vor mit meinen Haaren beschäftigt ist, zieht sie herunter und verschränkt seine Finger mit meinen. »Ich kann dir nicht versprechen, dass ich sofort weiß, wie man sich in einer normalen Beziehung verhält, aber bitte, gib mir noch eine Chance. Ich weiß, wie schlimm ich's verbockt habe, aber ich will es besser machen. Bitte. Ich will lernen … gemeinsam mit dir.«

Unsicher halte ich inne. Kann ich es wirklich mit ihm wagen? Riskieren, dass mein Herz erneut gebrochen wird? Ich merke, wie er meine Hand sanft hinter seinen Rücken zieht, sodass ich einen Schritt auf ihn zu machen muss. Er beugt sich vor und legt meine Hand auf seinen unteren Rücken.

»Das ist unfair«, flüstere ich, als ich die Hitze seines Körpers spüre. Er legt den anderen Arm um mich.

»Ich weiß«, sagt er mit einem schelmischen Grinsen. »Aber kannst du mir das vorwerfen? Für eine Chance bei dir würde ich alles tun.«

Alles an ihm ist dermaßen verführerisch. Nachdem ich ihm fast einen Monat lang nicht mehr so nahe gewesen bin, ist mir fast schwindelig vor Verlangen nach ihm. Ich schaue zu ihm auf.

»Okay, okay«, gebe ich nach. »Noch eine Chance.«

Kaum habe ich die Worte ausgesprochen, finden seine Lippen auch schon meine. Als sie sich berühren, gehe ich beinahe in die Knie – eine Mischung aus Lust und Erleichterung überwältigt mich.

»Mein Gott, hab ich dich vermisst«, raunt er und löst sich einen Augenblick lang von mir. Ich ziehe seinen Kopf wieder zu mir herunter und versenke meine Zunge in seinem Mund.

»Habt ihr kein Zuhause?« Als die Gruppe junger Männer, wahrscheinlich Studienanfänger, johlend und lachend an uns vorbeigeht, lösen wir uns voneinander. Einen Moment lang starrt Nate sie finster an und verdreht dann die Augen.

»Komm, da gibt's was, was ich sowieso schon lange machen wollte.« Er führt mich wieder fort vom Campus und über die Straße zum Rudererhaus. Ich frage mich, ob er etwas Sexuelles meint, und befürchte, dass er vergessen hat, dass seine Mutter zu Besuch ist. Wir gehen die Stufen hinauf, und als wir die Veranda betreten, drehen sich sowohl Eileen als auch die anderen Ruderer zu uns um. »Leute, das ist meine Freundin, Brynn«, verkündet er stolz.

KAPITEL 30

Ich werde rot, und auf Eileens Gesicht macht sich ein riesiges Grinsen breit. Seine Teamkameraden klopfen ihm auf den Rücken und sticheln, weil er bis jetzt noch keine Freundin hatte, und stellen sich dann mir vor. Kurz darauf wird mir ein Bier angeboten, und ich werde in mehrere Gespräche verwickelt. Doch alle paar Minuten taucht Nate an meiner Seite auf, legt mir die Hand auf den Rücken und stellt sicher, dass bei mir alles okay ist.

Der Abend schreitet voran, und immer mehr Leute kommen auf die Veranda, die meisten davon sind Frauen. Ich bin freudig überwältigt von all den neuen Gesichtern, jedoch auch froh, eine Minute lang einfach am Geländer zu lehnen und mein Bier zu trinken.

»Brynn?«, höre ich eine weibliche Stimme rufen. Ich drehe mich um und sehe Cara die Veranda betreten.

»Hey!«, sage ich und umarme sie.

»Wie war dein Sommer?«

»Ähm…«, brumme ich und bin nicht in der Lage, Worte zu finden, die die letzten paar Monate beschreiben könnten. Über ihre Schulter hinweg sehe ich, wie ein mir unbekanntes Mädel ihre Hand auf Nates Brust legt. Doch bevor ich auch nur die Stirn runzeln kann, macht er einen Schritt zurück, lächelt höflich und kommt dann zu mir herüber. »Ziemlich abgefahren« ist alles, was ich sagen kann, bevor Nate den Arm um meine Taille schlingt.

»Ich hab eben gesehen, wie meine Mutter gegähnt hat. Sie wird bestimmt gleich ins Hotel zurückgehen«, sagt er. »Oh, hallo, Cara!«

»Nate… seid ihr beiden …?«, fragt Cara, und ihr Blick schießt zwischen uns hin und her.

»Sind wir«, bestätige ich, und Nate grinst mich an. Es fühlt sich gut an, es laut auszusprechen.

»Und du kennst auch schon seine Eltern? Wow!«

»Ja, wir sind uns begegnet«, erwidere ich etwas ausweichend, und Nate beißt sich auf die Lippe, um nicht zu lachen. Ich stoße ihm den Ellbogen in die Rippen. »Wir gehen mal lieber und verabschieden uns von seiner Mutter.«

Und tatsächlich schultert Eileen ihre Handtasche und schaut sich suchend nach uns um.

»Ich hoffe, ich habe heute Abend nicht zu viel von deiner Zeit mit Nate beansprucht«, sage ich, als wir sie erreichen.

»Überhaupt nicht. Ohne dich wäre ich nicht mal hier«, erwidert sie und umarmt mich herzlich. »Kommst du morgen mit zum Brunch, bevor ich wieder nach Hause fahre?« Ich schaue Nate an, der mir ermutigend zunickt.

»Liebend gern.«

»Super, dann sehen wir uns morgen!« Sie umarmt Nate, bevor sie die Stufen hinuntergeht.

»Ist es eigenartig, dass ich mit deiner Mutter befreundet sein will?«, frage ich, während wir zusehen, wie sie ins Auto steigt.

»Nicht eigenartiger, als mit deinem Stiefbruder zu schlafen«, raunt er mir schelmisch ins Ohr. »Glaubst du, du hast genug von der Party?«

Die Bedeutung seiner Frage lässt mich erschauern. »Denke schon.« Er macht über die Schulter hinweg eine Kopfbewegung zur Haustür, und ich folge ihm hinein. Im Wohnzimmer befinden sich jetzt jede Menge Leute, doch er geht weiter, die Treppe hinauf und den Korridor entlang zu seinem Zimmer. »Da hockt doch hoffentlich nicht noch ein Mädel unter der Decke, oder?«, necke ich ihn, als er die Tür öffnet.

Grinsend dreht er sich zu mir um. »Niemand außer dir, Brynn.« Er schlingt die Arme um meine Taille, zieht mich über die Türschwelle, schließt die Tür und drängt mich dann dagegen. Als sich sein Mund auf meinen legt, entflammt das Verlangen in mir. Er hebt meine Arme und fixiert sie mit einer Hand an den Handgelenken über meinem Kopf. Mit der anderen Hand zieht er mein Sommerkleid hoch und schiebt seine Beine zwischen meine. »Ist das okay, wenn's diesmal ein wenig schnell ist?«, fragt er und knabbert an meinem Ohr.

»Ich will dich einfach nur spüren«, hauche ich, drücke den Rücken durch und presse meine Brüste an seine Brust. Mit einem Stöhnen löst er sich und greift in die Hosentasche. Ich ziehe mir das Kleid über den Kopf, während er den Reißverschluss aufmacht, die Boxershorts zusammen mit den Hosen zu den Knien runterschiebt und sich das Kondom überzieht. Ich schaffe es gerade so, den Slip auszuziehen, als er schon meinen Po umfasst und mich hochhebt.

Ich stöhne auf, als ich seine Spitze gegen meine Öffnung drücken spüre. In der Zeit, in der wir nicht zusammen waren, muss ich ein wenig enger geworden sein, denn als er mich auf sich sinken lässt, blitzt ein Schmerz auf. Er lehnt mich wieder gegen die Tür, und ich lege ihm die Arme um den Hals und verschränke meine Füße direkt oberhalb seines Pos.

»Oh Gott«, raunt er, als er sich vollständig in mir versenkt hat. Er kreist mit den Hüften, damit ich ihn von allen Seiten in mir spüren kann, bevor er ihn wieder rauszieht. Ich bewundere seine Kraft, denn er kann mich fast ohne mein Zutun festhalten und gleichzeitig rein- und rausstoßen. Der Schmerz ist schon nach dem dritten Stoß verflogen, und die Lust beginnt durch meine Adern zu pulsieren. Meine Zehen verkrampfen sich, ich vergrabe die Hände in seinen Haaren und gleite mit meiner Zunge in seinen Mund.

Zu meiner Überraschung trägt er mich zum Bett und sinkt auf dem Bettrand nieder, sodass ich auf ihm sitze. Ich löse die verschränkten Füße und winkle die Beine so an, dass ich mich hinknien kann. Er stützt sich rückwärts mit den Händen ab, und ich gewöhne mich an das Gefühl, ihn zu reiten. Ich senke mich auf ihn, stütze mich dabei rückwärts auf seinen Schenkeln ab und merke, wie er mich noch weiter dehnt.

Er berührt mich an all den richtigen Stellen, und ich fange an, mich immer schneller zu bewegen. Ich sehe, wie sich sein Mund öffnet und seine Kiefermuskeln sich anspannen. Ich liebe es, zuzuschauen, wie ich ihn bis an die Grenze treibe, auch wenn sich in mir schnell ein Orgasmus aufbaut. Er hebt die Hüften an und drängt sich mir entgegen, wenn ich auf ihn niedersinke. Das ist genau das, was ich brauche, und ich spüre, wie ich über ihm explodiere – und er im selben Moment aufschreit. Ich hebe und senke mich weiter, während ich komme und merke, wie feucht ich bin. Er drückt mich eng an sich und legt den Kopf zwischen meine Brüste, während wir beide tief und keuchend atmen.

Doch er ist noch nicht fertig. Er öffnet meinen BH und streift die Träger herunter. Obwohl ich erschöpft bin, lehne ich mich zurück und strecke die Arme, damit er ihn mir ganz ausziehen kann. Er wirft ihn auf einen Stuhl in der Nähe, seufzt und streicht mit den Fingern meinen Hals hinab, über das Schlüsselbein und die Schultern.

»Ich hab dich vermisst«, raunt er und küsst mich sanft aufs Dekolleté. Ich senke den Kopf und drücke ihm einen Kuss ins Haar, dann ziehe ich an seinem T-Shirt. Gehorsam hebt er die Arme, damit ich es ihm ausziehen kann.

»Mmhm«, raune ich, als ich mich an ihn schmiege und den Hautkontakt genieße. Plötzlich hebt er mich hoch und dreht mich um, legt mich rücklings aufs Bett. Mit einer Hand hält er das Kondom fest, während er aus mir hinausgleitet, schnappt sich ein Taschentuch vom Beistelltisch und entledigt sich endgültig seiner Hose und der Unterwäsche.

Ich schaue mich im Zimmer um, bis er sich wieder neben mich aufs Bett legt. Es ist ordentlich hier drinnen, so wie ich's erwartet hatte – abgesehen von den bis zur Decke angebrachten Regalböden voller Lehrbücher neben dem Metallschreibtisch.

»Die musste ich anbringen lassen«, sagt er, als er bemerkt, dass ich sie ansehe. »Aber die Führung findet später statt.« Seine Hand gleitet über meine Hüfte, und er zieht mich an sich. Zentimeter um Zentimeter rutscht sie tiefer, während seine Zunge mit meiner spielt. Er geht jetzt langsamer vor, da die Dringlichkeit fort ist. Als er die Nässe zwischen meinen Beinen spürt, stöhnt er auf und gleitet mit einem Finger in mich. Sein Daumen berührt ganz zart meinen Kitzler, und ich schnappe nach Luft, presse mich an ihn. »Darf ich dich immer noch im Bett rumkommandieren?«

»Ja, bitte«, wimmere ich und schließe die Augen, als er anfängt, den Daumen kreisen zu lassen.

»Gut«, raunt er und zieht die Finger weg, ersetzt sie jedoch augenblicklich mit seinem Mund. Ich stöhne, als er langsam mit der Zunge über mich leckt, meine Beine spreizt und sich zwischen sie begibt. Er drückt die Knie weit auseinander, öffnet mich vollständig. Seine Zunge fährt hinab zur Öffnung und schießt dann in mich hinein – das fühlt sich derart anders an als seine Finger oder sein Penis. Als er sich wieder meiner Klitoris widmet und gnadenlos darüber hin und her züngelt, fühle ich, wie sich in mir ein weiterer Orgasmus aufbaut.

»Warte, warte, komm her«, sage ich und berühre seine Hand auf meinem Knie. »Ich will dich auch schmecken.« Er schaut mich grinsend an und setzt sich aufrecht hin. Ich schließe die Beine, und auf den Knien rutscht er an meinem

Körper hoch. Ich lege die Arme an die Seiten, und auf Höhe meiner Schultern hält er an. Ich hebe den Kopf. Er nimmt seinen harten Schwanz in die Hand und legt ihn mir an die Lippen. Ich schmecke das Latex vom Kondom, das wir soeben benutzt haben, und nehme eine Mischung aus seinem und meinem Geruch wahr.

»Oh Gott, Brynn«, raunt er, während er langsam die Hüften vorwärtsschiebt, bis seine Spitze das Ende meiner Mundhöhle erreicht. Er fängt an, sich etwas schneller zu bewegen. Da er aber weiß, dass ich völlig hilflos unter ihm bin, gibt er acht, mich nicht zu überwältigen. Ich halte den Blick auf sein Gesicht gerichtet. Über den Augenbrauen erscheinen Schweißperlen, und die Halsmuskeln spannen sich an. Stöhnend zieht er sich aus meinem Mund zurück. »Dreh dich um!«, befiehlt er und schwingt ein Bein auf die andere Seite, damit ich seiner Anweisung folgen kann.

Ich gehorche, und meine Brüste drücken gegen die blaue Tagesdecke. Ich höre, wie er eine weitere Kondomverpackung aufreißt, und einen Moment später legt er sich auf mich. Dabei streicht er mir die Haare aus dem Nacken. Ich spüre seinen Atem am Ohr, während er von hinten in mich eindringt. Ich bin sehr nass, und er stößt tief in mich hinein – vielleicht liegt es an der Position, aber ich kann mich nicht erinnern, ihn je so tief in mir gespürt zu haben. Er gleitet heraus und bohrt sich dann langsam wieder hinein, was mir ein genüssliches Stöhnen entlockt. Ich merke, wie mir die Intensität des Gefühls Tränen in die Augen steigen lässt.

»Press die Beine zusammen«, flüstert er. Ich drücke sie zusammen und spüre, wie sich meine Muskeln noch enger um sein Glied schließen. Seine Beine liegen jetzt rechts und links neben mir, und mit besserem Halt stößt er nun härter zu. Seine Zunge findet mein Ohr, und mein Körper erzittert, als er sie züngelnd hineinsteckt. Ich fange an zu stöhnen, doch es hört sich an, als käme es von jemand anderem, obwohl ich mich vollkommen eins mit meinem und seinem Körper fühle. »Ja, ja, verflucht«, stöhnt er über mir. »Komm mit mir zusammen, komm mit mir zusammen!«

Ich habe keine Wahl, als ihm erneut zu gehorchen, und lasse es mir kommen, während er sich in mir entlädt. Nach ein paar letzten Stößen lässt er sich fallen und entspannt sich auf mir. Er reibt die Nase über meine Wange, und seine Lippen finden meinen Mundwinkel für einen Kuss.

»Weißt du, was das Beste an der ganzen Sache ist?«, flüstert er.

»Hm?«, murmele ich zur Antwort. Mein erschöpftes Gehirn ist nicht in der Lage, seinem Gedankengang zu folgen.

»Du kannst die Nacht über hierbleiben.«

EPILOG

»Oh Mann, bin ich froh, dass die Wohnung 'ne Klimaanlage hat«, sage ich und stelle den letzten Umzugskarton in unserer neuen Wohnung ab. Ich schwitze, obwohl sie eingeschaltet ist, und wische mir mit dem Saum meines T-Shirts über die Stirn.

»Ja, ich dachte, in Boston ist es angeblich kühler als in Virginia«, erwidert Nate und schüttelt lächelnd den Kopf, während er einen Karton auf der Anrichte abstellt, als würde er nichts wiegen. Dabei weiß ich genau, dass sich unser schweres Geschirr darin befindet.

Letzten Monat waren wir für ein Wochenende hierhergeflogen, um eine Wohnung zu suchen, und hatten ziemliches Glück, dass wir schon bei der dritten Besichtigung diese Dreizimmerwohnung in Charlestown gefunden haben. Der Makler hatte das Viertel als »aufstrebend« bezeichnet, und Nate fand die gemütliche Atmosphäre und den unverputzten Backstein toll.

Wir haben beide noch eine Woche Zeit, bis wir unsere Jobs anfangen, aber ich bin froh, dass wir früher gekommen sind. Wir müssen noch alles auspacken und brauchen immer noch eine Menge Möbel…

»Wirst du mich bald satt haben?«, fragt Nate und legt mir die Arme um die Taille.

»Du meinst, wenn wir zusammen wohnen? Ganz sicher. Und, wirst du meiner überdrüssig werden?«

»Ganz sicher«, entgegnet er mit ernstem Nicken und grinst dann. »Ich liebe dich.«

»Ich liebe dich auch«, erwidere ich, und er küsst mich. Früher war es so eine große Sache für Nate, es zu sagen, und nun sagt er mir regelmäßig, dass er mich liebt. Ich winde mich glücklich in seinen Armen, als seine Zunge kurz an meine stößt. Ein Jahr ist vergangen, und ich bekomme immer noch weiche Knie, wenn er mich küsst. »Was ist das für ein Karton?«, will ich wissen, als er mich loslässt und ich über seine Schulter hinwegsehe.

»Welcher?« Er schaut sich um.

»Der dort.« Ich zeige auf einen mittelgroßen Karton, der an der Stelle steht, wo unsere Couch einmal stehen wird.

»Keine Ahnung«, sagt er schulterzuckend. »Vielleicht Klamotten?«

»Hm, nein, ich glaube nicht«, antworte ich, gehe hin und hebe ihn an. »Er ist ganz leicht.« Ich schüttle ihn und höre nur Papier rascheln. »Das ist ja seltsam.« Ich stelle ihn wieder ab, knie mich daneben und versuche, die Ecken des Klebebands anzuheben. Schließlich habe ich genug abgeknaupelt, um einen Finger darunterzubekommen und es vom Karton abzuziehen. Als ich ihn öffne, kommt Nate dazu und stellt sich neben mich. »Ich kann mich nicht daran erinnern, den hier gepackt zu haben, aber vielleicht verliere ich allmählich den Verstand.«

Die letzte Woche war ereignisreich gewesen. Wir haben das Studium abgeschlossen, Gastgeber für unsere beiden Mütter gespielt und sind dann nur wenige Tage später nach Boston gefahren. Wir hatten es beide geschafft, uns hier einen Job zu sichern – Nate bei einer historischen Gesellschaft und ich im Forschungsbereich einer gemeinnützigen Organisation. Ich ziehe das braune Packpapier aus dem Karton und staple es neben mir auf dem Boden auf.

»Ach, du meine Güte, habe ich etwa einen leeren Karton gepackt?«, frage ich, und in dem Moment legen sich meine Finger um ein viel kleineres Kästchen auf dem Boden des Kartons. »Was ist …« Meine Augen weiten sich, als ich begreife, dass ich ein Schmuckkästchen in der Hand halte. Ich schaue zu Nate, der mich angrinst. Er kniet sich neben mich auf das Parkett. »Oh Gott«, murmele ich, als er mir das Kästchen aus der Hand nimmt. Natürlich hatten wir übers Heiraten gesprochen, aber ich hätte nie gedacht, dass er mir so bald einen Antrag machen würde.

»Brynn«, sagt er sanft, »erst seitdem ich dich getroffen habe, bin ich wirklich am Leben. Bevor du in meine Welt gekommen bist, war es kalt und dunkel, und dann bist du aufgetaucht und hast Licht hineingebracht. Jeden Tag finde ich aufs Neue einen Grund, mich noch mehr in dich zu verlieben. Ich weiß, wir sind noch jung, aber ich möchte so sehr die Ehre haben, dich meine Frau nennen zu dürfen. Willst du mich heiraten?«

Er öffnet das Kästchen. Ich starre den einfachen, wunderschönen Diamantring im roten Samt des Kästchens an, und Tränen steigen mir in die Augen.

»Ja, ja, natürlich will ich dich heiraten«, antworte ich atemlos, schlinge ihm die Arme um den Hals und bedecke ihn mit Küssen. Er lacht glücklich auf und zieht mich mit seiner freien Hand vom Boden hoch.

»Komm, probier ihn an«, sagt er schließlich. »Ich habe deinen Ringfinger gemessen, als du geschlafen hast.«

»Raffiniert!«, necke ich ihn, während er mir den Ring an den Finger steckt. »Passt perfekt«, stelle ich fest und halte ihn in Richtung des nächstgelegenen Fensters, damit er das Licht einfängt.

»Sollen wir deine Mutter anrufen?«, fragt er und legt mir wieder die Arme um die Taille.

»Lass uns bis morgen damit warten. Heute weiß es niemand außer dir und mir.«

»Niemand außer dir«, wiederholt er und legt seine Stirn an meine. »Niemand außer dir.«

Zeitfracht Medien GmbH
Ferdinand-Jühlke-Straße 7
99095 Erfurt, Deutschland
produktsicherheit@kolibri360.de

Druck:
CPI Druckdienstleistungen GmbH
im Auftrag der
Zeitfracht Medien GmbH
Ein Unternehmen der Zeitfracht - Gruppe
Ferdinand-Jühlke-Str. 7
99095 Erfurt